W0325311

À PROPOS DE L'AUTRICE

Dévoreuse de livres depuis sa plus tendre enfance, **Emma Berthet** a très vite commencé à écrire ses propres histoires. Aujourd'hui psychomotricienne, elle s'évade la nuit en créant des personnages authentiques et attachants.

Nos cœurs en apesanteur

EMMA BERTHET

Nos cœurs en apesanteur

Harper
Collins
POCHE

© 2023, HarperCollins France.

Tous droits réservés, y compris le droit de reproduction de tout ou partie de l'ouvrage, sous quelque forme que ce soit.

Toute représentation ou reproduction, par quelque procédé que ce soit, constituerait une contrefaçon sanctionnée par les articles 425 et suivants du Code pénal.

Cette œuvre est une œuvre de fiction. Les noms propres, les personnages, les lieux, les intrigues sont soit le fruit de l'imagination de l'auteur, soit utilisés dans le cadre d'une œuvre de fiction. Toute ressemblance avec des personnes réelles, vivantes ou décédées, des entreprises, des événements ou des lieux serait une pure coïncidence.

HARPERCOLLINS FRANCE

83-85, boulevard Vincent-Auriol, 75646 PARIS CEDEX 13
Tél. : 01 42 16 63 63

www.harpercollins.fr

ISBN 979-1-0339-1440-2

Chapitre 1

Meghan

— Non, non, non et non ! C'est hors de question !

Je crie, choquée par cette idée absurde.

— Meghan, tu ne peux pas continuer à faire ça toute seule.

— Et pourquoi pas ? C'est ce que je fais depuis un mois et ça fonctionne très bien, rétorqué-je avec ferveur.

— Parce que je ne te laisse pas le choix, m'assène-t-il d'une voix sans appel.

— Va te faire foutre, papa.

Je sors de sa caravane en claquant la porte de colère. Le ciel est sombre en ce soir de janvier, la pluie menace d'accompagner mon humeur et mes larmes. Je cours rejoindre ma loge, qui fait également office de petit appartement ambulant, à l'autre bout du campement. À peine arrivée, je tire les rideaux, éteins la moindre source de lumière et mets la musique à fond sur ma chaîne hi-fi afin de créer ma bulle protectrice. Vivre dans un cirque itinérant n'est pas vraiment propice à l'intimité, et ce n'est que dans le noir, comme en cet instant, que je me sens en sécurité.

Je suis enfin seule et je pleure de rage, de tristesse, de douleur. Je suis en deuil. Simon n'est plus là pour que je me réfugie dans ses bras, je suis seule avec ma peine et ma colère. Mon frère est parti, ou plutôt il est *mort*, comme me corrige papa chaque fois, et aujourd'hui il faudrait le remplacer. Selon lui, mon père a trouvé le candidat idéal pour prendre la relève de son fils et s'envoler dans les airs avec moi tous les soirs. Comment peut-il déjà l'effacer de sa vie ?

Cela ne fait qu'un mois que Simon est tombé du haut de son trapèze lors d'une représentation. Je me souviens que je ne le trouvais pas en forme ce jour-là. Je lui ai proposé de faire notre numéro toute seule exceptionnellement, mais il a refusé. Mon frère est… *était* quelqu'un de fier, il n'acceptait pas l'aide qu'on lui proposait si facilement. Il a revêtu son costume de scène blanc comme neige et m'a offert un sourire qui, aujourd'hui encore, sonne faux. J'aurais dû insister, mais je n'ai rien fait. Notre père, en digne Monsieur Loyal, a annoncé notre entrée en piste et la musique s'est lancée. Simon est monté à l'échelle pour rejoindre sa plate-forme, et nous avons fait ce que nous faisons tous les soirs : danser dans les airs.

Nous maîtrisions nos acrobaties à la perfection car nous faisions les mêmes chaque soir pendant toute la durée de la tournée. Tout est millimétré pour ne laisser aucune place à l'erreur, et pourtant cette fois-là nous n'avons pas évité le drame. Au moment où j'allais m'élancer vers ses bras tendus, les yeux de Simon se sont troublés, un voile est passé dans son regard et l'a emporté. J'ai lancé mes mains vers lui dans l'espoir de le ramener à moi, de le retenir. Mais tout son corps s'est relâché telle une poupée de chiffon, et l'inévitable s'est produit : ses jambes ne serrant plus le trapèze, il a glissé et entamé une chute à la fois longue et rapide vers le sable de la piste. En un instant tout était fini, Simon avait rendu son dernier souffle en se brisant la nuque.

Cela fait déjà quatre semaines que le drame s'est produit et je n'arrive toujours pas à y croire. Chaque soir j'exécute mon numéro avec une justesse technique irréprochable mais sans aucune émotion. Mon éternel sourire s'est éteint avec Simon. Puis quand le rideau tombe, que les lumières s'éteignent et que je me retrouve seule, comme maintenant, je me repasse le film de cette soirée en boucle. Je cherche une réponse qui n'existe pas.

Je n'ai toujours pas fait mon deuil que mon père veut déjà remplacer Simon par je ne sais quel acrobate. D'ailleurs où a-t-il déniché le temps de faire un recrutement ? Qui peut avoir trouvé grâce à ses yeux au point qu'il envisage de remplacer son propre enfant et d'en contrarier un autre ? Sommes-nous de simples pantins pour lui ? Plus cette idée progresse, plus la rage qui bout en moi prend de l'ampleur. Elle domine ma tristesse, et ça me fait peur, car lorsque celle-ci s'estompera, est-ce que je pourrai ressentir autre chose que de la colère ? Est-ce que je vais retrouver comment faire battre mon cœur ? Ma vie est en morceaux, et elle me semble impossible à reconstruire.

Le poids d'un visiteur fait couiner les trois marches menant à l'entrée de ma caravane, je perçois ce bruit métallique à travers le thème du *Lac des Cygnes* de Tchaïkovski qui sort des enceintes posées sur ma coiffeuse. Quelques secondes plus tard, l'indésirable frappe à ma porte et la pousse pour entrer. Une chevelure rousse et un visage anguleux pénètrent alors dans l'espace sombre qui abrite ma souffrance. Je ne veux pas de lui, je ne veux pas qu'il me voie comme ça, qu'il sache que je suis faible. Alors je crache d'un ton sec :

— Qu'est-ce que tu me veux, Étienne ?

— Simplement savoir comment tu vas. Je t'ai vue sortir en trombe du bureau de Monsieur Loyal avant de venir te réfugier ici.

— Si je suis venue me « réfugier » ici, c'est pour une bonne raison. Ce n'est pas pour être dérangée !

Mon ami me lance un coup d'œil dans lequel la compassion et la pitié se mélangent. Je hais ce regard, j'en viens à préférer la dureté de mon père.

— Tu es devenue bien amère depuis qu'il est mort.

— Je sais.

Cette fois ma voix n'est qu'un souffle. Il a raison, je suis en train de me transformer en garce insensible, et ça me fait peur. La même question revient en boucle dans ma tête : que se passera-t-il quand je serai moins triste ?

— Étienne ?

Ses yeux bleus s'ancrent dans les miens, et un sourire encourageant étire ses lèvres.

— Meghan ?

— Je crois que je suis morte, tout comme lui, à la seule différence que mon cœur bat encore.

Il ne semble pas surpris par ma remarque. Il penche sa tête sur le côté, semble réfléchir un instant, pourtant quand il me répond enfin, sa phrase sort si naturellement que je me demande s'il ne la prépare pas depuis longtemps.

— Non, Meghan, tu n'es pas morte, tu ne sais juste pas comment continuer à subsister. Sers-toi de ton cœur qui bat pour trouver comment réapprendre à aimer vivre.

Chapitre 2

Meghan

Nous restons assis en silence quelques minutes avant que le calme soit troublé par des bruits de pas provenant de l'extérieur. Je soupire en anticipant ce qui va suivre, et mon ami comprend qu'il est temps de se retirer s'il ne veut pas assister au second *round* de disputes de la famille Hook.

Quand Étienne quitte ma caravane, mon père se substitue à lui. Excédée, je lui tourne le dos, vais m'asseoir devant le miroir de ma coiffeuse et contemple mon visage pailleté. L'atmosphère est tendue, néanmoins je ne compte rien faire pour améliorer les choses.

— Meghan, sois raisonnable, s'il te plaît, commence-t-il.

— Et toi, papa respecte-moi et respecte ton fils.

— Je ne veux pas t'entendre parler de respect alors que tu déshonores le nom des Hook, s'emporte-t-il.

Encore une fois il y a beaucoup de cris mais aucune solution. Il veut toujours que j'aie un nouveau partenaire pour la tournée prochaine, et moi je m'y refuse.

— Être trapéziste c'est de famille, il y a d'abord eu grand-mère, ensuite maman, puis Simon. Pour faire ce métier il faut avoir une confiance aveugle en son binôme et je ne peux pas accorder cette confiance à un inconnu. Qu'importe qui tu as choisi, il n'est pas de ma famille, de mon sang. Je ne peux pas.

— Je ne te demande pas ton avis, Meghan, je t'informe.

Comme toujours avec lui, je n'aurai pas le dernier mot. En tant que Monsieur Loyal, coordinateur et propriétaire de ce cirque, il a pris sa décision, et elle est irrévocable. Il ne me jette même pas un regard quand il part en claquant la porte à son tour.

Je ne le retiens pas, et ne pleure pas non plus, au contraire je reprends ma routine post-représentation. Je me démaquille avec soin avant de délier mes cheveux bruns emprisonnés dans un chignon tressé. Puis je me déshabille pour aller sous la douche. Ce n'est que lorsque l'eau à peine chaude brûle ma peau que je me rends compte que j'étais frigorifiée, pourtant je ne recule pas. Tant que cette douleur est là, c'est que je suis encore capable de ressentir autre chose que ce mélange de tristesse et de colère qui m'accompagne à longueur de temps.

Lorsque je sors de la petite cabine, je ne pense plus à rien, mon cerveau est en pilote automatique, et ça fait du bien. Il est presque 1 heure du matin et je me glisse enfin sous les draps, nue. Avec l'annonce de mon père j'ai pris du retard et je sais que demain le réveil va être encore plus difficile que tous les autres jours où le sommeil tarde à venir. Selon les villes où nous dressons notre chapiteau, je ne dors pas toujours bien. Nous n'avons pas souvent le luxe d'être à la campagne, et l'agitation des métropoles perturbe mes nuits. En plus, depuis que Simon n'est plus là, je peine davantage à m'endormir. Chaque fois que je suis dans mon lit, mes pensées dérivent vers mon frère. Il est présent dans chacun de mes souvenirs, pas une fois je n'ai voyagé sans lui. Dès lors que j'ai appris à danser dans les airs à ses côtés, nous avons foulé la piste ensemble tous les soirs. Désormais, je suis seule et je consacre mes nuits à revisualiser le film des moments passés avec la seconde moitié de mon être.

Cette semaine, nous sommes basés près de Lyon, où nous faisons deux représentations par soir. Nous sommes installés à l'écart du brouhaha et de l'effervescence du centre, et les tribunes sont à chaque fois pleines à craquer, le cirque attire du monde hors des grosses agglomérations. Malgré ça, le calme ne parvient pas à m'apaiser.

Il est maintenant 2 heures, et mes yeux sont toujours grands ouverts. Mon cerveau s'est remis en marche et je n'ai de cesse de repenser à la décision de mon père : il veut remplacer Simon. Il a même déjà convoqué un type que je dois rencontrer demain matin, sauf que je n'ai pas la moindre envie de le voir. Mais si je ne dors pas de la nuit, je vais être exécrable. Finalement, c'est peut-être la solution, me transformer en garce insupportable pour faire passer l'envie à ce mec de bosser avec moi. Je ne peux pas boycotter le rendez-vous, car même si c'est mon père dirige ce cirque, il a plutôt tendance à chausser les bottes du patron que celles du paternel aimant. Contester directement sa décision m'est impossible alors je vais devoir la jouer plus finement. Personne ne remplacera Simon, je ne le permettrai pas.

J'ai fini par trouver le sommeil vers trois heures et demie ce matin. Comme prévu, lorsque mon réveil sonne pour me tirer des bras de Morphée, c'est une torture. Je suis d'une humeur de chien. Je dois ramper entre les draps pour m'extraire du lit et me rendre dans ma petite salle d'eau afin de me redonner allure humaine. Le maquillage est une invention des dieux, sans lui je ressemblerai toujours à une épave, et tout le monde saurait que je n'ai pas fait une nuit correcte depuis un mois.

Toute la troupe se réunit à 8 heures pour le petit déjeuner sous le chapiteau, et on en profite pour faire un débrief des représentations de la veille. Même si le spectacle reste identique durant toute la tournée, les artistes produisent des prestations différentes, et le public ne réagit jamais de la même manière.

Comme tous les autres jours, je m'installe en bout de table, et Étienne me rejoint. Je sais qu'il fait ça pour que je ne sois pas exclue de notre petit groupe. Depuis un mois, je ne suis plus capable de m'asseoir au milieu du banc, entre la mère de mon meilleur ami et la place qui était celle de mon frère. C'est au-dessus de mes forces, alors j'ai pris l'habitude d'installer une chaise un peu en retrait. Certes, le cirque est une famille, mais l'équilibre est fragile et le moindre faux pas peut vous propulser au rang de paria et détruire ces liens qui vous unissent aux autres. C'est à ce moment-là que l'art du cirque se fane, que la passion meurt. Mon ami est celui qui maintient mon fil, celui qui me raccroche aux autres en créant un semblant de conversation. Nous avons le même âge et avons passé toute notre enfance ensemble, ce qui nous a permis de tisser un lien fort entre nous. Lorsque nous ne pouvions pas encore nous produire avec les autres artistes, nous étions toujours collés l'un à l'autre dans les gradins et nous les observions en commentant les prestations. Mais aujourd'hui je ne lève pas le nez de mon assiette.

Rémy, le cracheur de feu, est le premier à se lancer et à décortiquer son numéro. Puis, tour à tour, nous donnons notre avis et des conseils d'amélioration. Chaque artiste est évalué par les autres et quand vient mon tour, c'est mon père qui se lève et prend la parole.

— Meghan, tu as été parfaite hier soir.

Quoi ? Je manque de m'étouffer avec ma tranche de pain et hausse un sourcil interrogateur car Steven Hook ne fait jamais de compliment gratuit.

— Toutefois, ton numéro est creux, rien ne transparaît. Il n'y a aucune émotion, aucune vie.

Et si ce que je voulais montrer c'était la mort ? Y pense-t-il seulement ? La voltige ne me procure plus cette adrénaline, ce souffle de vie qui faisait battre le sang dans mes veines. Quand je suis perchée sur mon trapèze, je ne ressens que le vide logé dans ma poitrine et je ne parviens pas à faire semblant.

— C'est pour ça que j'ai décidé d'embaucher un nouveau trapéziste, reprend mon père avec entrain. Chers amis, je vous présente Christobald Wanderlock.

Un homme à peine plus âgé que moi sort de l'ombre et s'approche de notre tablée. Il est grand, je pense qu'il doit mesurer à peu près un mètre quatre-vingt-quinze, et ses cheveux foncés lui cachent le visage. On dirait qu'il a seulement passé la main dedans en se levant sans vraiment chercher à les coiffer. Mais ce qui me frappe plus que tout, ce sont ses yeux qu'il révèle d'un mouvement de tête pour remettre sa tignasse en arrière en s'approchant de moi. Leur bleu hypnotique accroche mon regard, toutefois, je ne suis pas tellement attirée par leur couleur mais plutôt par l'étincelle qui y brille, celle-là même qui habitait les miens quand j'ai commencé à monter sur mon trapèze. Il y a l'excitation des débuts, les premières fois, l'ambition… et encore plein d'autres choses que je lis dans son regard. Il fait quelques pas dans ma direction avant de prendre la parole.

— Enchanté, tu es Meghan n'est-ce pas ? dit-il, entre la question et l'affirmation.

Sa main est tendue vers moi, mais je ne la serre pas.

— En effet, réponds-je, acerbe, avant de me tourner vers mon père, vibrante de colère. Je croyais que nous devions le rencontrer ensemble ! Tu m'imposes un nouveau partenaire, soit, mais j'ai au moins le droit de choisir à qui je vais confier ma vie !

Pour toute réponse, il m'ignore et se tourne vers Rémy et sa mère pour engager une nouvelle conversation. Je fulmine. Personne ne se formalise de son comportement : les décisions du grand Steven Hook sont incontestables. Malgré tout, je n'en veux pas à mes camarades de ne pas vouloir s'attirer ses foudres, mon père sait se montrer autoritaire et menaçant. Contrairement à moi, les autres membres du cirque ne sont pas liés à lui par le sang, et si l'envie lui en prenait, il pourrait les virer sans préavis.

Pendant ce temps, l'autre abruti au regard innocent tente d'attirer mon attention.

— Appelle-moi Chris, vu que nous allons être amenés à passer pas mal de temps ensemble, autant éviter les formalités.

— Je me contenterai de Christobald. Nous commençons tous les matins à 7 heures par un footing, chacun de notre côté. Puis après le petit déjeuner on s'entraîne de 9 heures à 13 heures. Tu as tes après-midi de libre puisque tes représentations commenceront lors de la prochaine tournée. Enfin si tu tiens jusque-là…

Je suis abrupte dans mes paroles. Le mode garce est activé ! Mon ton est sec et assuré. La froideur que je dégage n'a pas l'air de gêner le nouveau venu et lorsque je jette un œil à mon père, ce dernier semble satisfait de sa réaction.

— Je ne lâcherai pas, affirme Christobald avec assurance.

C'est ce qu'on verra !

Chapitre 3

Chris

Meghan est comme je m'y attendais, revêche et meurtrie. Elle me déteste déjà, et je sens qu'avant même que j'apparaisse elle avait décidé de faire de moi son pire ennemi. Soit, grand bien lui fasse, je ne suis pas là pour devenir son meilleur pote, même si j'avoue que faire d'elle mon alliée me rendrait la vie plus simple.

Après ces présentations plus que glaciales, je suis Monsieur Loyal vers sa caravane pour discuter des modalités de mon embauche. Tout s'est fait très vite, et aucun contrat n'a été signé pour le moment, il est donc temps de régulariser les choses. Nous nous installons autour de son bureau, et je prends le temps d'analyser l'intérieur de la caravane. Mais j'ai vite fait le tour de la pièce : la décoration est spartiate, seul un mur est orné d'une succession de photos des prédécesseurs de mon patron. En ce qui concerne le mobilier, on se croirait dans n'importe quelle autre entreprise du pays et non dans un cirque itinérant.

— Tout d'abord, merci à toi, Chris, d'avoir répondu à mon offre, m'interpelle Monsieur Loyal en me tirant de ma contemplation. Il n'est pas aisé de trouver quelqu'un prêt à prendre la relève d'un trapéziste mort en représentation.

— J'ai besoin de ce job, bien que je sois désolé pour votre fils.

Il hoche la tête pour me signifier qu'il comprend.

— Ne fais pas cas de ma fille. Meghan a du mal à se remettre de la mort de son frère, mais le spectacle doit continuer.

Je suis surpris du ton détaché qu'il emploie. Son enfant est à peine enterré qu'il se replonge déjà dans le travail. La culture du cirque m'est encore inconnue mais peut-être est-ce habituel ? Ou alors il s'agit de sa façon de faire son deuil ? Je tente alors :

— *Show must go on ?*

— Les plus beaux mots de Freddie Mercury, selon moi. Mais nous ne sommes pas là pour discuter musique. Ce qu'a énoncé Meghan tout à l'heure sera ton planning quotidien à partir de demain, auquel tu devras ajouter des sessions individuelles supplémentaires. J'ai lu ton CV, cependant, malgré tes qualités de gymnaste, tu n'as pas reçu de formation aux métiers du cirque. Je t'ai recruté parce que tu apportes du sang neuf, pour autant tu dois te mettre à niveau car dans quelques mois tu seras sur la piste.

Le délai qu'il m'offre avant de me propulser sur le devant de la scène est un peu flou, mais c'est plutôt une bonne nouvelle, je ne pensais pas bénéficier d'autant de temps. C'est parfait, je vais pouvoir le mettre à profit et faire quelque chose de poussé. Je n'ai pas le droit à l'erreur dans cette affaire alors toute journée supplémentaire est une aubaine.

— Il y a un dernier détail que je voudrais aborder avec toi, Chris.

Je hausse un sourcil, intrigué.

— Ici nous travaillons en totale immersion, notre politique est très stricte mais c'est ainsi que nous obtenons le meilleur de nos artistes. Je vais donc te demander de me remettre ton téléphone et ton ordinateur après avoir supprimé tes comptes des réseaux sociaux. Rien ne compte plus que notre art, alors aucune distraction.

— Ce ne sera pas un problème.

— Ah oui ?

Le haussement de sourcil de mon patron me tirerait presque un sourire. Je m'étais préparé à cette condition.

Avant de me présenter ici, je me suis renseigné sur le cirque Hook et sa troupe. Je devais savoir où je mettais les pieds afin de ne commettre aucun impair et de ne pas me faire recaler d'entrée de jeu.

— C'est assez gênant, dis-je en me grattant la nuque. Il y a quelque temps, j'étais harcelé sur Internet pour tout un tas de raisons, alors j'ai fait appel au droit à l'oubli mais ce n'est pas suffisant. J'ai envie de faire table rase du passé, de repartir de zéro et de retrouver une certaine intimité. Je suis même allé jusqu'à changer de pays dans l'espoir de me reconstruire.

Son sourire en dit long, j'ai mis dans le mille avec ma réponse. Je lui remets donc mon portable et j'affirme :

— Je n'ai pas apporté d'ordinateur.

Monsieur Loyal hoche la tête, satisfait, et je reste encore dix minutes à converser avec lui sur ma place dans le cirque.

— Le numéro de trapéziste est en train de s'éteindre, Chris, tu es là pour lui redonner son panache.

Pour le gérant d'une troupe d'artistes, je trouve qu'il manque de passion en évoquant son spectacle, son discours est presque chirurgical.

— Je ne vous décevrai pas.

— Je n'accepterai pas qu'il en soit autrement. Ta présence parmi nous en dépend.

Son regard appuyé ne laisse aucune place au doute, il est sérieux. Le moindre faux pas me fera repartir d'où je viens sans délai. Mon nouveau patron dirige son cirque d'une main de fer, et je ne doute pas qu'il m'aura à œil. Pour toute réponse, j'opine avec sérieux.

Puis il me congédie pour que j'attaque ma première journée au sein de sa troupe.

Après mes études de journalisme, jamais je n'aurais cru me retrouver ici, dans un cirque, à jouer les acrobates pour faire décoller ma carrière. *Aux grands maux les grands remèdes !* Je traîne des pieds jusqu'au chapiteau et profite de ce court trajet pour repérer les lieux. À l'arrière de la mythique toile rouge et jaune se dresse une quinzaine de caravanes, peut-être seize, je n'en suis pas certain, qui sont les demeures des artistes. Je me demande laquelle deviendra la mienne et si elle a été laissée en l'état après le passage de son dernier occupant.

Je remets cette question de logistique à plus tard et pénètre dans le cœur du cirque itinérant. Dans les coulisses du chapiteau, il fait sombre, et la cohue me déstabilise. Je me retrouve plongé dans un univers magique où tout ce qui se passe à l'extérieur ne compte pas. Je me sens comme Lucie passant à travers la porte menant au monde de *Narnia*. Tous les artistes sont déjà en mouvement sur la piste, certains s'étirent, d'autres jonglent et plusieurs prennent des notes et les comparent. Mais il n'y a pas une seule trace de la jolie brune avec qui je dois débuter mon entraînement. L'espace d'un instant, je m'imagine profiter de cette opportunité pour commencer à *réellement* travailler, puis je me souviens que ce n'est pas sur terre mais en apesanteur que j'ai plus de chance de la trouver. Je lève le nez, Meghan est là, perchée sur son trapèze qui fend l'air. Son corps musclé s'enroule autour de la barre dans une chorégraphie maîtrisée à la perfection. Ses bras supportent son poids tandis que ses jambes se plient, s'élancent, tournent et dansent. C'est magnifique. Je pourrais presque entendre la musique seulement en regardant la trapéziste exprimer son art.

— Tu es en retard, assène Meghan lorsque ses pieds retrouvent la plate-forme à l'extrémité de la piste.

Je ne pensais pas qu'elle m'avait remarqué, toutefois je ne me laisse pas démonter.

— Faux ! Tu ne m'as tout simplement pas vu puisque tu volais.

— C'est notre travail, je te signale.

« Seulement le tien », je me retiens de dire. Néanmoins pour ne pas faire voler en éclat la couverture de mon personnage, je dois me faire accepter au sein de la troupe, et pour ça j'ai besoin d'elle.

Chapitre 4

Meghan

Je l'ai évidemment vu entrer sous le chapiteau, sauf que j'ai fait comme s'il n'existait pas. Je ne veux pas de lui et je compte bien le lui faire sentir. J'ai continué mon échauffement en lui prêtant le moins d'attention possible, mais ma curiosité est trop forte, et je n'ai pas pu m'empêcher de lui jeter des coups d'œil à la dérobée. Maintenant qu'il est devant moi, son regard bleu lagon ancré dans le mien, je me dis qu'il faut que j'en sache un peu plus sur lui. Je ne veux pas qu'il reste, pour autant je vais devoir composer avec lui jusqu'à ce qu'il veuille bien s'en aller, alors quelques infos de base me seront utiles.

— D'où tu viens ?

— De Londres.

— Non, mais je m'en fous de ça ! Ce qui m'intéresse c'est ton expérience. Dans quel cirque as-tu exercé ?

— Aucun.

C'est une blague ? Mon père n'aurait jamais embauché un débutant. Comment veut-il que nous créions un numéro exceptionnel si son nouveau poulain n'a jamais foulé la piste ?

— Qu'est-ce que tu fais là au juste, Christobald ?

— Je te l'ai dit, je viens pour être ton partenaire.

Sa voix est calme et assurée, tandis que moi je suis sidérée.

— Sans aucune expérience ?

— Faut bien commencer quelque part.

Il a de la repartie, pour une fois je ne trouve rien à répondre. Je ne suis pas assez prétentieuse pour lui dire qu'on ne débute pas au sommet, qu'il ne peut pas imaginer participer à un numéro qui est réputé dans tout le pays. De plus, j'aime son ambition, c'est un trait de caractère indispensable pour évoluer dans le monde du spectacle. Néanmoins, je ne compte pas lui rendre la vie facile. S'il veut progresser, il faut déjà qu'il survive à la première semaine.

— Rassure-moi, tu as déjà vu un numéro de trapéziste ?

— Évidemment.

— Montre-moi ce que tu sais faire. Je veux voir comment tu as pu persuader mon père de t'embaucher.

Il hoche la tête et, obéissant, va rejoindre le centre de la piste. Tous mes collègues s'arrêtent et s'écartent pour voir de quoi est capable le petit nouveau. Il jette un œil à droite puis à gauche, jaugeant le matériel à sa disposition et, à l'instant où je lance la musique, son corps se met en mouvement. Il bouge avec grâce, effectue des figures complexes au sol, puis il se jette sur le cerceau de Coralie pendu à deux mètres de haut. À la force de ses bras, il se hisse dans le cercle pour s'y pendre d'une jambe tout en tournant. Il reprend place au centre du cerceau, appuyant ses mains de chaque côté pour supporter son poids, avant d'ouvrir les jambes dans un grand écart parfait. Enfin, délicatement, il vient se poser sur le sable de la piste, aussi léger qu'une plume et salue son public.

— Alors ? nous interroge-t-il en nous rejoignant.

— On a du boulot.

— Elle n'a pas tort, mais tu ne pars pas de zéro, mec, c'est positif, le complimente Étienne.

Je lance un regard noir à mon ami, qui sous-entend qu'il a choisi le mauvais camp. Je sais qu'il est foncièrement gentil et qu'il tente de contrebalancer mon amertume par un enrobage d'encouragement. Cependant, je suis vexée, Étienne a toujours été un soutien infaillible. Je retourne vers ma zone d'entraînement contrariée, ce qui ne m'empêche pas d'entendre la suite de leur conversation.

— Elle est toujours comme ça ?

— Non, Meghan est une personne géniale, gentille et généreuse. Le problème, c'est qu'elle est incapable de se remettre du drame qui la dévaste.

Je serre les dents pour ne pas faire demi-tour et hurler sur mon ami. Je n'aime pas qu'il raconte ma vie à tout le monde. Certes, l'histoire de la disparition de Simon n'est un secret pour personne, les journaux se sont fait un plaisir d'en parler à toutes les sauces alors que son corps n'était pas encore froid, mais ce n'est pas une raison pour en remettre une couche. Je ne veux pas oublier, loin de là, pour autant trop parler attire les curieux, et il est hors de question que Christobald se mêle de ma vie.

Ce dernier me rejoint, laissant Étienne à son entraînement. Lorsqu'il s'avance je prends le temps de le détailler. Je ne fais pas que me rincer l'œil, j'en profite pour étudier sa musculature et en déduire ses aptitudes physiques. C'est en connaissant les moindres détails du corps de son partenaire qu'il est possible de créer de l'art.

— Porte-moi, dis-je juste avant de m'élancer vers lui pour qu'il me hisse au-dessus de sa tête.

Il me soulève sans effort, et je remarque qu'il n'y a pas le moindre déséquilibre dans sa posture malgré la surprise provoquée par mon injonction.

— Grimpe.

Je lui montre le pilier menant à la passerelle, et il obéit sans discuter. Ses yeux reviennent sans cesse vers les miens attendant l'ordre suivant avec une lueur de défi. Je crie pour qu'il m'entende :

— Saute et balance-toi au-dessus du vide.

Cette fois, il est plus hésitant. Il lui faut quelques secondes pour se décider à prendre le trapèze et une vingtaine d'autres pour qu'il s'élance. Douze mètres le séparent du sol. Douze mètres mortels dès l'instant où on retire le filet de protection. Soudain, Chris lâche la barre et tombe. Ça ne dure pas plus d'un instant mais je sens mon cœur s'arrêter de nouveau, et mon cri horrifié résonne dans tout le chapiteau.

Je tends les bras en avant mais Simon ne me voit pas. Ses doigts effleurent les miens sans se lier à eux. Ils s'échappent, et je ne peux rien y faire. Le corps de mon frère vient heurter le sol dans un bruit sec. La sidération du public laisse place aux cris et à l'agitation de la foule. Tout le monde se rue sur la piste, et Simon disparaît, je ne parviens plus à le voir.

Je rejoins ma plate-forme à toute vitesse et prie pour qu'il aille bien. Mon frère est invincible, il trompe la mort tous les soirs. Mes pieds touchent le sol, et je me jette dans la foule, poussant tous ceux sur mon chemin. Puis je le vois, étendu au sol, son cou tordu dans un angle qui ne laisse aucune place au doute. Ses yeux sont ouverts et rivés vers le ciel. Alors je comprends.

Je n'arrive plus à respirer.

Il est…

Les larmes ruissellent sur mes joues alors que je cours, paniquée, vers le centre de la piste. Lorsque j'entends un rire grave, je stoppe net ma progression. Je lève les yeux et soudain je me rappelle qu'il y a le filet de sécurité. *Il n'est pas mort.* Je regarde Chris rebondir le sourire aux lèvres avant qu'il parvienne à retrouver la terre ferme. J'essuie les sillons qui marquent mes joues en sentant la colère monter en moi.

— C'était génial ! s'exclame-il, l'adrénaline semblant toujours courir dans ses veines.

Pour ma part je ne retiens pas ma main qui vient à la rencontre de sa joue dans un bruit sec. Je hurle, hors de moi :

— Tu es complètement inconscient ! Tu trouves ça drôle ? Tu penses que ce filet te met à l'abri de tout danger ? Il ne sera pas toujours là, et je refuse de mettre ma vie entre les mains d'un abruti qui n'est présent que pour trouver le frisson qui lui manquait. Tue-toi tout seul. Tu es viré.

Je tourne les talons et quitte le chapiteau en trombe, sous les regards contrits de mes camarades.

— Je peux savoir ce qui t'a pris ? crie mon père en pénétrant dans ma caravane sans avoir pris le temps de frapper.

— De quoi tu parles ?

— Tu as viré Christobald.

Je ne réponds pas et reste concentrée sur mon maquillage. Dans une heure a lieu la première représentation du jour, c'est tout juste le temps qu'il me faut pour enfiler mon masque de trapéziste de renommée nationale. À l'âge de vingt-trois ans, Meghan Hook n'est plus qu'une coquille vide, et chaque soir je dois lui demander de reprendre vie pour briller aux yeux des spectateurs. Alors ce n'est pas le moment pour que mon père vienne me faire la morale.

— Meghan !

— Ce type est un amateur, je ne veux pas risquer ma vie seulement parce que lui veut son heure de gloire !

— Et que faisais-tu avec ton frère ? lâche-t-il, acerbe.

— C'était différent ! Simon était mon tout, il n'a jamais été question de carrière avec lui.

— C'est ce que tu crois ? s'étonne-t-il. Quoi qu'il en soit, Chris reste.

Sur ces mots, il m'abandonne. Quand la porte claque je ne bouge pas, je suis trop abasourdie par ces dernières paroles qui se mélangent dans ma tête. Mon propre père cherche-t-il à semer le doute dans mon esprit ? Pourquoi sous-entendre que mon frère ne voyait en moi qu'un moyen de faire décoller sa carrière ? Simon a toujours été près de moi, à me soutenir et à me tirer vers le haut pour que nous progressions ensemble. À aucun moment, je n'ai perçu une quelconque ambition individuelle. Certes il pouvait être dur et exigeant, mais il l'était autant avec moi qu'avec lui-même. Je secoue la tête pour me débarrasser de cette idée absurde. Mon père est en colère, il veut simplement me faire réagir pour que j'accepte de travailler avec un nouveau partenaire.

Chapitre 5

Meghan

J'ai été mauvaise ce soir. Les applaudissements des spectateurs n'ont pas diminué par rapport aux autres représentations mais je le sais, j'ai été une piètre trapéziste aujourd'hui. Les derniers événements m'ont occupé l'esprit toute la soirée, et je n'ai pas réussi à me concentrer : mon père et sa nouvelle lubie, du nom de Christobald, n'ont pas cessé de hanter mes pensées.

J'ai quitté le chapiteau en vitesse en saluant tout le monde d'un signe de la main et d'une phrase toute faite. J'attendrai le débriefing de demain pour connaître l'avis de mes pairs sur ma performance, je n'ai pas envie de déprimer davantage… Je me dirige vers ma caravane d'un pas pressé, cependant je m'arrête quelques mètres avant d'atteindre la porte qui mène à mon refuge. Mon nouveau partenaire – récemment viré et de nouveau embauché – est assis sur la plus haute marche. Ses cheveux cachent à nouveau ses yeux, et il ne fait rien pour les retenir en arrière. Les coudes posés sur les genoux et la tête baissée, il ne me voit pas approcher. Un soupir las m'échappe tandis que j'avance de quelques pas. Je lui demande sans la moindre animosité :

— Qu'est-ce que tu fais là ?

— Je tenais à m'excuser pour tout à l'heure. Je ne sais pas ce qui m'a pris, je n'ai pas pensé une seconde que ça pouvait t'évoquer la mort de ton frère.

Je suis surprise par la facilité avec laquelle il avoue son erreur. Je hoche la tête, incapable d'articuler le moindre mot, et accepte ses excuses sans rien dire. Écouter un inconnu me parler de Simon est difficile et voir ce même inconnu tenter de prendre sa place me tue de l'intérieur. Mais vu l'heure qu'il est je suis bien trop épuisée pour me battre ou polémiquer sur quoi que ce soit.

— Bonne nuit, Christobald.

Il semble étonné que je ne lui hurle pas dessus. Je n'en ai pas vraiment envie de toute façon. Je ne rêve que d'une bonne douche avant de me glisser entre mes draps frais.

— Bonne nuit, souffle-t-il en détournant le regard.

Il se lève pour me laisser la place et, lorsque je le dépasse pour entrer, nos corps se frôlent. Ça ne dure qu'une seconde pourtant un frisson me parcourt, laissant dans son sillage une sensation étrange. Je ne me retourne pas et ferme la porte derrière moi, déstabilisée par ce contact. Une chose est sûre, Christobald Wanderlock doit partir, et vite.

Au petit matin j'ai quelques difficultés à émerger. Je pose les yeux sur mon réveil qui affiche 6 heures 50. *6 heures 50 !* Je rejette mon drap et me lève en vitesse. Je ne peux pas être en retard, pas ce matin. Hier, j'ai fait tout un sketch à mon nouveau partenaire sur la ponctualité et l'assiduité. Si je veux qu'il rembarque ses petites affaires et quitte les lieux au plus vite, je dois lui rendre la vie impossible dès aujourd'hui, alors louper le footing matinal serait me tirer une balle dans le pied. J'attrape une brassière ainsi qu'une paire de leggings et les enfile avant de m'attacher les cheveux maladroitement. Je mets le nez dehors à 6 heures 57, prête pour mon jogging quotidien.

Je descends les quelques marches de ma caravane mais ce que je vois me coupe dans mon élan. Mes yeux s'arrondissent devant la vision de Christobald sortant de celle de Simon. Je sens mon corps vibrer de colère, chaque muscle est tendu, et je peine à ne pas me jeter à la gorge de cet intrus qui s'immisce dans l'intimité de mon frère. Mes pieds martèlent le sol tandis que je le rejoins, bouillonnant de l'intérieur.

— Qu'est-ce que tu fais là ? dis-je en grognant, les poings serrés.

— C'est ta phrase favorite, dis-moi.

Son ton plaisantin m'irrite davantage, et je suis sur le point de craquer.

— Je t'ai posé une question ! Que foutais-tu dans la caravane de mon frère ? Et ne me dis pas que tu cherchais les toilettes.

— Non, en effet. C'est là que je dors.

Sa réponse me coupe le souffle.

— Pardon ?

— Ton père m'a indiqué cette caravane comme étant la mienne. Il a dit qu'il la viderait d'ici la fin de la semaine prochaine.

Je n'en reviens pas. Pourquoi m'inflige-t-il ça ? Pire, comment ose-t-il donner la maison de Simon au premier venu ? Les larmes me piquent les yeux mais je refuse de pleurer. Il est tout juste 7 heures, et je sais que si je m'effondre maintenant je ne vais pas aller mieux de toute la journée. Pourtant mon cœur saigne, et je meurs d'envie de tout casser autour de moi, en commençant par la gueule d'ange de Christobald, ou celle de mon paternel. Néanmoins, je garde la tête haute et avale la boule qui encombre ma gorge avant de partir en courant pour entamer mon circuit habituel. Mon nouveau partenaire prend ma suite avec un temps de retard mais il me rattrape en quelques foulées et nous courons côte à côte dans un silence des plus complets.

Je fais dix kilomètres tous les matins et suis le même sentier depuis que nous sommes arrivés près de Lyon. Encore quelques jours et nous prendrons la route pour Saint-Cyprien, près d'Argelès-sur-Mer, où il me faudra trouver un nouveau circuit.

En quarante-cinq minutes, nous sommes de retour au campement. Je me suis dépassée aujourd'hui et ai gagné presque cinq minutes sur mon temps de course. Il faut dire qu'être en compétition avec un bel athlète me motive. Il a tenu la distance tout du long, je ne devrais pas être surprise, après tout, il n'est pas arrivé ici par hasard. Le mettre à rude épreuve physiquement va me demander un peu plus d'effort qu'un footing matinal.

— On a cinq minutes pour prendre une douche avant le débrief. Viens en collant sous le chapiteau, aujourd'hui on va attaquer l'entraînement. Le vrai.

Je l'abandonne là et prends la direction de ma caravane. Sous le ruissellement de l'eau brûlante, je prépare mentalement notre séance de ce matin. Ce n'est pas aujourd'hui que je compte me jeter dans le vide en priant pour qu'il me rattrape, il doit d'abord faire ses preuves autrement que sur un cerceau à moins de deux mètres du sol. Je veux le voir peiner et prendre conscience qu'il ne peut pas débarquer comme ça et prétendre être à la hauteur de Simon.

— Encore dix !

Christobald s'exécute et effectue dix tractions supplémentaires du haut de son trapèze. Face à lui, je fais de même. Il est à bout de souffle et en sueur, tandis que je commence tout juste à sentir une légère brûlure dans mes biceps. Je pensais qu'il était considéré comme un sportif de haut niveau à la fac, pourtant quand je le vois dans cet état alors que nous n'en sommes qu'à l'échauffement, j'en doute. Je me demande encore comment mon père a pu se laisser duper par ce charlatan.

— Maintenant, tu tiens en équilibre avec une seule jambe et tu attrapes l'autre derrière ta tête.

Il essaye mais le résultat est juste horrible. Il manque de grâce et sa stabilité ne tient qu'à un fil. Je m'assieds sur ma barre suspendue et le regarde se démettre le cou. Je soupire, exaspérée. Jouer les instructeurs n'est pas pour moi, je n'ai qu'une envie : le faire descendre pour ne plus jamais le voir se balancer sur un trapèze.

— Recommence !

— Tu n’as qu’à le faire, toi ! Tu en parles comme si c’était facile.

Je lève les yeux au ciel en soufflant avant de me laisser tomber en arrière pour attraper ma jambe avec souplesse. Je garde la position plusieurs secondes avant de basculer en sens inverse afin de me retrouver à nouveau assise.

— Recommence !

Le défi se lit dans ses yeux aciers, et un sourire se dessine sur son visage tandis qu’il s’exécute, encore et encore.

Chapitre 6

Chris

Je suis crevé. Meghan est un vrai tyran et j'ai été plutôt mauvais lors de notre entraînement. Je suis à peine arrivé, pourtant j'ai déjà hâte que tout ça soit fini, je n'ai pas obtenu un diplôme universitaire pour jouer les acrobates dans un cirque. Malheureusement, être un journaliste reconnu en 2022, ça implique de donner de sa personne.

Aujourd'hui, Christopher Demeillers, mon vrai nom, n'est pas plus connu que Christobald Wanderlock. L'un restera dans l'ombre tandis que l'autre sera projeté en pleine lumière. Il ne tient qu'à moi que ce soit Christopher que les gens retiennent.

Je regarde ma montre, 21 heures, la seconde représentation est sur le point de commencer. Je jette un œil à droite et à gauche, personne en vue, tous les artistes sont dans les coulisses, prêts à entrer en piste. Je profite de ce moment où chacun est concentré sur son numéro pour m'éclipser en douce.

Tout est différent une fois la nuit tombée, et l'effervescence est contenue sous le chapiteau. Le campement est presque lugubre, plongé dans le noir où règne le silence. J'ai l'impression d'être un éléphant dans un magasin de porcelaine, le bruit de mes pas semble briser le calme qui m'entoure. *Tu te fais des idées, Chris, personne ne t'entend !* Je souffle un bon coup pour essayer de me détendre et repense à mes objectifs. Imaginer mon nom dans les plus grands journaux français suffit à me donner le coup de boost qu'il me manquait. Tranquillement, je retourne vers la caravane qui m'a été attribuée et pénètre à l'intérieur.

Cet endroit ressemble à une garçonnière lambda avec des vêtements à même le sol, un lecteur DVD qui prend la poussière dans un coin télé et la vaisselle sale encore empilée dans le petit espace cuisine. Qui pourrait deviner que personne n'a habité cet endroit depuis plus d'un mois ? Cette caravane a des allures de sanctuaire et si j'en juge par la réaction de Meghan ce matin, personne n'a mis les pieds ici depuis la mort de son frère.

J'ai bien vu que la jolie brune a tenté de masquer son trouble devant moi pour ne pas que je sache que mon emménagement dans cette caravane était le coup de grâce. C'est une femme forte, avec un certain caractère et une détermination à toute épreuve. Elle rend coup pour coup. Je dois bien avouer que j'aime ce petit jeu entre nous. Toute la journée, elle a tenté de me faire payer mon intrusion dans sa vie de manière plus ou moins subtile. Elle veut que je lâche l'affaire, je l'ai deviné tout de suite. Sauf que je ne suis pas là pour elle et encore moins pour lui faire plaisir. Si je fais tout ça, c'est parce que je veux élucider le mystère qui tourne autour de la mort de son frère.

Malgré ce qu'en disent les journaux, la disparition de Simon Hook n'a rien d'un accident, j'en suis certain. Un trapéziste de son talent ne peut pas chuter d'une manière aussi simple. Tous les soirs, il mettait sa vie en jeu en effectuant les acrobaties les plus complexes et il serait simplement tombé de son trapèze ? *Foutaises !*

C'est en lisant les pages d'un quotidien concurrent que j'ai eu vent de cette histoire. L'article était creux, sans substance, comme si le reporter n'avait fait qu'écrire une anecdote qu'il avait entendue. En arrivant au travail ce matin-là, j'ai déboulé dans le bureau de mon rédacteur en chef pour qu'il me laisse investiguer. Évidemment, Bernard m'a ri au nez et n'a accordé aucun crédit à mon histoire. Il m'a renvoyé à mon ordinateur la queue entre les jambes.

Alors je me suis entraîné un mois durant pour améliorer mes compétences en voltige en regardant des tutos et d'autres vidéos trouvées sur Internet. J'ai même pris quelques cours pour adulte en école du cirque. Mes années de gymnastique m'ont aidé, mais ça n'était pas suffisant. Puis, après être venu à plusieurs de leurs représentations, j'ai décidé de postuler pour intégrer la troupe sans rien dire à personne.

Convaincre Monsieur Loyal n'a pas été simple, au-delà de la performance, il a fallu que je lui prouve que je serais indispensable en tant que personne. Il semble que j'ai su trouver les mots justes car je n'ai jamais rejoint la capitale depuis. Le soir même, j'étais embauché pour remplacer celui qui m'a mené jusqu'ici. Je suis là pour découvrir ce qui lui est réellement arrivé, et ça commence par une exploration approfondie de ce qu'il considérait comme sa maison.

Rien ne semble avoir bougé dans cette caravane depuis la disparition de son ancien propriétaire, c'est une aubaine pour moi. Je jette un œil circulaire à la pièce, rien ne laisse penser que celui qui logeait ici avait des idées suicidaires. Toutefois, je ne peux pas me baser sur une première impression, il me faut des preuves concrètes. Je décide de débuter par le coin-cuisine, j'ouvre les trois placards et le tiroir qui meuble l'espace. Tout est *clean*, je ne remarque rien de plus que des couverts, des biscuits qui ont sans doute dépassé la date de péremption et des verres.

Lorsque j'ouvre le frigo, je suis surpris de le trouver rempli de petits plats maison. Je tire la première boîte et vois un post-it rose, couvert d'une écriture féminine, collé sur le couvercle.

On se retrouvera bientôt et pour toujours. J.

Je prends une autre boîte.

Je meurs d'attendre que tu me reviennes. J.

J'en attrape une troisième.

On se rejoint de l'autre côté cette fois. J.

Ces billets qui sont pleins d'amour montrent aussi une détresse qui fait froid dans le dos. Chaque couvercle est décoré d'un petit mot semblable à ceux que j'ai lus et ils expriment tous la possessivité, la douleur et l'urgence. Je les récupère pour les glisser dans une enveloppe kraft que je tire de mon sac de voyage que j'ai abandonné près de la porte hier soir. Je m'interroge à voix haute.

— Qui est J ?

Je connais la biographie de Simon sur le bout des doigts, j'ai mémorisé chaque information que j'ai pu trouver avant de venir ici. Trapéziste depuis toujours, il a grandi au sein de ce cirque que son père dirige d'une main de fer. Il a obtenu son bac après un cursus de cours à domicile et n'a jamais envisagé de poursuivre ses études. Ses vingt-cinq ans de vie se résument à ces quelques lignes. J'ai bien tenté d'en apprendre plus via les réseaux sociaux mais Simon Hook n'existe nulle part, pas plus que sa sœur Meghan.

Avant d'avoir rencontré la jeune femme, j'ai également essayé d'en apprendre davantage sur elle, néanmoins, comme pour son frère, rien n'existe en dehors de son métier de trapéziste. Simon et Meghan sont nés dans cet univers qui interdit tout objet relié à Internet, mais ont-ils déjà vu un téléphone portable ? L'idée que ce cirque n'héberge que des fantômes me traverse l'esprit, alors je m'assieds en tailleur, à même le sol, et attrape mon ordinateur dans ma sacoche. Notre cher Monsieur Loyal m'a demandé de lui remettre tous mes moyens de communication avec le monde extérieur pour éviter les distractions, mais il était évident que je n'allais pas me séparer de mes outils de travail aussi facilement. Ils sont sagement restés dans ma voiture, cachée dans le compartiment de ma roue de secours au cas où quelqu'un se déciderait à fouiller mes affaires. Je tape les noms d'Étienne, Rémy et Coralie pour ne trouver que très peu d'informations à leur sujet. Comme les Hook, ces trois artistes ne bénéficient que d'une page Wikipédia chacun, et cette dernière n'est pas très enrichie. J'entre alors le nom de tous les artistes mais le résultat est toujours le même. Cependant, il y a une chose qui me saute aux yeux : les biographies sont toutes identiques à l'exception des noms et dates. Ils sont tous nés dans ce cirque et y ont obtenu leur diplôme sans jamais vouloir partir. Il est vrai que les communautés itinérantes sont connues pour être très soudées, toutefois je trouve ça surprenant qu'aucun membre ne soit attiré par une autre vie. J'arpente les méandres d'Internet à la recherche de la moindre information supplémentaire qui me mettrait sur une piste, mais rien.

Je suis sur le cul. Je ne comprends pas comment c'est possible à l'ère du numérique que l'ensemble d'une troupe n'ait pas d'identité virtuelle. J'aurais compris qu'un ou deux puissent vouloir se couper des réseaux sociaux, mais il me semble peu probable que tous ces gens aient effacé leur profil, ou qu'ils n'en aient jamais créé. D'ailleurs, quand je jette un œil autour de moi je ne vois aucun ordinateur ou téléphone portable. Il y a simplement une télévision mais aucun appareil connecté à Internet. Simon était coupé du monde extérieur, sa vie ne se résumait qu'au cirque, cette bulle fermée et opaque.

Ma curiosité me pousse plus loin. Il faut que je sache s'il était simplement allergique à toute forme de communication virtuelle ou si cette absence de technologie est quelque chose de plus strict, comme une règle d'adhésion. Je soupçonne cette troupe de vivre à huis clos.

À mon arrivée, j'ai eu de la chance que mon nouveau patron m'ait cru lorsque je lui ai assuré avoir effacé ma vie d'avant, un vrai coup de poker. Certes, je me suis créé une nouvelle identité, toutefois mes moyens sont limités alors je n'ai pas pu me réinventer une vie sur la Toile. À l'aide d'un logiciel professionnel, j'ai pu retoucher quelques documents administratifs et utiliser les comptes fictifs que ma boîte produit pour les reportages sous infiltration. Ce n'est pas tout à fait légal mais il fallait que je puisse fournir des papiers pour être embauché. Enfin ça, c'est ce que je croyais. Depuis que j'ai mis les pieds ici, personne ne m'a demandé ma carte d'identité, ni même mon numéro de sécurité sociale. Encore un élément qui me laisse penser qu'il y a quelque chose qui cloche dans ce cirque.

J'abandonne la caravane du défunt pour me ruer vers celle de sa sœur. Il ne me reste qu'un quart d'heure avant que le spectacle soit terminé. C'est chaud ! Sauf que je ne peux pas m'arrêter en si bon chemin, mon enquête ne doit pas rester au point mort. C'est la première piste que j'ai en deux jours alors je ne réfléchis pas.

Je crochète la serrure sans difficulté et ferme la porte derrière moi. J'allume et me retrouve dans un tout autre univers. Ici tout est rangé au centimètre près à l'exception de l'espace d'une coiffeuse débordante de produits, bijoux et accessoires. J'imagine sans mal Meghan s'apprêter avec minutie, tresser ses cheveux avant de les enrouler afin de former un chignon, pour ensuite passer au maquillage de scène.

Je n'ai pas le temps de rêver comme un ado amoureux, j'ai une intuition à vérifier. Je zieute dans tous les coins de la caravane, sans rien trouver. Je m'apprête à approfondir mes recherches en fouillant dans les tiroirs quand la porte s'ouvre.

Pris en flag !

Chapitre 7

Chris

— Tu veux de l'aide peut-être ? me balance Meghan, acerbe.

Merde ! Je me suis fait prendre comme un bleu ! Je serre les dents en me maudissant. Je n'ai pas appris à gérer ce genre de situations à la fac, toutefois j'ai anticipé cette éventualité et je me suis constitué toute une panoplie d'excuses au cas où. Pourtant je reste comme un con, bras ballants à regarder la trapéziste bouillir de rage. Aucun mot ne me vient en aide.

— Tu comptes rester là comme un imbécile ou me dire ce que tu fais chez moi ?

Ma langue retrouve enfin ses facultés.

— Je cherche des vidéos.

— Des vidéos ? Tu peux être plus explicite ?

Meghan a les poings serrés posés sur les hanches. Elle est penchée en avant et attend que je m'explique avant de décider si elle doit m'étriper ou non. J'insiste pour donner davantage de crédibilité à mon mensonge.

— De tes numéros, ceux avec ton frère.

Je la vois déglutir avec difficulté à la mention de son frère. Cette nana semble souffrir le martyre à chaque fois que j'évoque ce dernier ou dès que quelque chose le lui rappelle. J'ai le sentiment qu'elle ne parvient pas à avancer, qu'elle tourne en rond dans son chagrin et je m'en veux d'en rajouter une couche. Toutefois, cette excuse est la seule qui peut me sortir du pétrin dans lequel je me suis fourré.

— J'ai besoin de progresser, je le sais, et pour ça il faut que j'aie un modèle. Je ne peux pas aspirer à te réceptionner à douze mètres de haut sans préparation, il faut que je bosse.

— Et me demander au lieu d'entrer par effraction ça te semblait trop compliqué ?

Je me risque à lui répondre :

— Tu n'es pas forcément des plus coopérantes.

— Et ce n'est pas près de changer. Maintenant sors de chez moi !

Je m'exécute en jetant un dernier coup d'œil en arrière. Les yeux perçants de la jolie brune me fusillent sur place lorsqu'elle le remarque. Je baisse la tête, gêné, et entends la porte claquer dans mon dos.

J'accélère jusqu'à la caravane de Simon et me jette sur le lit après avoir refermé derrière moi. Tout en contemplant le plafond je refais l'inventaire de ce que j'ai pu trouver chez ma partenaire, ou plutôt de ce que je n'ai pas trouvé : aucun ordinateur, pas de téléphone ; juste une simple télévision et une chaîne hi-fi. Je me pose de plus en plus de questions. Je suis venu ici pour élucider une mort suspecte, mais je sens que je suis en train de mettre le doigt sur quelque chose de bien plus gros.

J'hésite à contacter mon rédacteur en chef, ce type gras comme un lard qui me prend pour un distributeur de café ou son correcteur orthographique. Bernard ne m'accorde pas une miette de son estime, pourtant cette fois le scoop risque d'être énorme. Il me pense en vacances, bien qu'il se doute que je suis sur une affaire, il a qualifié cette dernière de « bonne pour la presse à scandale » autrement dit, pour lui, mon travail s'apparente plus à une activité de loisir qu'à une enquête journalistique… Il a beau être dur, Bernard tient à avoir des sujets de qualité dans son journal. Selon lui, on ne peut pas égaler *Le Monde* si on traite n'importe quoi dans nos articles.

J'attrape mon sac de sport caché sous le lit et en tire un portable, celui que je me suis bien gardé de donner en arrivant. Je savais que je devrais me séparer de mon smartphone personnel, alors je me félicite d'avoir apporté celui du boulot. Mon téléphone entre les mains, je n'ai pas le temps de décider si je dois contacter mon boss pour l'avertir de mes projets et lui demander son aide, qu'on frappe vigoureusement à ma porte. Je remets tout à sa place puis me lève pour aller ouvrir. Je suis surpris de voir Meghan devant moi, en tenue de sport.

— Il n'existe aucune vidéo, lâche-t-elle de but en blanc.

— Tu as fait tout ce chemin pour me dire ça ?

Je ne trouve rien de plus intelligent à répondre. *Il va falloir faire mieux Chris !*

— Ma caravane est à une dizaine de mètres, dit-elle en levant les yeux au ciel. Tu as dit que tu voulais t'entraîner, alors c'est ce qu'on va faire.

— Maintenant ?

— Maintenant.

Son air sérieux ne me laisse pas l'opportunité de négocier. Je me tourne vers l'horloge accrochée dans le petit coin cuisine et découvre qu'il est près de 23 heures 45, le réveil sonne dans moins de sept heures. Elle veut me tuer, j'en suis certain. Si je n'ai pas huit heures de sommeil, je suis grincheux, mais en dessous de six heures, je suis carrément exécrable. Toutefois, je la suis à l'extérieur, elle ne se prive pas d'être désagréable avec moi alors pourquoi ferais-je des efforts ? Je lâche alors :

— Tu es un tyran, Meghan.

— Et toi, un masochiste, on fait la paire.

Je ne dissimule pas mon sourire. Je crois que sans s'en rendre compte la jolie brune est en train de m'accepter. Cet entraînement impromptu pourrait s'avérer être une aubaine.

Nous pénétrons sous le chapiteau dont l'atmosphère est bien différente qu'en journée. L'air est pesant malgré le vent glacé qui souffle sous la toile. Les lumières éteintes, on se croirait dans un mauvais film d'horreur. Meghan a l'air dans son élément, je l'imaginais plus fragile et sensible à ce genre d'ambiances, or elle se dirige la tête haute vers le panneau d'alimentation électrique.

Tout s'éclaire, et nous rejoignons la piste. Meghan me détaille toutes les figures que je dois exécuter, et ça me semble irréalisable. Malgré mes prouesses aux anneaux et à la barre fixe durant les compétitions de gymnastique auxquelles participait mon club, jouer le trapéziste n'est pas chose aisée. Pendant deux heures, j'exécute les ordres dictés par ma tortionnaire sauf que le résultat n'a jamais l'air de la satisfaire. Cette nana est d'une exigence impossible à contenter, si bien que je ne suis pas surpris qu'elle n'ait pas de mec, elle place la barre trop haut ! *Pourquoi tu penses à ça, crétin ?* Je ne suis pas là pour m'intéresser à la vie amoureuse de ma partenaire. L'heure tardive est en train de bouffer mes quelques neurones encore actifs.

— Chris, concentre-toi, bordel !

Voilà qu'elle me crie dessus ! Elle a beau être magnifique et sexy à souhait dans son collant et avec ses cheveux ondulés qui lui encadrent le visage, je n'accepterai pas qu'on me hurle après sans rien dire. Je me laisse tomber dans le filet de sécurité pour l'énerver un peu plus avant de la rejoindre.

— Écoute, ma jolie, il va falloir te détendre si tu veux que notre collaboration fonctionne.

— Le truc, c'est que je n'ai pas envie que ça fonctionne, rétorque-t-elle du tac au tac. Il faut simplement que tu te rendes compte par toi-même que tu n'as rien à faire ici. Mon père s'est mis en tête que tu pouvais servir à quelque chose mais ce n'est pas vrai. Alors rends-nous service à tous les deux et rentre chez toi.

Elle se détourne, mais je l'arrête d'une simple phrase. Je commence à en avoir marre de son comportement de gamine capricieuse.

— Tu es toujours aussi garce ou c'est la mort de ton frère qui t'a rendue aigrie ?

— Pardon ?

Touchée ! Mentionner son frère est la meilleure façon de la faire réagir.

— Comment oses-tu parler de Simon ? Jamais tu ne lui arriveras à la cheville ! Tu n'es rien, et ce n'est pas demain la veille que ça va changer !

— Mais moi au moins je suis en vie ! Jamais je ne ferai une erreur aussi bête que la sienne.

Je reçois une gifle amplement méritée. Je donne de ma personne pour ce job ! Meghan me regarde de ses yeux noir cobalt, la colère transparaît par tous ses pores. Je la pousse à bout mais je veux qu'elle crache le morceau, qu'elle défende son frère au point de me dire que ce n'était pas un accident. Car ce n'était pas un putain d'accident !

— Dégage ! crache-t-elle.

— Vire-moi !

Mon ton provocateur ne fait qu'accroître sa rage.

— Connard ! Je vais tellement te dégoûter de la voltige que tu n'oseras plus jamais toucher le moindre agrès de ta vie, tu ne seras qu'un pauvre type qui s'est senti pousser des ailes pour se casser la gueule avant même de décoller.

— C'est une menace ?

— C'est une promesse.

Chapitre 8

Meghan

Je bouillonne de rage, ce type est le plus gros connard que j'aie jamais rencontré. Je lis dans son petit jeu de provocation comme dans un livre ouvert : il cherche à me rendre la monnaie de ma pièce en me blessant. Utiliser la mort de Simon est un coup bas, trop bas même. Chris s'insinue dans la faille qu'il a trouvée et joue sur la corde sensible. Cependant, même si ses mots me touchent, je ne compte pas le laisser m'atteindre davantage.

Malgré ça, je suis incapable de ne pas remarquer à quel point il est sexy quand il réfléchit à la meilleure façon de me blesser. Dans ces moments-là, son front se plisse, ses yeux se rétrécissent tandis que ses pupilles se dilatent et que sa bouche se pince. D'ailleurs ses lèvres sont un appel au crime, j'ai autant envie de les goûter que de les détester. *Stop Meghan !* Je ne peux pas penser à ça alors que mon unique but est de le voir quitter le cirque avant que nous ne désertions la province lyonnaise. Je ne peux pas me laisser aller à de telles pensées : ma vie c'est le cirque et rien d'autre. *Chris est l'ennemi !*

Je jette un dernier coup d'œil à l'homme à l'esprit bien trop affûté et dont le corps ferait fantasmer une none, puis je tourne les talons, l'abandonnant là. Il est 2 heures du matin, et il ne compte pas céder alors je ne vais pas me fatiguer, car contrairement à lui, demain je dois assurer, mon père ne pardonnera plus aucune de mes erreurs.

Au petit matin je suis d'une humeur de chien. Le peu de temps où j'ai dormi j'ai été hantée par un beau brun aux yeux bleu lagon hypnotisant. Dans ce rêve, je lui hurlais dessus alors que nous nous entraînions, et il me répondait par des rictus charmeurs. Ces sourires ne me dérangeaient pas le moins du monde, toutefois, maintenant que je suis réveillée, ça m'exaspère. Je ne veux pas que mon subconscient apprécie Christobald ni qu'il se régale à la vue de ses muscles mis en avant par les tenues moulantes imposées par notre art. Je refuse que la moindre parcelle de mon corps soit attirée par ne serait-ce qu'un centimètre carré de sa peau. En résumé, j'ai mal dormi et je n'ai pas envie que Chris soit la première personne que je vois ce matin.

Je me tire de mon lit et file sous la douche pour me remettre les idées en place. En sortant, j'enfile ma tenue de sport et noue mes cheveux sur le dessus de ma tête.

Un peu avant 7 heures, je vais frapper à la porte d'Étienne en évitant soigneusement de regarder vers la caravane de mon frère. Mon ami m'ouvre, à peine vêtu d'un caleçon et les yeux emplis de sommeil.

— Meghan ? Qu'est-ce que tu fais là ? Tu ne devrais pas être en train de courir ?

— Justement, j'ai besoin de toi ce matin.

Il lève un sourcil interrogateur sans comprendre où je veux en venir. Je fais un mouvement du menton en direction de la caravane d'où sort Christobald comme si ça pouvait tout expliquer.

— Tu veux que je fasse chaperon pour ne pas sauter sur cet apollon alors que vous êtes tous les deux couverts de sueur et en proie à vos hormones ?

— Si par « lui sauter dessus » tu entends « l'étrangler à mains nues », alors oui, c'est l'idée.

— C'est si dur que ça ? demande mon ami en étouffant un rire.

— Il est nul, Étienne, vraiment nul, et je ne suis pas prête à voir quelqu'un prendre la place de Simon.

— OK, j'enfile un jogging et un T-shirt et je te rejoins. Essaye juste de ne pas le bouffer durant les deux minutes où tu vas te retrouver face à lui.

Je le remercie en lui embrassant la joue. L'espace d'un instant nous restons tous les deux immobiles, ce petit geste anodin fait habituellement parti de notre quotidien, sauf que depuis la mort de mon frère, je me suis renfermée sur moi-même et ai pris mes distances avec Étienne. Mon ami m'offre un sourire suppléé d'un clin d'œil avant de refermer la porte de sa caravane.

Je me retourne, et mon début de sourire s'évanouit quand je remarque que mon partenaire m'attend. J'hésite à m'approcher de Christobald alors que des fragments de mon rêve planent encore dans mon esprit. Toutefois, je ne veux pas lui laisser l'ascendant sur moi alors je le rejoins la tête haute. Il me surplombe de toute sa hauteur, mon mètre soixante-huit ne fait pas le poids face à lui, ce qui ne m'empêche pas de me tenir droite et fière. Je le questionne non sans une arrière-pensée.

— Bien dormi ?

Qu'est-ce qu'il me prend ? Depuis quand je fraternise avec l'ennemi ? Cette matinée démarre étrangement, je commence à m'adoucir, c'est mauvais signe. Je n'ai pas le temps de m'appesantir sur cette révélation que mon partenaire me répond, coupant court à toute pensée positive.

— Pas vraiment, j'ai rêvé qu'une jolie brune folle à lier me hurlait dessus pour que je me plie à ses quatre volontés.

Lui aussi ?

— Dommage pour toi mais ce n'est pas un rêve, je ne compte pas m'arrêter de crier aujourd'hui.

Mon ton est sec et mon regard dur lorsque j'assène ma dernière phrase. J'ai remis mon masque de glace, cette nuit n'a rien changé, et ma détermination à le faire fuir est toujours inébranlable. Toutefois, Chris n'a pas l'air de se démonter car il réplique.

— Je n'ai pas dit pourquoi tu criais dans mon rêve, tes désirs étaient tout autres.

Il n'a pas osé ? Je n'en reviens pas que cet abruti s'amuse de provocations graveleuses. Je ne sais pas quoi répondre tant je suis surprise. J'ai toujours su que nos échanges seraient une suite d'affrontements mais je ne m'attendais pas à descendre sur ce terrain-là. J'essaie de trouver quelque chose à dire mais les mots ne se forment pas et, plus je garde le silence, plus le rictus de mon adversaire s'agrandit. *Maudit sourire !*

C'est à ce moment-là que mon acolyte arrive, frais et pimpant, prêt à nous chaperonner, comme si je ne venais pas de le tirer du lit. Il me sauve la mise et allège la tension plus que palpable.

— Salut vous deux, il paraît que vous ne pouvez pas vous passer de moi !

— Tu es le bienvenu, sans toi, Meghan m'aurait sûrement sauté dessus, répond Christobald.

— C'est exactement ce que j'ai cru comprendre lorsqu'elle m'a proposé de vous accompagner.

Moi qui pensais faire d'Étienne mon allié, les choses prennent une tout autre direction, et ce n'est pas pour me plaire. Je fusille mon ami du regard.

— Bon, vous avez fini de bavarder, les filles, ou vous voulez que je vous serve le thé ? On a dix kilomètres à faire, on devrait s'y mettre si vous voulez être à l'heure pour le petit dej.

Mon ami m'offre un sourire lumineux caractéristique de la joie de vivre qui le définit, tandis que son acolyte se contente d'un haussement d'épaules avant d'entamer sa course. Les deux hommes courent côte à côte en conversant comme si cela ne leur demandait aucun effort et qu'ils avaient l'habitude de faire ça tous les jours. Suis-je vraiment la seule à refuser la présence de cet intrus dans notre communauté ? Nous n'avons jamais accueilli d'étranger parmi les nôtres, pourtant personne ne semble se poser de question sur ce type qui débarque de nulle part.

Chapitre 9

Meghan

Une semaine est passée, et Christobald Wanderlock est encore là. Il s'immisce de plus en plus auprès des miens, qui semblent tous l'accepter, pire, ils font comme s'il avait toujours été là. Ça me pousse à m'acharner davantage. Malgré la difficulté de nos entraînements, il ne lâche pas prise et sa détermination lui vaut les faveurs de mon père tandis que je deviens le vilain petit canard.

Aujourd'hui, comme tous les mercredis midi, je déjeune avec mon père dans un restaurant de la ville dans laquelle nous sommes établis. C'est un rituel familial que j'ai toujours connu. Au départ nous déjeunions tous les quatre, mes parents, mon frère et moi. Puis il n'y avait plus que mon père et nous. Maintenant je n'y vois plus vraiment de sens. Pourtant, cette habitude est la seule que nous avons conservée après la disparition de Simon, et mon père a dû insister pour que je sorte de mon lit et m'habille d'une tenue décente pour le rejoindre. Ça me fait encore bizarre de demander une table pour deux au lieu de trois, et les déjeuners ne sont plus aussi vivants. La mort de mon frère plane au-dessus de nous.

Le silence est roi ce midi. Il domine, parfois interrompu par des phrases de mon père qui n'attendent pas de réponse. Pour ma part je me contente de remuer ma soupe de brocolis sans la goûter. Je n'ai plus d'appétit depuis un moment et, la plupart du temps, je dois user de stratégie pour esquiver les questions sur mes habitudes alimentaires. Mais devant mon père je n'ai pas besoin de subterfuge, il ne s'intéresse pas au contenu de mon assiette ni à mon tour de taille. La seule chose qui a de l'importance à ses yeux, c'est son cirque et son nouveau poulain.

— Comment se passent tes entraînements avec Christobald ?

— Mal.

J'ai répondu sans réfléchir, surprise qu'il me pose enfin une vraie question, et je le regrette aussitôt. Mon père hausse un sourcil interrogateur.

— Quelles difficultés rencontrez-vous ? Je suis certain qu'il n'y a rien d'insurmontable.

Je ne tiens plus face à ses réactions incohérentes. Il a toujours prôné l'excellence ! Avec lui comme Monsieur Loyal, personne n'a le droit à l'erreur et pourtant je le sens prêt à faire preuve de beaucoup de souplesse face à cet intrus.

— Il est incompétent, papa ! Je ne comprends pas pourquoi tu l'as recruté.

— Nous avons besoin de lui, insiste mon père en fronçant les sourcils et d'un ton qui ne laisse aucune place à la discussion.

Je ne comprends pas sa réponse, jamais nous n'avons remplacé qui que ce soit, nous avons toujours fait avec. Mon père ne cesse de dire que la troupe est une famille et qu'elle le restera. Chez nous, les enfants prennent la relève des parents, les anciens forment les jeunes, personne ne part et je n'ai jamais vu quiconque s'intégrer à notre groupe. Alors pour quelle raison veut-il subitement faire entrer quelqu'un chez nous ? Je tente de le convaincre :

— Pourquoi je ne peux pas continuer les numéros en solo ? Il faut quelques adaptations mais les trapézistes solitaires ça existe, les choses peuvent être différentes.

— Sauf que tu n'es plus aussi performante.

C'est le coup de grâce. Mon père qui passe son temps à dire à qui veut l'entendre que je suis merveilleuse, spectaculaire et tout le tintouin vient de m'avouer que je ne suis pas aussi douée qu'il souhaite le faire croire. Ces mots me font l'effet d'une guillotine qui s'abat sur ma nuque. Les larmes me montent aux yeux. La voltige c'est tout ce qu'il me reste, tout ce qui me relie encore à Simon. Mon père devrait me soutenir dans mon art et dans mon deuil. Pourtant, il est celui qui m'enfonce dans mon trou, celui-là même que je creuse depuis un mois.

— Ça suffit. On arrête les frais, profite de tes déjeuners du mercredi sans moi.

N'ayant plus la force de faire semblant de passer un bon moment en sa compagnie, je repousse ma chaise sans dire un mot puis je quitte la table et le restaurant. Je prends la route que nous avons empruntée pour venir, à pied, il est hors de question que je monte avec mon traître de géniteur, pas après ce qu'il m'a dit. J'ai besoin d'air pour réfléchir.

Malgré le fait que je ne digère pas ses mots, je ne peux m'empêcher de penser qu'il n'a pas tout à fait tort. Je n'irai pas jusqu'à dire que je suis moins performante, je travaille dur pour que ma technique soit irréprochable, mais peut-être qu'il me manque vraiment quelque chose et que c'est cela qui fait toute la différence lors d'une représentation. Quoi qu'il en soit, ce n'est pas Christobald qui va réussir à m'apporter ce qui me fait défaut.

Comme si ses oreilles avaient sifflé en m'entendant penser son prénom, mon nouveau partenaire fait son apparition à bord d'une vieille AX grise et ralentit à ma hauteur avant de baisser la vitre. Je le découvre en civil, habillé comme le commun des mortels en jean usé, un T-shirt noir ajusté et les cheveux en bataille comme s'il venait de sauter du lit. Par tous les dieux acrobates de la Terre, il est à tomber, bien plus que dans son collant qui moule pourtant la moindre partie de son anatomie.

— La vue te plaît ?

Grillée. Je me redresse pour reprendre un peu de contenance et masquer mon trouble.

— Je n'étais pas certaine que c'était toi, tu semblais un peu trop séduisant pour coller au personnage.

— Tu es en train d'avouer que tu me trouves canon ?

— Je le dirais sûrement si tu n'essayais pas de prendre une place qui n'est pas la tienne.

Il souffle, sans doute fatigué de notre petite guerre. Il est vrai que ma remarque était gratuite, et je me sens coupable. En ce moment, nous ne nous entraînons pas, alors aucune rivalité n'a lieu d'être. Nous ne sommes qu'un homme et une femme dans les rues de Lyon, néanmoins je ne parviens pas à être aimable avec lui.

— Tu retournes au cirque ? me demande-t-il en changeant de sujet.

— Oui.

— Alors grimpe, je vais te faire gagner du temps. Ça t'évitera d'être en retard à notre entraînement, déclare-t-il en m'offrant un clin d'œil presque amical.

Je m'apprête à refuser, mais il est vrai que l'heure tourne. Je devais rentrer en voiture avec mon père afin de me changer et d'être sous le chapiteau à attendre Christobald pour une nouvelle séance de torture. Sauf que si je persiste à continuer mon chemin, c'est lui qui patientera pendant probablement une heure. En plus de ça, le vent s'est levé et malgré mon manteau, l'hiver s'infiltre sous mes vêtements. Vaincue, j'abdique.

— OK, mais ne va pas croire que ça change quoi que ce soit entre nous. Je ne t'apprécie pas plus parce que tu me laisses profiter du chauffage de ta voiture.

Je contourne le véhicule pour rejoindre le siège passager. Un soupir d'aise m'échappe quand l'air chaud de l'habitacle m'enveloppe. On roule quelques minutes dans un silence pesant avant que Chris ne le rompe.

— Tu ne veux pas qu'on arrête ces chamailleries ridicules ?

— Tu comptes poser ta démission ?

— Non.

— Alors tu as ta réponse.

Il soupire, et la lassitude se lit sur son visage. Je passe peut-être pour une garce mais je ne suis pas prête à céder. Je veux qu'il parte pour pouvoir reprendre le cours de ma vie. Une fois Chris de retour chez lui, tout redeviendra comme avant, j'en suis certaine.

— Pourquoi tu me détestes autant ? Je sais bien que je ne remplacerai jamais ton frère, et ce n'est pas mon objectif. Je souhaite juste me faire un nom et avancer un petit bout de chemin à tes côtés et auprès de la troupe.

Sa question me surprend, pourtant elle semble logique étant donné mon comportement depuis son arrivée. Je ne le regarde pas et triture l'ourlet de ma robe pull. Je lui rétorque :

— Je ne te déteste pas. Simplement, tu sors de nulle part et tu t'imposes dans mon monde. Tu veux faire ton petit bonhomme de chemin mais est-ce que tu as pensé à ce que ça signifiait pour moi ? À l'impact que ton intrusion peut avoir ?

Il réfléchit à mes mots. Ses sourcils froncés et ses mains qui enserrent davantage le volant me laissent entendre qu'il y songe sérieusement.

— Je ne vois pas en quoi c'est différent d'un autre job, hormis la vie de saltimbanque. On va être collègues pendant un petit moment, puis on va chacun évoluer vers d'autres horizons.

— C'est ça le problème ! Tu vas partir car ta vie n'est pas ici. La mienne c'est le cirque et plus précisément le trapèze. Je refuse de faire entrer quelqu'un dans mon monde pour le voir me quitter à nouveau, que ce soit d'une manière ou d'une autre. Et puis tu es comme du sel sur une plaie encore ouverte, chaque jour tu me rappelles que mon frère est mort et que je suis la seule à le trouver irremplaçable.

Chapitre 10

Chris

Je fixe la route devant moi, les mots de Meghan résonnent encore dans l'habitacle. Je ne sais pas quoi dire. Je ne veux pas lui mentir, je fais mon boulot de journaliste, pour autant je ne veux pas briser cette femme davantage. Alors je ne vais pas la détromper, je préfère qu'elle continue à me mener la vie dure plutôt que de lui promettre de ne jamais l'abandonner car je le ferai. Une fois que j'aurai le fin mot de l'histoire je retournerai à ma vie parisienne, dans mon appartement au cinquième étage entre Tolbiac et Olympiade.

Nous avons rejoint notre campement, c'est la dernière nuit que nous passons ici. Demain, pour notre jour de congé nous prenons la route et traversons la France. Chaque artiste tirera sa caravane jusqu'à notre nouveau point d'établissement. Dans la troupe, personne ne parle de demain ou n'a l'air de se préparer au grand voyage, pas même les enfants. Tous vaquent à leurs occupations comme n'importe quel autre jour. La force de l'habitude.

Moins de dix minutes après que nous sommes revenus, tout le monde se retrouve sous le chapiteau et entame un nouvel entraînement. Il est 13 heures 30 pile, pas un seul de mes nouveaux camarades ne manque à l'appel. J'ai l'impression que tous se mettent en mouvement simultanément, c'en est presque flippant.

Mes yeux tombent sur la jeune trapéziste qui s'est changée, elle a enfilé un nouveau pantalon de yoga et un débardeur qui moule sa poitrine à souhait. Ses formes féminines sont délicates et tracées à la perfection, elle ne laisserait pas un moine insensible. Pour mon cas, je n'ai aucunement la prétention d'être un homme de Dieu, et ses charmes ont les plus hauts effets sur mon corps. La voir se tordre dans les airs avec agilité, mener son trapèze à la baguette et offrir une danse vertigineuse à tous les malheureux qui osent poser les yeux sur elle, réveille ma virilité. Je me concentre de toutes mes forces pour que le désir qu'elle fait naître en moi ne soit pas trop apparent dans ma tenue d'acrobate. Je me remémore toutes les fois où elle m'a hurlé dessus, cependant elle reste sexy même dans ces moments-là.

Après notre échange dans la voiture, je la vois d'un nouvel œil. Elle n'est plus cette garce prétentieuse et frigide, mais plutôt une femme à la fois forte et fragile qui se bat pour continuer à vivre, même si c'est en maltraitant les pauvres hommes qui essayent de travailler avec elle. J'ai envie d'en savoir plus sur elle, pas pour mon article, simplement parce qu'elle m'intéresse. Sauf que je ne peux pas me permettre de l'approcher sous cet angle. C'est la chance de ma vie, j'ai la possibilité d'enfin faire décoller ma carrière et je ne peux pas tout foutre en l'air en succombant à Meghan Hook. Séparer la vie professionnelle et la vie personnelle, c'est une règle d'or en journalisme. Mêler les deux c'est courir à la catastrophe.

Alors je reste à ma place tout l'après-midi, j'écoute et exécute ses ordres en répondant seulement lorsqu'elle va trop loin. Notre jeu du chat et de la souris commence à me plaire, d'autant plus qu'il sert mes intérêts. Sans s'en rendre compte, elle me donne de petites informations qui peuvent faire avancer mon enquête. Alors je note chaque infime indice dans un coin de ma tête en attendant de me retrouver seul et de pouvoir retranscrire le tout sur mon ordinateur pour commencer à assembler les pièces du puzzle.

— Christobald, concentre-toi ! Tes pliés sont disgracieux et tes balancements manquent de vigueur. Ce n'est pas pour rien qu'on n'accepte pas d'intrus.

Elle marmonne sa dernière phrase mais je l'ai entendue. Ce n'est que la confirmation de ce que je sais déjà mais peut-être que, si je la joue fine, Meghan pourra m'en dire plus.

— Si les étrangers te débectent autant, pourquoi ne pas rappeler des anciens artistes ? Ça ne serait pas plus simple ?

— S'ils ne sont plus sur scène et qu'ils n'entraînent pas les plus jeunes, c'est qu'ils ne sont plus bons à rien, selon mon père.

— Où sont-ils dans ce cas ?

— Morts.

Cet aveu inattendu manque de me faire chuter de mon trapèze. Je me rattrape in extremis et me hisse afin de m'asseoir sur la barre.

— Tu peux répéter ?

— Ici, on vit pour notre passion, et l'âge n'a pas d'importance. On est dévoué corps et âme au cirque, alors tant qu'on tient le coup on continue, car s'arrêter de pratiquer notre art, c'est comme ne plus respirer. Si tu ne vis pas pour la voltige, tu n'as rien à faire ici, Christobald Wanderlock.

15 heures sonnent, et tous les artistes quittent la piste pour retourner dans leurs caravanes afin de se préparer pour les deux dernières représentations. Je ne participe toujours pas au show, alors, au lieu d'enfiler un collant à paillettes, je vais pouvoir retrouver le confort de mon jogging en coton. J'ai à peine le temps de franchir le seuil de chez moi que mon oreille est tout de suite attirée par le vibreur de mon téléphone. Je dois vraiment penser à l'éteindre pour ne pas attirer l'attention. Je jette un coup d'œil par la fenêtre afin de vérifier que personne ne traîne autour de ma caravane avant de tirer le sac de sous mon lit et récupérer mon portable.

— Allô ?

— Christopher ! Vous décrochez enfin ! Je tente de vous joindre depuis la première heure ce matin.

— Bernard ? Je ne m'attendais pas à avoir de vos nouvelles, dis-je sur un ton méfiant.

Lorsque j'ai posé mon congé afin de mener mon enquête en dehors de mes heures de travail, mon patron n'a émis aucune objection. La seule condition était que je devais former mon remplaçant. Alors je suis surpris qu'il m'appelle.

— J'ai viré Hervé.

Tout s'explique.

— Il ne faisait pas un assez bon moka ?

— Pardon ?

Merde, j'ai dit ça à voix haute !

— Écoutez, je ne vois pas bien ce que je peux faire.

— Revenez à Paris sur-le-champ, répond-il comme si c'était une évidence.

— Non.

— Non ?

J'hésite à lui dire la véritable raison de mon absence. Bernard n'est pas ce qu'on peut appeler un type sympa, mais en ce qui concerne le boulot c'est un mec fiable. Sa vie est dédiée au journalisme, alors peut-être que si je lui parle de mes découvertes, il me laissera aller jusqu'au bout. Je finis par lui lâcher :

— Je suis sur un coup énorme.

— Dites-m'en plus.

Bingo ! J'ai piqué sa curiosité. Je fais un résumé rapide de ma semaine au cirque en expliquant mes motivations et en donnant quelques détails alléchants pour un type comme Bernard.

— Ces gens vivent en vase clos, personne n'entre ni ne sort de leur communauté. Tout lien avec l'extérieur semble proscrit, depuis mon arrivée je n'ai pas vu un seul téléphone ou ordinateur. Le mien a été confisqué. Et puis personne ne parle du type qui est mort il n'y a pas si longtemps que ça. Il y a quelque chose de pas net, j'en suis persuadé.

— Je vous donne un mois.

— J’en ai besoin de deux.

— OK. Par contre, je veux un rapport hebdomadaire sur votre avancée.

— Très bien, ça sera fait.

Après ça je raccroche. Si je laisse l’occasion à Bernard de s’immiscer davantage dans mon boulot, je risque de perdre toute latitude et de devoir bosser à sa manière. Je dois garder le contrôle de mon affaire. Si je fais tout ça, c’est uniquement pour moi, pour ma carrière, et il est hors de question que je laisse mon patron s’attribuer mon travail. Je ne compte pas être son préposé au café toute ma vie, ni rester dans son journal. Toutefois, il m’offre une chance de faire mes preuves, alors je dois m’assurer que mon article sera le meilleur qu’il ait jamais lu.

Maintenant que Bernard est au courant, je n’ai pas un, mais deux tyrans à gérer, et je ne sais pas lequel des deux me met le plus en danger. La brune sexy qui me tente autant qu’elle m’irrite ou mon insupportable patron ? Je ne m’attarde pas davantage sur la question, je gérerai au fur et à mesure. J’éteins mon téléphone avant de le remettre à sa place et de tirer mon ordinateur. J’ai quelques heures devant moi avant de devoir retrouver le reste de la troupe pour dîner alors il est temps que je me mette à écrire.

Chapitre 11

Chris

— Ici commence ton intégration au cirque Hook, lance Étienne en me tapant sur l'épaule de façon amicale.

Il est 7 heures du matin, et tout le monde est prêt à partir pour notre prochaine destination. Je lève un sourcil interrogateur à l'attention du rouquin pour qu'il m'en dise plus. De quelle intégration parle-t-il ? Je jure que s'il s'agit d'un bizutage digne des films américains, je fais un scandale. J'ai toujours déploré cette pratique, d'ailleurs mon premier article dénonçait cela, ainsi que l'arrivée de ces initiations malsaines en France. Toutefois, malgré le regard sceptique que je lance à Étienne, j'ai du mal à imaginer ce grand dadais dégingandé en bourreau.

— Déstresse mec ! Je vais juste te raconter l'histoire de notre troupe et ce que nous faisons au quotidien. Puis tu signeras un contrat avec Loyal, alias Steven Hook, et enfin il y aura la soirée en ton honneur.

Un contrat ? Qu'est-ce que je pourrais bien signer de plus ? J'ai déjà dû parapher plusieurs feuillets à mon embauche et même une putain de clause de confidentialité qui m'interdit de divulguer quelconque information sur les répétitions et représentations du cirque. Je voudrais poser la question à Étienne, mais je me retiens, je n'ai pas encore totalement confiance en lui. À la place, je lui réponds :

— Tout ça me semble bon enfant.

— Si tu oublies les litres de gin et de tequila qu'on va s'envoyer ce soir, ouais, rien de bien méchant.

— Laisse-moi le temps d'atteler ma caravane, et je suis tout à toi.

— Oublie la caravane, Monsieur Loyal s'en charge pour toi aujourd'hui.

Cette idée ne me plaît pas vraiment. J'ai laissé mes affaires à l'intérieur et je ne veux pas qu'il mette le nez dedans. Tant que je ne saurai pas ce qu'il se passe ici, je n'accorderai de crédit à personne. Il faut absolument que je trouve un moyen de récupérer mon ordinateur avant qu'on prenne la route pour Saint-Cyprien.

— Très bien, je vais chercher ma pochette de CD avec ma compil spéciale voyage et on embarque, dis-je en donnant la première excuse qui me vient.

Il va falloir que je m'améliore en excuse bidon et mensonge en tout genre… Ça fait deux fois depuis mon arrivée que je suis pris au dépourvu, et les mots qui sortent de ma bouche dans ces situations ne vont pas me sauver la mise encore longtemps. Qui fait encore des compilations sur CD en 2022 ?

Néanmoins, Étienne ne dit rien alors je me glisse dans ma caravane et attrape mon sac en vitesse. J'ai bien un CD à l'intérieur mais rien qui ressemble à une association de chansons faite maison. Tant pis, je n'aurai qu'à inventer un nouveau mensonge pour ne passer que du Ed Sheeran. *Merci Sara !* Ma petite sœur de dix-neuf ans est fan du chanteur anglais qui fait tourner les têtes avec son dernier album. L'année dernière elle m'a traîné au Stade de France afin de pouvoir assister au concert de son idole. Depuis, le CD est toujours dans mon sac. Jamais je n'aurais cru que ça me serait utile aujourd'hui.

Je rejoins Étienne qui m'attend toujours près de ma voiture. Je balance vite fait mon sac dans le coffre avant de l'inviter à monter tandis que je me dirige vers le côté conducteur.

— J'ai l'itinéraire avec les différentes étapes, indique le rouquin en me montrant la feuille qu'il tient dans sa main.

Putain, ils ne connaissent pas le GPS dans ce cirque ? Je retiens ma remarque par rapport au manque total de technologie et brandis mon malheureux CD.

— Et moi la musique !

— Ed Sheeran, sérieux ?

Les yeux du rouquin ont l'air prêts à jaillir de leurs orbites. Je hausse les épaules avec nonchalance tout en me maudissant de ne pas avoir fait le stock d'albums en dehors de ma playlist Spotify. Je savais devoir me débarrasser de mon portable à peine arrivé, mais je n'avais pas anticipé tout ce que ça impliquait. Comment font-ils pour se passer de tout ça ?

— Heu… ouais.

— Fais écouter ça à Meghan la prochaine fois, et elle ne pourra plus te résister. Si en plus tu choisis *Perfect,* elle devrait se transformer en le plus doux des agneaux.

Si amadouer la jolie brune aux yeux noisette est aussi simple que ça, j'achète. Je commence à l'imaginer en train de danser pendue à son trapèze sur l'air langoureux de cette musique. Les images sont de plus en plus nettes dans mon esprit et dans ce fantasme elle n'a d'yeux que pour moi, elle vole pour moi, elle sourit pour moi. Rien à voir avec la réalité. Je secoue la tête pour me reconcentrer sur l'instant présent, ce n'est pas le moment de partir en digression en pensant à une femme qui ne veut pas de moi et dont je ne pourrai jamais m'approcher.

J'enclenche la première et m'insère au milieu de la file des gros breaks tirant les caravanes et des quelques voitures qui suivent le mouvement. Je vais passer toute la journée avec le dresseur, c'est l'occasion rêvée pour lui soutirer des informations. Il faut que je sois habile, car sous ses airs plaisantins mon copilote du jour est loin d'être stupide, je le vois à ses yeux bleus qui me sondent.

Étienne a ce point commun avec Meghan : il semble essayer de lire en moi afin de deviner mes réelles intentions. Alors, durant les quatre heures et demie que va durer notre périple en voiture, je me donne pour mission de lever tous ses doutes à mon sujet. Dans un geste amical calculé, je lui tends mon thermos de café pour l'inviter à la confession.

— Allez, je te laisse la première tasse et après tu m'abreuves d'Histoire.

— Franchement je n'ai jamais vu quelqu'un aussi enthousiaste pour cette partie barbante de la journée, râle-t-il en se servant un gobelet.

— Ah, oui ? C'est toi le chargé du cours pour tous les nouveaux entrants ?

Mon voisin me lance un regard en biais que je perçois sans même avoir besoin de lever les yeux vers lui.

— Il n'y a jamais de nouveaux arrivants, tu es le seul, et je me demande bien pourquoi. Tu dois avoir quelque chose de spécial mais je n'arrive pas à savoir ce que c'est, pourtant tu as tapé dans l'œil de Monsieur Loyal.

Je commence à me poser la même question, mais je ne dis rien. Je préfère répondre sur le ton de la plaisanterie afin de ne pas éveiller les soupçons.

— Sans doute mon charme naturel.

— Sans doute, répond-il sans conviction. En tout cas, c'est une leçon que je donne aux jeunes du cirque quand ils commencent leur formation d'artiste. Nous n'avons pas de précepteur extérieur ou une personne qui se dévoue à l'éducation de nos enfants. Chacun de nous a son rôle à jouer, et le mien c'est d'enseigner notre histoire.

Son explication me donne de plus en plus le sentiment qu'ils vivent en vase clos. Pas de nouveaux artistes, pas de professeurs expérimentés pour les enfants, je m'attends presque à ce qu'il me dise qu'ils font la révision de leurs voitures eux-mêmes.

— Le cirque Hook a été fondé par les arrière-grands-parents de Steven, les hommes de la famille ont toujours occupé la place Monsieur Loyal, du moins jusqu'au frère de Meghan. Les femmes, elles, n'ont pas toujours été trapézistes.

— Pourquoi Simon n'a pas marché dans les traces de son père ?

Je suis curieux de savoir si cette info est liée de près ou de loin à sa disparition.

— Notre Monsieur Loyal actuel n'est pas près de partir en retraite, il a toujours espéré que ce serait un de ses petits-enfants qui prenne sa suite et pas son propre fils. Simon s'est alors dirigé vers le trapèze pour la plus grande joie de Steven. Avec Meghan, ils sont les premiers à avoir présenté leur numéro en binôme depuis la création du cirque. Avant, il n'y avait que des femmes qui pratiquaient la voltige.

J'écoute avec attention, surpris d'apprendre que mon prédécesseur était le premier trapéziste masculin de la troupe. Sachant cela, ce qui m'étonne encore plus, c'est que Monsieur Loyal m'ait recruté. Peut-être que la voltige en duo a fait monter les ventes de tickets et qu'il veut continuer à proposer ce genre de représentations au public ? Ou alors il y a quelque chose d'autre qui se cache derrière…

— Pourquoi ne pas revenir au numéro soliste ? Ce n'est pas que je me plaigne d'avoir intégré votre troupe, mais je ne comprends pas ce choix.

Je prends un gros risque en posant cette question, mais j'ai besoin d'avancer. Le temps passe à toute vitesse ici, et je ne suis pas certain qu'un moment comme celui-ci se présentera à nouveau avant que je grille ma couverture.

— Pour le spectacle, quoi d'autre ? Deux trapézistes peuvent multiplier les figures et donner une autre dimension au numéro.

Étienne a les yeux rivés sur moi. Son regard me déstabilise, et je serre davantage le cuir du volant entre mes mains. J'ai le sentiment d'être passé au laser et j'ai peur de faire une connerie. Je pourrais être démasqué à tout moment et alors mon article tomberait à l'eau et je devrais dire adieu à ma carrière de journaliste.

— Tu es sûr d'être trapéziste ? Tu poses des questions étranges.

— Je n'ai pas de formation à l'art du cirque. J'ai postulé ici pour changer de vie car la mienne n'est pas très glorieuse. J'ai été gymnaste de haut niveau alors je suis à l'aise dans les airs et j'apprends vite. C'est ce qui a plu à Monsieur Loyal quand il m'a recruté.

— D'accord.

— D'accord ?

Je suis surpris qu'il n'insiste pas davantage. Si comme il le prétend, aucun étranger n'a jamais franchi les portes de leur cirque, je trouve son assentiment et son crédit un peu trop faciles à acquérir.

— Si Monsieur Loyal t'a choisi, c'est qu'il a une bonne raison. Je lui fais confiance.

Moi pas ! Ce type est louche et j'en viens à me demander si tous ses subalternes n'ont pas un pet au casque eux aussi. La confiance aveugle qu'ils ont en ce type m'interroge et me fait peur. Je commence à me dire que j'ai mis le doigt sur quelque chose de gros, de très gros.

Chapitre 12

Meghan

Je deviens dingue de savoir qu'Étienne est dans la voiture de ce fouineur de Christobald. Mon ami est trop gentil et a une langue bien pendue, il ne sait pas garder un secret. Si mon nouveau partenaire en vient à poser trop de questions, il lui déballera tout ce qu'il sait, et je refuse qu'il lui donne des balles pour armer le flingue qu'il pointe sur moi en permanence.

Lors de l'arrêt à la station-service, à mi-chemin de notre nouvelle destination, j'ai tenté d'approcher mon acolyte, mais Chris ne le lâchait pas, telle une sangsue. Deux heures auraient dû suffire à faire le tour de la petite leçon d'histoire sur la mise au monde de la troupe. Que peuvent-ils bien se dire de plus ?

— Meghan, je crois que c'est à ton tour.

La voix de Coralie, la danseuse de cerceau, me ramène à la réalité, c'est-à-dire à la machine à café. J'entre une pièce dans la fente et me concentre sur le nectar qui remplit mon gobelet au lieu de spéculer sur la conversation que peuvent avoir ces deux-là.

— Tu as l'air fatiguée, Meg.

— Je ne dors pas très bien en ce moment.

Je me confie à elle, tandis qu'elle commande un café à son tour.

— Tu penses toujours à Simon ?

— Chaque minute de chaque jour…

Mon frère me manque, et je ne parviens pas à guérir du chagrin que sa mort a apporté. Un trou béant réside au centre de ma poitrine, à l'endroit même où mon cœur m'a été arraché.

— Tu devrais lever le pied. Je ne voudrais pas que ton état de fatigue provoque un nouvel accident. La part de risque de ton art est suffisamment grande, pas la peine d'en rajouter.

— Tu as sans doute raison, mais j'ai peu d'espoir quant au fait que mon père m'accorderait un peu de repos si j'osais le lui demander. Et puis il y a le nouveau, j'ai tant de travail pour le former que deux jours sans entraînement risqueraient de lui faire perdre le peu de technique qu'il a gagné.

— Oh ! si tu veux, je me ferai une joie de m'occuper de Chris !

Ses yeux brillent d'une lueur coquine, et ça me rend dingue. Elle aussi est sous le charme de cet homme insupportable, et sans doute bien plus que les autres. Si on lui en donnait l'occasion, Coralie offrirait davantage que des cours de voltige à Chris. Cette simple idée me noue l'estomac. Je ne suis pas jalouse, seulement je ne souhaite pas que mon amie s'entiche du beau brun. Elle le regarde déjà avec admiration comme s'il était la huitième merveille du monde, et c'est vrai que ses charmes ont de quoi rendre n'importe quelle femme folle. Ses yeux bleus, légèrement en amande, qui ont toujours l'air de chercher quelque chose, subjugueraient n'importe qui. Cette fossette sur sa joue droite qui se crée quand il sourit me donne envie de glisser mon doigt sur sa peau. Et sa bouche qui appelle la mienne…

Ce n'est que lorsque je ressens une légère douleur que je me rends compte que mes dents s'enfoncent malgré moi dans ma lèvre inférieure. Je relâche immédiatement la pression et termine mon café d'un trait avant de balancer le gobelet en carton à la poubelle. Le manque de sommeil me fait perdre la boule, et je commence à fantasmer sur celui que je dois détester. Je me fustige intérieurement de ressentir cette pointe de désir.

Je quitte l'aire de repos d'un pas rapide, remonte dans ma voiture en claquant la portière et enclenche aussitôt la première pour reprendre la route. Je suis à deux doigts d'exploser et je ne veux pas me donner en spectacle. Ce Christobald commence à me taper sur les nerfs. Il a réussi à séduire mon père et mes amis avec je ne sais quelle magie, il est hors de question que je le laisse exercer son pouvoir sur moi.

Saint-Cyprien est une ville magnifique, notamment le vieux village mêlant les constructions modernes et le charme de l'ancien. Toutefois, en cette fin janvier c'est le calme plat, nous sommes loin de l'effervescence de la période estivale pendant laquelle les hôtels affichent complet lorsque les touristes affluent. Mon père a d'ailleurs prévu un deuxième passage dans cette ville au mois d'août, spécialement pour cette occasion. Nous faisons davantage de chiffre l'été car nous nous établissons près des stations balnéaires prises d'assaut par les vacanciers. « Les chiffres », c'est tout ce qui a toujours intéressé mon père et je suis certaine que c'est ce qui l'a motivé à engager Chris. Quoi d'autre, sinon ?

— Rassemblement !

Ce n'est pas vrai, Étienne se prend encore pour un chef militaire ! Nous avons établi notre campement il y a à peine une heure et il veut déjà nous abreuver de son discours habituel sur la beauté de ce que nous faisons et le devoir que nous avons de partager notre talent au monde. À chaque nouveau déplacement, c'est la même rengaine, et tout le monde se prête au jeu avec le sourire. Sauf qu'en ce moment j'ai du mal à tirer le mien de mes chaussettes. Quand nous étions enfants, je faisais le tour des caravanes pour forcer les gens à venir écouter mon meilleur ami prêcher la bonne parole, aujourd'hui je vais le retrouver en traînant les pieds.

Il est debout sur la table pliante que nous dressons pour nos repas en groupe, et son sourire inonde tout le monde d'une bonne humeur communicative, si bien que les commissures de mes lèvres ne tardent pas à se lever à leur tour.

— Je sais ce que vous vous dites tous, commence Étienne. « Oh non, pas encore ! » rassurez-vous aujourd'hui c'est différent. Pourquoi ? Parce que Chris est là !

Bah voyons…

— En tant qu'illustre orateur et serviteur de votre gaieté, je me dois de réserver un accueil digne de ce nom à notre nouveau camarade qui s'apprête à lancer sa lignée d'artistes parmi nous. Il nous a trouvés, et nous l'avons choisi, ainsi commence l'histoire de Christobald Wanderlock, trapéziste en devenir du cirque Hook !

Un tonnerre d'applaudissements, digne de nos plus belles représentations, se fait entendre. Mes camarades, ma famille, tous se font une joie d'accueillir cet intrus parmi nous. Ils ont déjà tiré un trait sur Simon au point de n'avoir aucun scrupule à le remplacer. Il était pourtant leur ami, leur frère. Ce constat me brise davantage le cœur, et je suis surprise que ce soit encore possible.

Chapitre 13

Chris

Ça y est, j'ai Étienne dans la poche. Notre petit tête-à-tête a porté ses fruits : je l'ai écouté me conter son histoire sans l'interrompre mais en enregistrant le moindre détail. J'ai hâte d'avoir un moment pour moi afin de commencer à écrire sur le papier ce qui se passe ici. Je ne veux rien oublier des confessions du rouquin, alors je vais tout noter, et le tri se fera de lui-même lorsque j'aurai toutes les clés en main. Nous avons passé plus de quatre heures ensemble mais je ne l'ai pas questionné une seule fois sur le cirque et tout ce qui s'y passe. Je n'ai même pas parlé du fait que je trouve l'absence de toute donnée virtuelle sur chacun d'entre eux particulièrement étrange, ni mentionné Internet. En revanche, je me suis intéressé à lui.

Sa famille appartient au cirque depuis aussi longtemps que celle de Meghan, et ils sont dresseurs de génération en génération. Plus je passe de temps auprès d'eux, plus j'ai l'impression que rien ne change jamais. C'est un sentiment bizarre de se dire que les choses sont encore telles qu'elles étaient il y a plus d'un siècle. À la naissance, les enfants de la troupe ont déjà un destin tout tracé. C'est flippant cette opposition au changement…

Toutefois, je ne me suis pas aventuré trop loin, j'ai senti la limite à ne pas franchir pour ne pas éveiller les soupçons et je ne veux pas tout foutre en l'air maintenant. Le discours d'Étienne prouve qu'il m'a accepté et a invité tous ceux qu'il connaît à faire de même. Il ne se doute pas une seconde que je cherche à découvrir ses secrets. Si je n'étais pas certain qu'il se trame un truc pas net dans ce cirque, j'en aurais presque la larme à l'œil.

À la fin de son discours, tout le monde y va de ses applaudissements, et je me mêle au groupe. Je m'apprête à remercier mon nouvel ami mais suis stoppé dans mon élan lorsqu'une main ferme se pose sur mon épaule. En me retournant je découvre Monsieur Loyal qui m'invite à le suivre d'un air sérieux.

Obéissant, je quitte le groupe pour me joindre à lui. Ensemble nous nous dirigeons vers l'une de ses caravanes, celle qui fait office de bureau et de billetterie lors des représentations. Contrairement aux autres, celle-ci est très épurée, seulement équipée d'une table avec quatre chaises assorties et des toilettes. Je m'installe sur la chaise indiquée par le dirigeant du cirque et j'attends qu'il prenne la parole.

— Christobald, voilà un peu plus d'une semaine que tu es parmi nous. Est-ce que tu te plais au sein de la troupe ?

— Évidemment, sinon je ne serais pas venu avec vous à Saint-Cyprien.

— Parfait. Que décides-tu maintenant ? Continuer ou partir ? Si tu restes, tu t'engages par ce présent contrat à servir le cirque Hook et ses intérêts.

C'est donc ça ! Derrière un contrat tout à fait légal, Steven Hook jauge ses prodiges avant de leur faire signer tout un tas de documents les enchaînant au cirque, j'en suis certain. Il glisse un petit paquet de feuilles agrafées devant moi, j'ai envie de les lire, de voir ce que ces pages contiennent. Mais si je le fais ne va-t-il pas se douter que je cherche quelque chose ? Ses yeux investigateurs guettent mes moindres réactions, comme si la seconde suivante allait être décisive. Alors je n'en fais rien, je plonge mon regard dans le sien et dit :

— Je reste.

— Alors il te suffit de signer, répond-il avec un sourire aux lèvres, tout en me tendant un stylo.

Je l'attrape et paraphe chaque page avant de signer de mon nom d'emprunt.

— Bienvenue dans la famille, fiston ! Maintenant que la paperasse est terminée, j'ai une surprise pour toi. Suis-moi.

Nous repartons, mais cette fois nous nous dirigeons vers la caravane que j'occupe. Avec un grand sourire, Monsieur Loyal ouvre la porte et me laisse entrevoir ce qui pour lui est un acte charitable et pour moi le pire des drames : toute trace de Simon Hook a disparu, la roulotte semble comme neuve, jusqu'aux draps qui ont été changés. Je suis soulagé d'avoir emporté avec moi mon vieux sac de sport qui contient tout mon matériel informatique et mes notes. A-t-il fouillé la caravane en plus de l'avoir nettoyée ? Une fois encore, ma question reste en suspens, et je me force à offrir mon plus beau sourire à mon nouveau patron.

— Te voilà enfin chez toi.

La nuit est tombée en Occitanie, aucune représentation n'est prévue ce soir, et nous sommes tous réunis au centre du campement pour faire la fête. Les caravanes forment un cercle autour de nous et plusieurs guirlandes lumineuses, avec de grosses ampoules, les relient entre elles nous offrant une lumière tamisée. Un feu a été allumé au milieu pour nous tenir chaud, car malgré les températures assez douces pour la saison, le froid est saisissant.

Pour nous réchauffer davantage, l'alcool coule à flots et personne n'est mis à l'écart. Tout le monde a levé son verre au moins une fois pour porter un toast. La musique et les rires s'élèvent dans le calme du village qui prend vie grâce à ce cirque itinérant fraîchement installé.

Je ne suis pas en reste niveau boisson, moi aussi je me suis autorisé une soirée de liberté. Toutefois, je ne suis pas assez ivre pour dire ou faire n'importe quoi ou pour ne pas me souvenir de cette soirée demain. J'ai un secret à protéger, j'aurai tout le temps de m'abandonner aux effets de l'alcool une fois que mon article aura vu le jour.

Je regarde mes nouveaux camarades s'enivrer et, sans que je puisse y faire quoi que ce soit, mes yeux sont irrémédiablement attirés par Meghan, qui danse de l'autre côté du feu une bière à la main. Les bras au-dessus de la tête, le visage rejeté en arrière, ses cheveux bruns viennent flirter avec sa chute de reins. Son déhanché sensuel m'hypnotise, c'est une tout autre danse que celle qu'elle s'efforce d'exécuter tous les jours. Celle-ci est naturelle et spontanée, ce qui la rend d'autant plus belle.

Je m'approche à pas de loup me délectant du fait que la jeune trapéziste ne m'ait pas vu. J'ai envie de me coller à elle, que mon bassin épouse le sien, que mes mains se posent sur elle… sauf que je n'en fais rien. Ce n'est pas raisonnable alors je me contente de l'aborder.

— En une semaine je ne t'ai jamais vue sourire comme ça.

— Sans doute parce que je ne veux rien t'offrir, même pas cela, répond-elle sans s'arrêter de danser, ni de sourire.

— Je compte celui-ci comme un cadeau alors.

Meghan hoche la tête.

— Profites-en bien car c'est le seul que tu auras.

Chapitre 14

Meghan

Chris est encore plus canon quand je suis bourrée, sauf qu'il est hors de question que je l'avoue à voix haute. Même avec plusieurs grammes d'alcool dans le sang, je le déteste. Enfin pas lui mais plutôt ce qu'il représente. *Et qu'est—ce qu'il représente, Meg ?*

— La liberté.

— De quoi tu parles ? me demande le beau brun en question.

— Je… heu… tu entends ce que je dis dans ma tête ?

Il rit, et je ne comprends pas pourquoi. En tout cas ce son est à tomber, tout comme ses cheveux soyeux dans lesquels je meurs d'envie de passer les mains. *Suis-je une fétichiste des cheveux ?*

— Meghan, je crois que tu as trop bu.

— Qui es-tu pour dire que j'ai atteint la limite ?

— Celui qui devra assurer demain pour ne pas te tuer.

Je m'arrête net. Mon cœur bat à mille à l'heure tandis que mon cerveau tente d'imprimer les dernières paroles de mon partenaire. Me tuer ? Lui un meurtrier ? Je ne comprends pas comment il pourrait en arriver là. Me déteste-t-il au point de vouloir m'assassiner ? Oui, j'ai été odieuse avec lui depuis qu'il a fait son entrée dans ma vie et je ne suis pas certaine de pouvoir arrêter. Mais cela constitue-t-il un mobile de meurtre ? Je ne sais plus où vont mes pensées.

Chris n'a peut-être pas complètement tort finalement, j'ai dû avaler plus de verres que je ne l'ai cru… Me détournant de mon partenaire, je lui annonce :

— Je vais me coucher.

J'essaye de fixer ma caravane des yeux afin qu'elle me serve de point fixe mais c'est peine perdue car elle ne cesse de tourner autour de moi. Je prends une grande inspiration et m'apprête à me lancer lorsque mon chaperon me retient.

— Laisse-moi te raccompagner.

Sa voix n'est rien de plus qu'un murmure qui chatouille mes oreilles. Son souffle chaud caresse ma peau, et un frisson me parcourt le corps.

— Non ! Je suis capable de rentrer chez moi toute seule. Je n'ai pas besoin de toi !

J'ai crié cette dernière phrase avec tant de véhémence que j'ai le sentiment que tout s'est arrêté autour de nous. Mes camarades nous observent avec attention, guettant le dénouement de la scène comme s'ils étaient au théâtre. Je les maudis tous un par un pour ça. Depuis le décès de mon frère, j'ai la sensation d'être une bête de foire. Chaque regard est braqué sur moi, je sais qu'ils attendent que je déraille, et ce soir ne fait pas exception.

— Alors vas-y, rentre chez toi, me défie-t-il sans me lâcher du regard un seul instant.

Je relève la tête, redresse mes épaules et mets un pied devant l'autre malgré ma vue brouillée. Heureusement que je suis une adepte du jean-baskets car sinon, perchée sur des talons hauts, il y a bien longtemps que je me serais vautrée. Pourtant, même bien à plat sur le sol le résultat n'est pas très glorieux et j'en ai la preuve quand la voix de Rémy me parvient derrière moi :

— Meghan, c'est la mienne, celle-ci !

J'entends les rires de mes camarades et je peste contre moi-même. J'ai horreur de me ridiculiser, c'est pour ça que je ne bois jamais autant quand mes émotions sont en pagaille. Pourtant, pendant un instant, j'ai senti que l'alcool avait soulagé ma peine. Je ne pensais plus à ma dernière dispute avec mon père, ni à mes joutes verbales avec Christobald, ni à Simon.

Après la colère, vient l'oubli.

Mais qu'est-ce qui vient après l'oubli ? J'ai déjà visité la tristesse et pourtant j'ai l'impression que celle-ci m'accable à nouveau. J'en ai ma claque d'être malheureuse ou en colère, je suis fatiguée. Soudain, c'est comme si mon corps réagissait à cette pensée car mes jambes m'abandonnent. Je me prépare à l'impact, à rencontrer la surface dure des pavés, mais rien ne vient hormis une paire de bras chauds qui m'entourent pour m'éviter de chuter.

Je sais à qui ils appartiennent et je sais aussi que jamais il n'a été aussi proche. Les effluves de son parfum me chatouillent le nez et malgré moi je hume cette odeur davantage. Le corps de Chris a été moulé pour s'adapter au mien, je me sens à ma place, et l'espace d'un instant j'ai envie de me laisser aller. Néanmoins je ne peux pas rester ainsi. Je me détache de lui à regret et un peu trop vite à mon goût, mais je ne dois pas m'habituer à ce qui est bon. Je ne veux pas que Chris soit bon. Je lui murmure :

— Je vais y arriver.

— Ne sois pas bête, Meghan, je vais te ramener.

— Non…

— Arrête de protester, ça ne changera rien. Je l'ai décidé et je le ferai.

« Je l'ai décidé et je le ferai », c'est tellement *lui*. Simon a toujours été comme ça, une tête de mule que personne ne pouvait faire changer d'avis. Malgré tout, il était le plus doux des agneaux, jamais il n'aurait fait de mal à qui que ce soit. Il vivait avant tout pour les autres.

C'est dans la confusion la plus totale que je rejoins ma caravane, soutenue par Chris. Mon cerveau ne différencie plus ce qui relève de la réalité ou du souvenir, et je dois avouer que j'adore cet état. Je me vautre sur mon lit, déjà presque inconsciente, et contemple la personne en face de moi. Celui que je vois n'est pas l'homme qui m'a raccompagnée ce soir, mais plutôt celui qui hante mes rêves.

— Simon…

— Meghan, je ne suis pas Simon.

Non c'est certain, mais j'ai très envie qu'il fasse semblant, ne serait-ce que l'espace d'une minute. Je ferme les yeux et c'est comme si mon frère était là. Ce n'est pas Chris qui prend soin de moi en m'ôtant mes Converse, ce n'est pas lui non plus qui m'installe plus confortablement au fond de mon lit et qui remonte la couverture sur mes épaules avant de déposer un verre d'eau et un cachet d'aspirine sur la table de chevet. Ce n'est pas lui qui fait tout ça, c'est Simon. Lorsqu'il se dirige vers la porte, je panique car je sais qu'une fois qu'elle se sera refermée sur lui cela prendra fin. Dans un dernier espoir je murmure :

— Reste.

Chapitre 15

Chris

« Reste », c'est certain, Meghan est complètement ivre. La jolie brune vient de m'inviter à passer la nuit chez elle alors qu'il y a moins de trente minutes elle détestait le simple fait que j'existe. Je sais bien que sa proposition n'a rien à voir avec une soirée torride sous les draps, mais l'occasion est trop belle pour servir mon enquête.

— D'accord, je reste.

Les yeux clos, elle sourit. Dans cette position, la couverture remontée jusqu'au menton, la tête enfoncée dans les coussins, ses cheveux s'étalant autour d'elle et ses traits détendus, Meghan a l'air tout juste sortie de l'enfance. Je sais qu'elle va avoir vingt-trois ans parce que je l'ai lu sur la seule page Internet que j'ai pu trouver à son sujet. Pourtant, à cet instant, alors qu'elle est sur le point de s'endormir, elle respire l'innocence.

Quand son souffle devient régulier, je me force à me détourner d'elle. Je me sens coupable de violer son intimité, alors je me répète inlassablement que c'est pour le travail, même si ça ne m'aide pas à me sentir mieux. J'aime le journalisme, je veux réellement faire carrière, mais plus les jours passent, plus je me rends compte que l'infiltration n'est pas faite pour moi.

Depuis que je suis arrivé au sein de la troupe, je ne fais qu'inventer des bobards, et ça ne me ressemble pas.

Christobald est un baratineur, Christopher, lui, est un type honnête qui veut juste faire son travail pour gagner sa croûte. J'aimerais tant que Meghan puisse rencontrer Christopher. C'est avec elle que je mens le moins, en même temps ce n'est pas très compliqué car elle ne me pose aucune question sur ma vie en dehors du cirque. À bien y réfléchir, je crois que personne ne m'a posé la moindre question sur ce que je faisais avant d'intégrer la troupe, comme si mon passé n'avait aucune importance, ou peut-être est-ce un moyen de le rendre inexistant.

Cette idée germe de plus en plus en moi. Ont-ils eu une vie en dehors du cirque ? C'est la prochaine question sur laquelle je dois me pencher. Je ne pourrai pas avancer dans mon enquête si je ne découvre pas comment cette communauté fonctionne.

Je profite que mon hôtesse se soit endormie pour me mettre au travail et commence à fouiller sa caravane sauf que cette fois je ne suis pas à la recherche d'un ordinateur. Ce sont les détails qui m'intéressent, des photos, des lettres, tout ce qui peut m'aider à lever le voile sur ce qui se passe dans ce cirque. J'ai de la chance que Meghan soit si organisée, en moins de dix minutes j'ai déjà tiré trois gros albums photos d'une étagère.

J'ai le sentiment que c'est trop facile, pourtant je ne me décourage pas et me laisse aller sur une chaise avant d'ouvrir le premier livre. Je m'attendais à découvrir des clichés d'un bambin emmailloté quelques heures après sa naissance, d'une femme donnant le biberon à son enfant, ou encore d'une petite fille souriant à l'objectif avec des dents en moins. Toutefois, l'album ne contient rien de tout ça, je ne trouve que des photos des différentes représentations de Meghan depuis sa première entrée sur la piste à l'âge de six ans. Page après page, elle grandit et ses costumes évoluent tout comme ses numéros, mais c'est tout. Aucune photo de famille, pas d'image de vacances à la plage, juste le cirque et le spectacle. Aucun souvenir. Je referme l'album et feuillette rapidement les autres mais le résultat est identique. Je suis troublé. Mes yeux se posent sur la belle endormie et un million de questions envahissent mon esprit. Je comprends son amertume envers moi et le fait qu'elle s'accroche à l'image de son frère comme seul et unique partenaire. C'est tout ce qu'elle a toujours connu. Je repose ma trouvaille sur son étagère et décide d'en rester là pour ce soir.

Je regarde Meghan, endormie à un mètre de moi et je suis triste pour elle. Si cet album est le reflet de sa vie, cela signifie qu'il n'existe rien d'autre que le cirque. Meghan elle-même n'est qu'illusion.

Je quitte sa caravane sans faire de bruit. Dehors, la fête bat encore son plein, les artistes sont toujours amassés autour du feu de camp. Je devrais les rejoindre et me mêler à eux pour en apprendre davantage sur leur vie à chacun, et vérifier si seule la famille Hook ne possède aucun souvenir en dehors des représentations ou si cette constatation est une généralité, sauf que j'ai le cœur lourd et m'enivrer ne m'intéresse plus. Ma tête est envahie d'images de la voltigeuse s'élançant sur son trapèze et de sa souffrance qu'elle porte telle une croix. J'ai besoin de m'aérer l'esprit, alors je marche vers l'arrière du campement en traînant les pieds.

Je n'ai pas atteint la dernière voiture qu'un bras m'enserre les épaules. Je tourne la tête et découvre Rémy qui m'offre un sourire d'ivresse.

— T'en fais une de ces têtes ! Tu quittes déjà la fête ?

Sa voix est pâteuse, et il s'appuie de tout son poids sur moi.

— Oui.

— Pourquoi ? Un problème avec Meg ?

— Entre autres.

J'élude. Je n'ai pas envie d'inventer un nouveau bobard pour justifier mon humeur. Ce que je découvre chaque jour sur la trapéziste me prend la tête, sans doute un peu trop, mais ce n'est pas avec l'un de ses proches camarades que je vais m'épancher.

— Elle a refusé de coucher avec toi ?

Je m'arrête net, surpris par sa question. Quant à lui, il manque de tomber face contre terre et lutte pour retrouver son équilibre.

— Pardon ?

— Vous faites des étincelles à longueur de journée tous les deux, alors on s'est dit qu'il y avait peut-être une sorte de tension sexuelle entre vous et on a parié sur lequel de vous deux allait craquer le premier.

Je voudrais réagir, en commençant par le dégager de mon épaule pour qu'il se vautre définitivement. Toutefois je me retiens en me répétant que je ne suis pas Christopher ici. Je dois garder l'ensemble de la troupe dans ma poche si je veux que l'un des membres du cirque se confie à moi ou du moins que personne ne se méfie. Alors je décide que Christobald Wanderlock est un gros beauf, et la phrase qui quitte ma bouche me dégoûte :

— Pari tenu, ce sera elle. Je vais m'en assurer.

Chapitre 16

Meghan

Lorsque j'ouvre les yeux, j'ai l'impression d'être dans un épais brouillard. Mes gestes sont gauches, et j'ai quelques difficultés à attraper le verre d'eau posé sur ma table de nuit. Il est accompagné d'un cachet d'aspirine, sauf que je ne me souviens pas avoir préparé de quoi lutter contre la gueule de bois avant de dormir. Ni même d'avoir rejoint mon lit.

Soudain, différents éléments de la soirée d'hier me reviennent par flash. Mes collègues allumant le feu, la musique qui battait son plein, les verres que j'ai enchaînés. À ce simple souvenir une migraine me prend la tête en étau. J'avale l'aspirine et referme les yeux un instant. Je suis de nouveau assaillie d'images de la fête. Puis vient le moment où toutes les attentions de Chris me reviennent en mémoire. Il a été charmant avec moi et tel un gentleman il a proposé de me reconduire jusqu'à ma caravane. C'est la première fois qu'un homme fait preuve d'autant de galanterie avec moi et je me suis comportée comme une gamine. Je l'ai repoussé par fierté, simplement parce que je refuse tout ce qu'il représente. Je suis morte de honte lorsque j'entre sous la douche afin de me débarrasser des dernières traces de la soirée de la veille.

En quittant ma caravane, je suis surprise que le soleil soit aussi haut dans le ciel et je consulte ma montre. Midi ! Ce n'est pas possible, je dois rêver, jamais je ne me suis levée aussi tard un jour de travail. Je suis également étonnée que personne ne soit venu me réveiller. Il est vrai que je suis assez froide avec mes camarades depuis la disparition de Simon, pourtant je ne pensais pas qu'ils m'oublieraient aussi rapidement. J'avale la pilule tristement, et les questions défilent dans ma tête tandis que je me dirige vers la loge qui était celle de mon frère. Il faut que je me remette en question, je dois retrouver ma place auprès des miens. Sauf que je ne parviens pas à occulter la douleur. Comment font-ils ? Serait-ce déplacé de leur poser la question ? Dans tous les cas je connais déjà la réponse : ils n'aimaient pas Simon comme je l'aimais. Je secoue la tête pour arrêter de cogiter sur ce dont je n'ai aucune maîtrise. Je me concentre sur l'instant présent, pour le moment, je dois des excuses à Chris.

Je frappe à la porte, et mon partenaire ouvre moins d'une minute plus tard. Je voulais lui balancer mes excuses à la figure avant de filer mais quelque chose m'en empêche. Mon cœur loupe un battement et je sens toutes mes forces m'abandonner. Et ce n'est pas du tout dû à l'apollon devant moi simplement vêtu d'un bas de jogging en coton gris qui souligne ses abdos pas du tout cachés sous un T-shirt. Ses cheveux ruisselants, encore mouillés de la douche qu'il vient de prendre, ne sont pas non plus à l'origine de mon malaise. Je suis même certaine que mon cœur pourrait battre pour lui s'il n'était pas en train de s'arrêter devant cette vision d'horreur.

— Qu'est-ce que… non, pas possible… tu…

— Meghan, tu te sens bien ?

Est-ce que je me sens bien ? Il rigole, j'espère, je suis au bord du gouffre, incapable d'aligner deux mots cohérents ! Je le dépasse pour entrer et constate que l'intérieur est vide. Toutes les affaires de mon frère ont disparu, il ne reste plus rien. Les vêtements habituellement étalés sur le sol ou aux quatre coins de la pièce se sont volatilisés. Il n'y a même plus de vaisselle dans l'évier. Les quelques DVD des plus grandes prestations de danse de célèbres ballets que nous regardions en boucle ont eux aussi disparu. Tous les effets personnels de Simon ont été enlevés de son chez-lui. Même les murs ont été rafraîchis avec de la peinture beige. Il n'y a pas si longtemps, voir Chris au milieu des affaires de mon frère m'a rendue dingue mais ce n'est rien comparé à ce que je ressens maintenant.

J'hyperventile, il m'est impossible de contrôler l'air qui rentre et sort de mes poumons. Ma vision se trouble, si bien que je dois m'accrocher au premier meuble venu pour ne pas tomber. Je n'en reviens pas que toute trace de Simon ait été effacée. Je m'entends dire d'une voix tremblante :

— Pourquoi as-tu fait ça ?

— Oh ! tu parles de la caravane. Je suis désolé, je ne voulais pas faire disparaître ses affaires. Je l'ai récupérée ainsi en arrivant hier.

— Je vois.

Je ne peux pas lui en vouloir éternellement, surtout pour des choses dont il n'a aucune maîtrise. Si je dois être en colère, c'est contre mon père, le seul et unique responsable de cette situation. Je sens une rage sourde monter en moi, toutefois je n'ai plus de force et je me sens défaillir.

— Assieds-toi, je vais te chercher un peu d'eau.

— Je suis désolée, dis-je en m'exécutant.

— À quel propos ? Hier ? Avant-hier ? Avant avant-hier ? Tous les jours ?

Il n'a pas tort, il mériterait des excuses pour chacune des minutes qu'il a passées en ma compagnie. Il prend place à côté de moi sur le bord du lit qui m'est maintenant inconnu étant donné que l'odeur résiduelle de celui qui était ma moitié a complètement disparu et que ce simple détail me manque.

— Pour hier.

— C'est déjà ça.

— Et peut-être les autres jours aussi.

Un sourire se dessine sur le visage de Chris, ce rictus qui me donne envie d'aller goûter ses lèvres charnues, mais les mots qui sortent de sa bouche par la suite me coupent immédiatement l'envie.

— Tu me détestes à ce point parce que tu étais très proche de ton frère ?

Je me braque.

— Pourquoi veux-tu parler de Simon ?

— Je ne veux pas forcément parler de lui, je veux juste te comprendre pour réussir à travailler avec toi. Je peux faire tous les progrès techniques du monde, ça ne servira à rien si je ne mets pas le doigt sur le fond du problème.

Une fois de plus, il a raison. Mais je ne suis pas certaine d'avoir envie de parler de Simon, d'autant plus que c'est un sujet tabou pour l'ensemble de la compagnie. Mon père a même banni son nom, alors rares sont ceux qui osent évoquer son souvenir, et souvent ils le font en cachette. Chris ne doit pas être au courant de cela, je serais surprise qu'en tant que nouvelle recrue il soit déjà en train d'enfreindre les règles. Je m'apprête à lui signaler que parler de mon frère est proscrit, mais contre toute attente ce sont d'autres mots qui m'échappent.

— D'accord, on va en parler pour la première et dernière fois. Après tu ne dois plus dire son nom.

— Comme Voldemort ?

Je rétorque sèchement :

— Qui ?

— C'est trop tôt pour faire de l'humour. Désolé. J'ai essayé de détendre l'atmosphère mais c'était stupide.

Je hoche la tête à la fois pour confirmer et pour l'inciter à passer à autre chose. Je regarde une dernière fois celui à qui je vais confier la partie de mon cœur qui part en lambeaux depuis plus d'un mois, ce morceau de moi que je dissimule sous mes attaques quotidiennes et ma solitude. Ses yeux bleus m'incitent à la confidence et toute la bienveillance qu'ils m'offrent me pousse à lui faire confiance. Alors je me lance.

Chapitre 17

Meghan

— Simon était mon aîné, deux ans nous séparaient mais nous avons tout fait ensemble, nos premiers cours de voltige, notre première représentation, même notre première chute. Évidemment, à cette époque nous étions à un mètre du sol. Il m'aidait à me relever à chaque fois et me prodiguait des conseils avisés. C'est grâce à lui que j'ai progressé aussi vite. Il avait de l'avance sur moi, mais il tenait à ce que nous montions nos numéros ensemble, même s'il devait se restreindre pour ça. Notre père était dingue de voir l'un de ses artistes ne pas exploiter tout son potentiel, toutefois, Simon lui a promis des résultats, alors il a laissé couler pour une fois. Puis nous avons tous les deux évolué pour atteindre le haut niveau avant que le drame n'arrive. Aujourd'hui, bien que je possède la technique, je n'ai plus aucun repère lorsque je dois m'élancer dans les airs. Je ne ressens plus cette joie qui enflait en moi lorsque je me produisais avec mon frère. Il ne reste que du vide. Voilà, tu sais tout.

— Sérieusement, me répond Chris, hébété. C'est comme ça que tu définis ta relation avec ton frère, comme un vulgaire collègue de travail ?

Ses mots me heurtent et me blessent. Il était plus que mon partenaire, mais il n'a pas besoin de savoir qu'il était mon tout et ma vie ? Je n'ai pas envie de lui dire à quel point mon frère et moi étions unis, qu'il était comme la moitié de mon être et que depuis sa dernière chute je suis à demi morte.

— Si c'était le cas, tu ne me détesterais pas autant, Meghan.

— Mais je ne te déteste pas ! Arrête avec ça, à la fin !

— Alors pourquoi tu me fais vivre un enfer depuis mon arrivée ?

— Parce que c'est plus que de la voltige, ce que je faisais avec Simon ! On communiquait à travers nos numéros, on se disait tout ce qui ne pouvait être prononcé à voix haute. C'était comme un langage secret et j'ai toujours connu ça. Je ne suis pas sûre de pouvoir voler avec quelqu'un d'autre que lui.

Cette dernière phrase, toujours passée sous silence, me brûle la gorge quand je la prononce. Jamais je n'ai formulé ma peur et aujourd'hui je me mets à nu devant celui qui peut se servir de mes mots comme d'une arme. J'ai le sentiment d'avoir fait une grosse connerie même si Chris a l'air sincèrement touché par mes paroles.

— Pourtant, chaque soir, tu t'envoles sur ton trapèze.

Je secoue la tête. C'est faux.

— Non, je me rattrape. Je ne veux pas tomber, c'est tout.

— Néanmoins, tu es magnifique.

Magnifique ? M'a-t-il seulement vue une fois ? Je suis différente lorsque j'ai enfilé mon collant de représentation. Mes jambes satinées s'enroulent autour de la barre horizontale mais mon cœur, lui, active la fonction sourdine. Toute seule là-haut, la voltige n'a plus aucun goût.

— Je survis, Chris, ce n'est pas moi qui me contorsionne devant le public, c'est simplement une coquille vide, sans la moindre énergie vitale.

— Pourtant, lorsqu'on s'entraîne, je ne trouve pas que tu manques d'énergie…

— Disons que d'une certaine manière, tu es mon nouveau souffle.

Je n'en reviens pas d'avoir dit ça. Pourtant, dans un sens, c'est la pure vérité. Je revis lorsque je m'entraîne avec Chris.

C'est différent de ce que je faisais avec Simon, ce n'est pas l'amour fraternel qui fait battre mon cœur, mais de la colère mêlée à de la rancœur. Qu'importe que ces émotions soient négatives, elles existent, je ressens quelque chose lorsque je suis pendue à mon trapèze.

— Maintenant que tu as admis que je t'étais utile à quelque chose, est-ce qu'on ne pourrait pas travailler de manière plus apaisée ? Ta colère est contre-productive, je ne suis pas si novice que tu le penses, c'est la pression que tu fais peser sur moi qui me rend si gauche.

Je m'excuse une nouvelle fois.

— Je suis désolée. Tu subis ma colère alors que tu n'en es pas réellement la cause. Je suis brisée de l'intérieur, et chaque jour tu me renvoies à ma souffrance et à sa raison. Toutefois, ma rage ne devrait pas t'être destinée, c'est mon père et son indifférence quant à la mort de mon frère qui en sont les seuls responsables. Simon n'est pas remplaçable.

— Tu parles toujours de ton père, de ce qu'il fait ou ne fait pas au sujet de la disparition de ton frère, mais qu'en est-il de ta mère dans l'histoire ?

J'ai un mouvement de recul qui me force à me lever du lit. Je n'avais pas prévu que la conversation prenne cette tournure, mais tant que nous sommes dans les confidences, autant aller jusqu'au bout car une fois que tout sera dit je ne reviendrai jamais dessus avec Chris.

— C'est compliqué avec ma mère, nous n'avons pas vraiment parlé ensemble depuis longtemps…

— Elle a quitté le cirque ?

Je ricane face à cette remarque insensée.

— Comme si c'était possible ! Non, elle est toujours là.

— Je ne l'ai jamais rencontrée.

— Je sais.

« Elle est devenue la prisonnière de mon père », c'est ce que j'aurais dû dire mais c'est mesquin de ma part. L'un comme l'autre, ils font de leur mieux pour continuer à avancer, et mon père s'occupe bien d'elle, il fait ce qu'il peut. Toutefois, plus personne ne voit Rose Hook arpenter les coulisses du chapiteau ou vagabonder du côté des animaux, elle est cloîtrée dans sa caravane depuis des années, si bien que certains en arrivent à oublier son existence.

— Elle réagit comment à la mort de Simon ?

— Elle ne réagit pas.

— Comment ça ?

— C'est compliqué, dis-je comme s'il s'agissait de la seule explication.

Je sens la frustration de Chris face à mes réponses trop évasives, mais je ne vois pas en quoi parler de ma mère fera avancer la situation.

— Je ne veux pas discuter de ça.

— Alors dis-moi pourquoi personne n'évoque Simon, et pourquoi tu es la seule à avoir l'air en deuil ?

À bout, je lui réponds en criant.

— Tout bonnement parce que c'est interdit ! Mon père a demandé que tout le monde cesse de parler de Simon, de faire comme s'il n'avait jamais existé. Rares sont ceux qui bravent ses ordres.

— Comment est-ce possible ? Un père ne peut pas vouloir faire disparaître son fils comme ça !

— Un père peut souffrir de perdre son enfant ! À chaque fois que je pense à lui, j'ai mal alors peut-être que c'est pareil pour mon père et qu'entendre son nom est trop dur pour lui.

Me voilà en train de défendre mon père, alors qu'il y a quelques jours je lui faisais encore les mêmes reproches que Chris. Depuis le début, je lui en veux de m'imposer cette épreuve, celle de rayer mon frère de ma vie, de faire comme si j'étais fille unique. Mais peut-être bien que lui aussi masque sa douleur. J'ai été égoïste à ne songer qu'à ma peine, je n'ai pas cherché à comprendre pourquoi mon père veut tant voir Chris devenir mon partenaire. Il se peut que le vide laissé par Simon soit aussi intolérable pour lui et qu'il cherche un moyen de ne pas le montrer. En ce qui me concerne, je me suis enfermée dans le cercle vicieux de l'automutilation. Certes je ne marque pas mon corps à coups de lame tranchante mais je lacère mon cœur à coups de souvenirs et d'absence.

Cette conversation va trop loin et me remue beaucoup trop, je préfère en rester là. En moins d'une heure j'ai été submergée par une avalanche d'émotions sans savoir vers qui les diriger, ni ce que je dois en faire. J'ai besoin d'une pause, de me retrouver dans ce que je connais sur le bout des doigts.

— On devrait aller s'entraîner, il nous reste moins de deux heures avant de devoir libérer la piste pour la représentation de ce soir.

Chapitre 18

Chris

L'entraînement n'a rien à voir avec ce à quoi Meghan m'a habitué depuis mon arrivée. Est-ce l'alcool qui, après l'avoir rendue malade, l'adoucit, ou notre conversation ? Je penche pour la première option car elle est plutôt douée pour les grandes révélations et faire comme si de rien n'était. Lorsqu'elle a commencé à parler de Simon, je pensais tenir quelque chose, je croyais qu'elle allait réellement se confier, mais je n'ai obtenu que du vent.

Je suis frustré, et ça se ressent dans ma façon de bouger. Ma tortionnaire ne me crie pas dessus aujourd'hui mais elle n'en est pas moins un coach exigeant. Les trapèzes sont descendus au plus bas si bien que je frôle le sol à chaque mouvement sans jamais toucher le sable.

— Aide-toi du balancement pour te redresser, Chris. Juste avant de repartir en arrière, donne une impulsion pour attraper les cordes.

Je m'exécute toujours un poil trop tôt ou trop tard, je ne trouve pas le timing exact dont elle me parle, cette seconde qui fera que mon acrobatie sera bonne. La belle trapéziste vient se placer devant moi et plonge ses yeux noisette dans les miens. J'y lis bien d'autres choses que la colère et la haine qui les habitaient jusqu'alors. Elle me laisse faire quelques allers-retours pendu à la barre et au quatrième elle pose sa main sur ma poitrine pour me repousser en direction des cordes. Lorsque je me raccroche à celles-ci, à la manière dont je tente de le faire depuis une demi-heure, je sens encore le contact de sa main sur mon sternum comme si elle avait laissé une trace brûlante.

— Recommence, et quand tu sens ma main, élance-toi.

On répète cette séquence encore et encore, jusqu'à ce que je ne fasse plus qu'imaginer son contact contre ma peau. Ce simple effleurement fait fourmiller mon entrejambe, si bien que j'en viens à regretter les fois où Meghan me crie dessus. J'essaye de penser à des choses bien moins excitantes que sa main contre ma peau nue, mais rien n'y fait, même Claude François en tenue bleue à paillettes ne parvient pas à me faire oublier ma jolie brune.

À la fin de notre séance, je suis à bout de souffle, et ça n'a rien à voir avec l'exercice physique. Néanmoins, j'effectue à présent la figure sans trop de difficultés.

— Demain, on monte d'un cran, tu vas devoir me rattraper, mais continue à t'entraîner sur les figures en solo. Tu maîtrises les bases, c'est bien, mais tu es encore loin du haut niveau.

Sa remarque me fait sourire tandis que j'étire mes muscles encore chauds.

— Ah, enfin une petite pique ! Je pensais avoir perdu ma tigresse.

Les joues de Meghan se teintent de rose un instant avant qu'elle ne rétorque, hésitante :

— Ta tigresse ?

— Tu n'es pas du genre à hésiter pour sortir les griffes avec moi.

— Tu devrais aller faire un tour du côté des fauves, tu verras que le tigre d'Étienne est bien moins dangereux que moi.

Puis Meghan tourne les talons, pleine d'assurance, non sans un regard en arrière. Je lui offre un sourire charmeur et obtiens un clin d'œil en réponse. *J'avance !* Sauf que mon enquête, elle, stagne et qu'elle devrait être ma seule préoccupation.

L'effervescence qui règne aux abords du cirque les minutes précédant une représentation est grisante. Tous les artistes courent entre leurs loges et le chapiteau vêtus de leurs tenues de scène. Les paillettes couvrent l'ensemble des visages et les femmes en ont jusque dans les cheveux.

De l'autre côté, le public approche, les enfants se ruent vers les stands de pop-corn et de barbe à papa, prêts à déguster une sucrerie pendant qu'ils en prennent plein les yeux. Les parents tentent de détourner l'attention des plus jeunes vers les animaux encore dans leurs cages qu'on peut apercevoir depuis l'entrée des spectateurs. Les yeux de petits et grands brillent d'excitation.

Je me glisse parmi la foule, incognito, et trouve une place sur les bancs pour assister au spectacle. Je ne sais pas ce qui me pousse à poser mes fesses sur ces planches de bois durant une heure et demie alors que je devrais profiter que tout le monde soit accaparé par la représentation pour fouiller le camp. Je dois visiter d'autres caravanes, celle de Monsieur Loyal par exemple, mais également certaines qui n'appartiennent pas aux Hook. J'ai un pressentiment que je dois vérifier, mais pour l'instant il y a ce petit quelque chose que je ne maîtrise pas qui me pousse à regarder ce qu'il se passe quand les projecteurs sont allumés.

C'est Rémy, le cracheur de feu, qui ouvre le bal. Le public est en haleine, les « Oh » et « Ah » s'enchaînent chaque fois que le trentenaire fait jaillir des flammes de sa bouche. Les enfants sont époustouflés, les adultes prient intérieurement pour que leurs gosses ne prennent pas exemple. Puis il y a les adolescentes, bien plus intéressées par le torse nu et ruisselant de sueur de Rémy que par sa prestation.

Lorsque les flammes s'éteignent, c'est Coralie qui attire tous les regards depuis son cerceau, perchée à trois mètres du sol. Elle se contorsionne autour du cercle comme si elle n'avait pas de squelette. Sa souplesse est impressionnante, à la limite du perturbant.

Les numéros s'enchaînent, à un moment Étienne fait son apparition, avec son père. Tous les deux mènent à la baguette les plus grands fauves du cirque. Ensuite, Katarzina fait son entrée debout sur son cheval, les cheveux au vent, et les pans de sa jupe s'envolent tels de légers rubans. Elle propose de multiples acrobaties toujours en harmonie avec son binôme à quatre pattes.

À quelques minutes de la fin, Monsieur Loyal fait un discours élogieux pour annoncer l'entrée de sa fille sur la piste, ou plutôt au-dessus de la piste. Tous les yeux de l'assemblée se lèvent vers le ciel, les projecteurs en contre-plongée illuminent Meghan. Elle porte un collant rose pâle satiné avec un justaucorps foncé qui met en valeur ses cheveux bruns et son visage de porcelaine. La musique commence, et elle se meut dans les airs. Mais ce que je vois n'a pas l'effet escompté. Je m'attendais à être transporté par son numéro, la voir à l'apogée de son art, mais rien. Il y a de belles pirouettes, et le public semble enchanté, pourtant je ne vois que le vide dont elle m'a parlé plus tôt dans la journée. La trapéziste vole, certes, mais elle ne dit rien, elle ne fait que flotter en apesanteur sans but en attendant l'heure de l'atterrissage.

Chapitre 19

Meghan

Je ne m'attendais pas à le voir là, assis dans les gradins parmi les spectateurs, les yeux rivés sur moi. C'est dans ma position finale, celle que j'exécute chaque soir qu'importe le nombre de fois où je modifie la chorégraphie, que je le repère. Les lumières s'éteignent lorsque je me tiens d'une seule main et d'un genou enroulé autour de la barre tandis que le reste de mon corps pend dans le vide.

Une seconde avant que le noir se fasse mes yeux accrochent les pupilles de Chris, il me voit pour la première fois et il sait. Il sait que je l'ai baratiné, que j'ai survolé le problème plus tôt dans la journée. Maintenant qu'il a vu que l'obscurité m'a envahie, il peut facilement deviner que je ne suis qu'une artiste terrorisée par son art, la mort et le vide.

Lorsque je quitte mon perchoir, mes confidences de la matinée me reviennent en mémoire. Sur l'instant, j'ai eu le sentiment de me dévoiler, tout ce que j'ai dit est vrai mais c'est une si petite partie de la vérité, et je ne doute pas que mon partenaire veut en savoir davantage, surtout maintenant. J'ai comme l'impression qu'il va m'attendre dans ma loge, et c'est pour ça que je me dirige dans la direction opposée.

La caravane de mon père est fermée à clé, comme lors de chaque représentation, il sera le dernier à retrouver ses quartiers. Il l'a installée un peu en retrait du groupe si bien que personne ne m'apercevra assise sur les marches à l'attendre.

Je ne sais pas combien de temps je patiente avant d'entendre sa voix qui me fait sursauter.

— Il faut qu'on parle, Meghan.

— C'est pour ça que je suis là. Je…

— Il faut que tu te reprennes, tout de suite, me coupe-t-il. Après un instant de réflexion, je lui réponds :

— Mon numéro ne t'a pas contenté.

— Non, et le public non plus. Si tu continues sur cette voie, tu vas finir comme ton frère.

Sa réponse a le mérite de me couper le sifflet. Je suis incapable de répondre. L'homme qui m'a élevée est-il réellement en train de sous-entendre que si je ne retrouve pas de quoi redonner de la vie à mes représentations, c'est la mort qui m'attend ? Mon cœur tambourine si fort dans ma poitrine que je ressens son battement jusque dans mes oreilles. J'ai la nausée et je peine à ne pas m'effondrer. Un mélange de stupeur et d'horreur doit se lire sur mon visage car mon père finit par préciser avec calme :

— Ce que j'entends par là, c'est qu'un accident est vite arrivé. Quand on descend la pente, on devient moins vigilant, et la chute peut être mortelle.

— Et tu peux me dire sur quelle pente descendante était Simon pour qu'un tel accident se produise ?

Je me suis redressée et j'ai presque hurlé ma question. J'ai besoin de partager ma peine avec mon père.

— On ne va pas rediscuter de la mort de Simon, je t'ai déjà dit que c'était derrière nous, assène-t-il froidement.

Je me prends un coup au cœur auquel je ne m'attendais pas. Ce matin même, je défendais cet homme en invoquant le chagrin qu'il devait ressentir depuis la disparition de son fils mais en réalité mon géniteur n'est qu'un gros con sans cœur. Je bous intérieurement, je meurs d'envie d'exploser, de laisser sortir ma rage sauf qu'à la place j'enchaîne sur une question.

— Qu'est-ce que tu as fait de ses affaires ?

— De quoi tu parles ?

— De ce qui appartenait à Simon ! Qu'as-tu fait de ce qu'il me restait de mon frère, papa ?

Je ne contrôle pas les trémolos dans ma voix ni les larmes qui me montent aux yeux. J'ai un mauvais pressentiment quant aux mots qui vont quitter ses lèvres, mais je ne peux m'empêcher d'espérer. Alors quand enfin il me répond, mon cœur se fracasse au sol.

— Je les ai jetées, tu sais que je suis contre l'attachement aux choses matérielles.

— Mais pas moi ! J'y tiens ! C'est tout ce qui me relie à lui.

— C'est pour ça que je m'en suis débarrassé. Je veux que tu te détaches de lui, que tu l'oublies et que tu te concentres enfin sur le cirque.

— Je… tu… Non ! Tu es un enfoiré !

Je pars bouillonnante de rage tandis que mon père continue de hurler dans mon dos. Les larmes dévalent mes joues sans retenue, mon cœur est brisé, et j'ai l'estomac au bord des lèvres. Je cours sans savoir où je vais, j'ai simplement besoin de me vider la tête. Vêtue de ma tenue de scène, pieds nus, je quitte le campement sans m'arrêter.

Faire disparaître Simon ? Impossible ! Je ne veux pas qu'il s'efface, la simple idée de faire comme s'il n'avait jamais existé me tord le ventre. Je ralentis un instant pour vomir la bile qui me brûle la gorge. Quand mon estomac se calme enfin, je me laisse tomber dans l'herbe fraîche.

Mon frère a toujours été mon tout, c'est lui qui me prenait dans ses bras lorsque j'étais petite et que je tombais de mon trapèze ou que papa me criait dessus. Il m'emmenait en secret dans des endroits que lui seul avait découverts, et nous passions la soirée à parler de nos rêves.

Simon me parlait de voyages, pas ceux dans lesquels la troupe nous embarquait, des excursions dont il était le maître. Il se voyait piloter des avions. Nous fendions les airs tous les jours mais lui souhaitait voler encore plus haut. Chaque fois qu'il me parlait de ça, ses yeux brillaient, et son visage s'illuminait d'un sourire. Il y a quelques mois, il croyait toujours en son rêve sauf que ses yeux brillaient davantage et son sourire était bien plus large. Il était heureux et semblait toucher son but du bout des doigts. J'aurais tant aimé que cet instant dure toujours.

Néanmoins, ce souvenir s'estompe, et je ne vois plus que mes pieds en sang qui me font souffrir, mon collant est fichu et mon maquillage dégouline le long de mes joues. Ma vie n'a rien d'idyllique, et je n'espère plus rien depuis longtemps.

Chapitre 20

Meghan

Je ne sais pas comment je me suis retrouvée assise sur les trois marches devant cette caravane à minuit passé. Je n'ai pas participé à la représentation du soir et je suis persuadée que mon père va me tomber dessus au petit matin, mais pour l'instant c'est le cadet de mes soucis.

J'ai frappé à la porte, cependant personne n'a répondu alors j'ai décidé d'attendre, même si je ne sais pas vraiment pourquoi. Chris vient d'arriver parmi nous, il n'est rien de plus qu'un étranger qui tente de trouver sa place, et pourtant c'est vers lui que j'ai envie de me tourner ce soir.

Cette idée est ridicule. Je me lève, prête à partir pour rentrer chez moi, lorsqu'une silhouette sombre se détache d'une caravane un peu plus loin. Je n'ai pas bien vu, est-ce un animal ? Un homme ? Je frissonne, sentant la peur s'insinuer sous ma peau. Jamais l'idée qu'il puisse m'arriver quelque chose en étant seule la nuit ne m'a effleuré l'esprit et aujourd'hui je me sens naïve. L'ombre passe à nouveau, cette fois plus lentement. Elle s'approche en serpentant entre les caravanes silencieuses de mes camarades. C'est un homme, j'en suis certaine maintenant, entièrement vêtu de noir. Baskets, jean, sweat à capuche, tous ses vêtements sont très sombres.

Quand la lumière blanchâtre des lampadaires se reflète sur son visage je vois apparaître les traits de Chris. La pression qui est montée en moi il y a quelques secondes redescend, mes épaules se relâchent, et ma nuque se détend. Lui marque un temps d'arrêt lorsqu'il m'aperçoit.

— Meghan ?

— Salut, dis-je timidement.

— Qu'est-ce que tu fais là ?

Je lui avoue en regardant le bout de mes pieds :

— Je ne sais pas. Tu as raison, je ne devrais pas être là.

Je me lève pour partir et époussette inutilement ma tenue de spectacle déjà foutue. Je dépasse mon rival mais il me saisit le bras.

— Reste, murmure-t-il.

— Ça sent le déjà-vu.

Sa main glisse dans la mienne, et il m'emmène dans sa loge. Il déverrouille la porte et m'invite à m'asseoir sur son lit. Il fait un rapide aller-retour dans sa salle de bains avant de prendre place à ma gauche et de saisir mon pied qu'il se met à panser avec soin.

— Comment ça se fait que tes pieds soient dans cet état ?

— Je ne suis pas certaine que tu veuilles savoir.

— Dis toujours.

Ses yeux bleus me poussent une nouvelle fois à la confidence, comme si la confiance qu'ils inspirent était irrésistible. Je commence alors à lui raconter le désastre de ma soirée, la prise de bec avec mon père, les sentiments déchirants qui ont fait exploser mon cœur avant qu'il ne se brise encore plus face à l'indifférence de mon paternel. Pendant mon récit, mes larmes montent à nouveau et les émotions me submergent. Chris, lui, ne dit rien et me prête son oreille attentive. En essuyant mes dernières larmes, je lui demande :

— Pourquoi tu m'écoutes raconter tout ça ?

— Parce que je suis le seul à le faire, apparemment. Tu ne devrais pas avoir à brider tes sentiments ni à garder secret ce qui te détruit de l'intérieur. Meghan, tu devrais pouvoir parler librement et faire ce que tu veux quand tu le veux.

Ce que je veux… Qu'est-ce que je veux ? Mes yeux se posent sur la bouche de Chris, ses lèvres rosées étirées dans un léger sourire me charment tout entière. Je veux les goûter. Les embrasser. Alors j'applique son conseil sans délai en me penchant vers lui.

Je suis surprise par la fraîcheur de sa peau, mais très vite les sensations changent. Ses mains glissent dans mes cheveux m'incitant à me rapprocher davantage et soudain c'est la chaleur qui m'envahit, celle du corps de mon partenaire contre moi mêlée à la ferveur de l'instant. Nos bouches se rencontrent, se découvrent et dansent ensemble au rythme des battements de nos cœurs. Le mien s'emballe lorsque Chris passe sa langue sur ma lèvre inférieure demandant ainsi l'accès à la mienne. Notre baiser s'accentue une fois que j'ai consenti à lui offrir ce qu'il demandait, et nous basculons à la renverse. Lui, appuyé sur un coude, me surplombant sans ralentir le rythme et moi m'abandonnant à sa bouche experte.

Au moment où je m'y attends le moins, il se redresse, mettant un terme à ce moment magique. L'ombre du désir qui plane sur son visage se dissipe pour laisser place à un masque de peine et de regret.

— On n'aurait pas dû, assène-t-il finalement. Ce n'est pas ce que je veux.

Je lui réponds d'un ton détaché afin de masquer mon trouble.

— Ton corps n'a pas l'air de penser comme toi,

Malgré son érection pressée contre ma hanche, Chris se recule en s'excusant avant de se lever. Il va prendre un verre d'eau dans l'espace cuisine et reste appuyé face à l'évier tout en évitant de me regarder.

— Meghan, écoute…

— Ne rends pas les choses plus bizarres qu'elles le sont actuellement, j'ai eu mon compte pour la journée. OK, on s'est embrassés, c'est juste un baiser. Rien de plus.

C'est ce que je vais me répéter encore et encore, jusqu'à être certaine d'y croire moi-même.

Chapitre 21

Chris

Merde, merde et re-merde ! J'ai complètement foiré, je n'aurai jamais dû laisser Meghan m'embrasser et encore moins lui rendre son baiser. Appuyé contre l'évier je regarde l'eau s'écouler par le siphon en rêvant de m'échapper avec elle. Il y a une règle d'or lorsqu'on est journaliste : il ne faut jamais se laisser charmer par son sujet, ou en l'occurrence la jolie brune qui est la sœur de son sujet. Un baiser entraîne un rapprochement physique plus important qui implique d'être nu sous la couette, puis après viennent les sentiments. Ou avant. Dans mon cas c'est souvent avant.

Derrière mes réparties qui se veulent nonchalantes je suis plutôt du genre romantique. Quand les lèvres de Meghan ont rencontré les miennes, j'ai imaginé l'inviter à sortir et commencer à planifier notre premier rencard. Sauf que je ne peux pas faire tout ça.

— Je vais y aller, dit-elle en se levant.

— Meghan, on peut faire comme si ces dix dernières minutes n'avaient jamais existé ?

— Vraiment ? C'était si merdique que ça ?

Elle semble blessée, et je culpabilise instantanément. Cette fille s'est confiée à moi, m'a montré sa fragilité et en échange elle ne peut lire que les regrets dans mes yeux. Je réagis alors, trop vite :

— Non ! Ne va pas croire ça, tu embrasses divinement bien. Le problème, ce n'est pas toi, c'est moi.

— Tu vas vraiment jouer cette carte-là ? Tu es vraiment trop con, Chris.

La porte claque derrière la tornade qu'est la jolie brune. Je ne fais rien pour la retenir, d'une certaine façon c'est mieux ainsi. Si elle pense que je suis un abruti fini, ça sera moins difficile de la tenir à distance.

Meghan est une femme magnifique, il est dur pour un homme de lui résister. Ses formes athlétiques sont charmeuses, et elle a des jambes longues et souples dessinées à merveille. Ne pas succomber relève du miracle. Je ne suis qu'un homme après tout, et je peux être fier d'avoir tenu presque deux semaines. *Tu es pathétique, Chris !* Je suis en train de perdre la tête et toute ma crédibilité de journaliste pour une femme que je ne connais que depuis quelques jours.

Je secoue la tête et récupère mon ordinateur planqué sous le lit dans un vieux sac de sport. Je l'allume et ouvre le fichier appelé *Le Livre de la jungle*, petit clin d'œil à ma petite sœur fan des films Disney. Ce n'est qu'une protection supplémentaire pour ma couverture, en réalité il s'agit de tous les éléments que j'ai amassés depuis que j'ai intégré la troupe.

Je relis mes notes et mets en place mon futur plan d'attaque. Me plonger dans le travail me permet d'oublier ce qu'il s'est passé un peu plus tôt, et c'est tout ce que je souhaite. J'ai fait le tour du campement, personne ne possède d'appareil connecté. Il me reste une caravane à visiter, je n'ai pas eu le temps de crocheter la serrure car la trapéziste était assise sur les marches de la mienne, mais je suis certain de trouver la même chose que dans les autres. C'est-à-dire rien.

Je fixe mon écran lorsque mes yeux se posent sur une lettre « J » et je sais que c'est la prochaine piste à explorer. Qui est J ? Personne dans la troupe n'a un prénom qui commence par la lettre J et les messages ont un double sens qui fait allusion à la mort. Je suis intrigué par ce personnage mystérieux qui peine à se dévoiler. J'aurais dû interroger

Meghan au lieu de glisser ma langue dans sa bouche et la laisser me faire tourner la tête. Je ne dois plus me laisser distraire. Je n'ai plus qu'un seul objectif en tête : trouver J.

— Salut, dis-je en pénétrant sous le chapiteau où Meghan est en train de s'étirer. Je ne t'ai pas vue pour notre footing quotidien.

— J'ai décidé d'y aller sans toi.

— C'est à cause d'hier soir ?

— Hier soir ? fait-elle mine de s'interroger. De quoi tu parles ? Qu'est-ce que tu as fait hier soir ?

Aïe ! Même si c'est moi qui voulais qu'on oublie ce baiser, ça fait mal. Toute la nuit j'ai été hanté par le souvenir de ses lèvres délicieuses et je n'avais qu'une envie : les revoir ce matin et fondre sur elles pour les goûter à nouveau. Si nous nous étions retrouvés tous les deux, comme tous les matins, je l'aurais sans doute embrassée, alors dans un sens elle nous a encore rendu service.

L'entraînement est une pure torture. Notre rapprochement de la veille n'a fait qu'accroître le degré de sadisme de Meghan ainsi que sa volonté de me voir partir. Elle n'y va pas de main morte, me poussant davantage mentalement et physiquement et elle n'hésite pas à se servir de son corps pour m'atteindre. Plus d'une fois sa sublime poitrine vient à ma rencontre, m'offrant un aperçu des sensations que je ne connaîtrai jamais avec elle. Les doigts de la jolie brune sur mon corps me rendent fou, ses mains passent sur mon dos, effleurent sensuellement mes hanches, et Meghan m'a même fait l'affront d'en poser une sur mes fesses. Je parviens difficilement à contrôler mon érection grandissante.

À trente minutes de la fin je craque.

— Stop ! J'arrête là ! J'en peux plus !

— Alors Chris, c'est trop dur pour toi ? Tu abandonnes ?

Ses yeux brillent mais je ne parviens pas à savoir ce qui les anime, la déception, le soulagement, ou autre chose…

du désir peut-être ? Une fois que mes deux pieds ont touché le sol, je lui demande :

— Tu veux vraiment que je m'en aille ?

— Oui.

Je fais un pas de plus vers elle et je remarque le trouble naissant dans tout son être. Nos corps sont à quelques centimètres l'un de l'autre, nos bouches suffisamment proches pour un baiser. Je n'ai plus qu'à me pencher pour sceller mes lèvres aux siennes. Sans la toucher je souffle ma question qui la fait frissonner.

— Tu en es certaine ?

Chapitre 22

Meghan

Je devrais dire oui, le crier même, sauf que les mots restent bloqués dans ma gorge. Chris se tient là, à la place où se trouvait Simon, et dans mon esprit le beau brun se soustrait progressivement aux yeux sombres de mon frère. Mon cœur hurle mais de deux cris contradictoires. L'un n'est fait que de douleur et de tristesse tandis que l'autre souhaite m'empêcher de faire une énorme bêtise. Quand je regarde mon partenaire à cet instant, ce n'est pas l'envie de le pousser dehors qui m'envahit mais plutôt celle de me glisser entre ses bras et de l'embrasser à nouveau comme la veille. Je ne saurais décrire ce qu'il s'est passé avant que ses lèvres s'arrachent aux miennes, car toutes mes sensations sont parties en vrille.

Je plonge mes yeux dans les siens qui attendent toujours une réponse. Je suis bien trop longue pour rendre crédible un non qui sortirait de ma bouche, sauf que je trahirais Simon en avouant que je souhaite secrètement voir Chris rester à mes côtés.

— Dis-le, Meghan.

— Je veux que tu t'en ailles.

— Menteuse !

En espérant que frapper son ego ait le résultat escompté, je reprends :

— Si tu n'es pas de taille, alors tu n'as rien à faire ici.

— Ce n'est pas une question de taille !

— Alors où est le problème ? Soit tu peux le faire et tu bosses, soit tu es là pour t'offrir un voyage dans toute la France sans suer et dans ce cas la porte est grande ouverte.

— Je veux faire les choses bien.

Sur ces mots, Chris quitte le chapiteau en me laissant troublée sur la piste, entourée de mes collègues et de leurs regards indiscrets. Étienne est le premier à me rejoindre et à me faire réagir d'un coup de coude :

— Alors, qu'est-ce qu'il se passe entre toi et Chris ? Ton nouveau partenaire te fait tourner la tête ?

— Il me rend dingue !

— Je n'en doute pas, tu es en train de changer, Meg. Depuis qu'il est arrivé, tu reprends vie.

Je garde le silence, j'ai peur d'admettre qu'Étienne ait raison. Je ne veux pas penser que l'intrus qui vole la place de mon frère est ma bouée de sauvetage. L'idée que tout le monde, même mon ami le plus proche, me voit comme une petite chose fragile me met en rogne. Je ne supporte plus leur pitié qui, pour certains, se mue en dédain. Leur regard est trop lourd à porter, et ça finit par m'enfoncer davantage. Soudain, je me retourne vers le rouquin, ainsi que vers ceux avec qui j'ai grandi et je me mets à crier :

— Je suis en vie ! Je suis malheureuse mais je suis en vie. Arrêtez de faire comme si rien ne s'était passé, Simon était pour vous un ami, un fils ou même un frère. Il est mort, mais il a bel et bien existé ! Souvenez-vous de lui ! Être vivant, c'est ressentir, et la peine me rend plus vivante que n'importe lequel d'entre vous.

Les larmes me montent aux yeux, et ma voix déraille sur les derniers mots. Je recule afin de mettre un peu de distance entre moi et les regards accusateurs. Je ne voulais pas les accabler, toutefois, mes paroles sont le reflet de ma pensée. J'ai la nausée rien qu'en les imaginant effacer Simon de leur existence.

— Meghan, il faut que tu arrêtes avec cette histoire, lance Rémy. Tu dois passer à autre chose.

C'est la goutte d'eau qui fait déborder le vase. Je prends la fuite, le cœur lourd. Les larmes ruissellent le long de mes joues. Je me rue vers ma caravane pour m'y réfugier mais m'arrête avant d'abaisser la poignée, surprise de trouver la porte entrebâillée. Je la pousse et elle laisse apparaître Chris se levant de mon lit lorsque j'entre.

Pendant une seconde, le temps s'arrête, plus rien ne bouge autour de nous. Nos yeux se croisent, et soudain tout se passe en une fraction de seconde. Nos bouches se rencontrent et c'est une explosion de sensations et d'émotions. Je pleure toujours mais il ne semble pas se formaliser de mes larmes, mieux, il en goûte certaines et en essuie d'autres de son pouce. Ses mains finissent par migrer vers ma nuque et fourragent dans mes cheveux, provoquant un léger picotement. Mon cœur s'emballe au moindre mouvement des lèvres de Chris. Il y a urgence, ma langue appelle la sienne et, lorsque je franchis la barrière de ses lèvres, toutes deux entament un tango sensuel. Je m'accroche à lui tandis qu'il me presse davantage contre son corps comme si je risquais de prendre la fuite.

Ce baiser libère toute la tension qui crépitait entre nous depuis l'arrivée de mon nouveau partenaire. Dès le premier jour, nous avons fait des étincelles et aujourd'hui mon corps s'embrase contre le sien. Je sens mon intimité pulser et l'impatience qu'elle provoque en moi est une sensation qui m'est inconnue et qui me surprend. Je suis loin de la vierge effarouchée, je n'ai jamais fait « l'amour » avec un homme mais je n'ignore pas les plaisirs charnels et les réactions de mon corps. Je connais le sexe sans attache, celui qui soulage d'une pulsion ou d'un besoin naturel. Pourtant, aujourd'hui j'ai le sentiment que tout est différent, que cela va beaucoup plus loin. Je ressens une réelle passion. En cet instant, je suis brûlante de désir, à deux doigts de me consumer sur place. Mais il se recule encore une fois… *Pitié, non !* Mon cœur se serre de se faire rejeter à nouveau.

— Meghan, gémit-il, presque douloureusement.

— Chris ?

— Je ne suis pas là pour ça.

— Ah bon ? Alors que fais-tu chez moi ? Explique-moi ce que tu veux, à la fin !

Je finis par imposer une vraie distance entre nous et croise les bras sur ma poitrine. Je ne peux pas continuer à m'offrir à lui sans savoir dans quoi je mets les pieds. S'il ne s'agit que de baisers volés, soit, je rangerai ces souvenirs délicieux dans un coin de ma mémoire. Toutefois, mon partenaire est en train de me rendre complètement cinglée avec son comportement contradictoire. J'ai besoin que les choses soient claires entre nous, et il est hors de question que je me laisse aller avec lui s'il n'est pas foutu de se justifier. Amère, je reprends :

— Si tu n'as rien à dire, tu peux rentrer chez toi.

— Meghan… je…

— Je ne sais pas à quoi tu joues mais ça ne m'amuse pas.

— Tu penses que tout ça n'est qu'un jeu pour moi ?

Chris semble s'offusquer de ma remarque, pourtant, à aucun moment il ne m'a laissée penser que tout ça pouvait avoir de l'importance à ses yeux. Lorsque sa délicieuse bouche m'a donné le plus beau baiser de ma vie, il s'est empressé de me demander de l'oublier. Puis il m'embrasse à nouveau avant de chercher une autre façon de s'esquiver. Je suis complètement perdue.

— Ce n'est pas le cas ?

— Non.

Mais encore ?

— Qu'est-ce que tu veux, Chris ? Dis-le-moi.

J'attends sa réponse, suspendue à ses lèvres tout en retenant mon souffle.

Chapitre 23

Chris

Toi, toi et encore toi ! C'est sans aucun doute ce que j'aurais répondu si la situation était différente, si elle n'était pas au cœur de mon sujet d'enquête et que je ne risquais pas de foutre sa vie en l'air. Sauf qu'à la place je ne trouve rien de mieux à dire que :

— Embrasse-moi.

— Non.

Les yeux de la jolie brune lancent des étincelles qui pourraient me foudroyer sur place. Je peux la comprendre, je suis un paradoxe sur pattes depuis notre premier baiser. Ce dernier remonte seulement à hier soir, pourtant j'ai l'impression qu'il s'est passé un million de choses en l'espace de quelques heures.

— Je ne suis pas une distraction, Chris, et qu'importe le jeu auquel tu t'adonnes, je refuse de te suivre les yeux fermés.

— Pourtant tu es une championne dans ce rôle-là.

Meghan ne dit rien, elle reste muette face à ma réplique sarcastique et amère, mais la colère bout en elle. Pourtant je n'arrive pas à regretter mes paroles, elles me font me sentir moins coupable, car elles ne sont que pure vérité. Aussi envoûtante que soit la trapéziste, elle se voile la face quant à ce qui se trame ici. Je n'ai pas encore découvert le pot aux roses mais chaque jour je me rapproche un peu plus de la vérité. Ce cirque cache un lourd secret. Tous les moments que je passe auprès de cette troupe accentuent mon sentiment de malaise. Cependant, tout n'est encore que supposition, il me manque des preuves. Néanmoins, je me surprends à vouloir la tirer de là quand je ferai éclater la vérité. Je ne souhaite pas qu'elle soit une nouvelle victime collatérale du journalisme. La moindre enquête apporte son lot de réponses mais il y a toujours des conséquences, et je ne veux pas que ma partenaire en fasse les frais. Je joue à un jeu dangereux mais c'est plus fort que moi.

— Et, toi, qu'est-ce que tu veux ? On parle de moi, sauf que tu n'es pas mal non plus dans le genre indécise. Tu préférerais me voir partir ou tu pries secrètement pour que je reste ?

— Tu penses vraiment avoir une si grande importance pour moi ?

Sa voix part dans les aigus, ce qui me fait sourire. Je sens que je marque des points. Pour une fois, j'ai une chance de remporter cette manche.

— Oui.

Un éclat de rire sans joie résonne dans la pièce. Elle semble à deux doigts de la crise d'hystérie. Je fais un pas vers elle, réduisant au maximum l'espace entre nous mais sans que nos corps se touchent. J'ai besoin de l'atteindre au plus profond d'elle-même.

— Je te redonne vie, Meghan, que tu le veuilles ou non c'est grâce à moi que ton cœur se remet à battre.

Je la pousse encore et encore, jusque dans ses derniers retranchements.

— Je… tu… Merde, va te faire foutre Chris. Ton arrogance n'est que le reflet de ton ignorance. Tu es là, invité chez nous, et tu te pavanes comme un coq dans sa basse-cour. Sauf que tu n'as pas encore goûté au sacrifice car faire partie d'une troupe c'est lui appartenir.

— C'est bien ça le problème ! Tu n'existes pas en dehors d'ici.

— Et toi, si tu restes tu n'existeras plus, comme mon frère, me souffle-t-elle.

Cette dernière phrase est emplie de douleur mêlée à de la détresse. Meghan souffre, et aujourd'hui je suis celui qui a ravivé son mal. J'ai envie de la prendre dans mes bras pour la réconforter, cependant, je ne suis pas certain que mon geste soit le bienvenu. À la place, je recule jusqu'à la porte. Avant de quitter la caravane de ma jolie voltigeuse, je murmure :

— Je suis désolé.

Chapitre 24

Chris

— Vous faites du sur place, Christopher ! Depuis un mois que vous vous baladez avec ce cirque, vous n'avez pas avancé d'un cheveu. Ça ne peut pas continuer ainsi, vous allez devoir abandonner le projet et bien sûr revenir à Paris dans les plus brefs délais.

— Bernard, ne faites pas ça ! Je sais qu'il se trame quelque chose, je suis à deux doigts de mettre la main sur l'élément qui fera décoller mon enquête.

C'est peut-être exagéré de dire que je suis si près du but, sauf que c'est le seul moyen pour que mon patron ne réduise pas mon délai. Depuis ma dernière altercation avec Meghan, je piétine, l'affaire n'avance pas, et pour dire vrai ce n'est plus ce qui est au centre de mon attention. Ça fait maintenant trois semaines que mes pensées sont orientées vers la jolie brune, toutefois, cette dernière m'ignore sans cesse dès l'instant que l'entraînement est fini. J'aimerais dire que ça ne perturbe pas mon travail mais ça serait mentir. C'est ce qui fait que j'ai cette conversation avec mon patron en ce moment. Je n'ai fait que me concentrer sur la jolie trapéziste et notre semblant de relation au détriment de mon travail. Je suis au point mort dans tous les domaines, et cette discussion avec Bernard a le mérite de me ramener sur Terre. Je dois faire un choix, je ne pourrai pas avoir le beurre et l'argent du beurre. J'affirme avec aplomb :

— Je vous assure qu'on tient quelque chose d'énorme.

— Vous ne cessez de le répéter, pourtant vous ne m'en apportez pas la moindre preuve.

Je soupire. Il a raison, je n'ai encore que des suppositions, néanmoins je suis convaincu d'avoir raison, il me faut simplement quelque chose de palpable à lui présenter afin qu'il accepte de publier mon papier.

— Ce cirque est une sorte de secte dont le gourou n'est autre que Monsieur Loyal.

Le silence qui plane à l'autre bout du fil à la suite de mon assertion me laisse penser que j'ai piqué sa curiosité. J'imagine mon patron assis dans son siège de bureau, se frottant la barbe tout en pesant le pour et le contre. Nous savons tous les deux que dénoncer une organisation sectaire serait du pain béni pour le journal, ça ferait la une tout en faisant grimper les ventes. Afin de faire pencher la balance en ma faveur, j'ajoute :

— Laissez-moi encore un peu de temps pour concrétiser les preuves de ce que j'avance. Je vous promets que vous ne serez pas déçu.

— Vous ne pouvez pas me faire ce genre de promesses, Christopher.

— Et pourtant, je le fais.

— Très bien, je vous accorde une semaine. Si dans les huit prochains jours vous n'avez pas avancé, je vous envoie immédiatement un billet de train pour Paris.

Je laisse échapper un soupir quand nous raccrochons enfin. Une semaine, c'est tout ce que j'ai pour obtenir mon scoop et faire décoller ma carrière de journaliste. Je joue mon avenir en une semaine. Je m'effondre sur mon lit en soufflant, déçu de voir mon délai amputé ainsi. Un mois m'aurait permis de rester prudent et ne pas griller ma couverture. Cependant, avoir seulement sept petits jours, ça implique prendre des risques, car il est hors de question que je rentre bredouille.

On est lundi, et il est tout juste midi, dans moins de deux heures il va falloir que je retourne jouer les apprentis voltigeurs. Je ne dois pas perdre de temps, l'horloge tourne et il faut que je fasse fondre la glace avec Meghan, elle est ma porte d'entrée, la seule qui me permettra de garder mon job, j'en suis certain. Chaque seconde est précieuse. Le compte à rebours est lancé.

Chapitre 25

Chris

Je suis en avance pour l'entraînement et je répète mon speech en boucle. J'ai besoin de rallier la jolie brune à ma cause. Depuis mon arrivée au cirque, j'ai tout mis en œuvre pour ne pas la blesser mais je suis en train de me compromettre alors il va falloir que je m'implique davantage, au risque d'en subir les conséquences.

Meghan arrive, et je lève la tête pour poser mes yeux sur son corps enveloppé dans un collant noir opaque et une brassière de la même couleur mettant en valeur sa poitrine. Elle me fusille du regard lorsqu'elle remarque que je détaille ses formes féminines. Je devrais commencer mon petit discours savamment préparé sauf que mon cerveau s'est ramolli au profit de quelque chose plus bas qui a pris de la vigueur. Je tente de masquer élégamment mon érection et d'ordonner mes idées. *Allez, Chris, c'est pas le moment de te défiler parce que tes hormones sont incontrôlables.* Je me racle la gorge, qui est devenue subitement sèche, avant de me lancer :

— Il faut qu'on parle.

— Tu ne veux pas faire encore plus dramatique ? me questionne-t-elle en haussant un sourcil qui laisse entendre que je l'exaspère.

— J'aurais pu faire mieux si seulement j'étais certain que tu allais m'écouter, sauf que ces derniers temps tu t'évertues à m'ignorer.

Je reconnais ne pas être innocent dans cette histoire mais il est hors de question que je l'admette à voix haute, en cet instant ça me desservirait plus qu'autre chose. Meghan ne répond pas tout de suite et me regarde avec insistance, jaugeant si ma requête ne va pas lui faire perdre son temps inutilement. En l'occurrence, le mien n'est pas infini, et son terme approche à grands pas.

— OK, on discutera ce soir.

Puis elle me dépasse et recommence à m'ignorer. Elle escalade l'échelle métallique menant à la plate-forme érigée dans les hauteurs du chapiteau pour saisir la barre horizontale de son trapèze avant de s'élancer dans les airs. Je m'accorde une seconde pour contempler la belle en train de se contorsionner dans des figures de plus en plus complexes, puis je grimpe à mon tour du côté opposé.

L'entraînement est rude mais quand mes pieds touchent de nouveau le sol je suis fier de ma prestation. Depuis que je fais de la voltige avec Meghan j'ai progressé bien plus que je ne l'aurais imaginé, et ma partenaire me le confirme quand elle redescend à son tour.

— Tu es prêt à te confronter au public.

— Tu le penses vraiment ?

— Tu as toujours besoin de t'entraîner, cela va de soi, tu n'as pas atteint le niveau qu'il faudrait, mais tu es suffisamment performant pour tenter une prestation en solo en fin de semaine.

— Serait-ce un compliment ?

— Rêve pas, je te cède ma place simplement parce que j'ai besoin de congé et que c'est le seul moment où je peux m'octroyer ce plaisir sans mettre mon père en rogne.

Je ne réponds rien, toutefois je prends note que Monsieur Loyal n'a pas l'air à cheval sur la loi du travail au niveau des congés payés.

— En ce qui concerne notre petite discussion de ce soir, tu permets que je t'emmène dîner pour qu'on sorte un peu d'ici ?

— M'emmener dîner ?

Ma jolie trapéziste semble surprise par ma proposition, pourtant, ça ne me paraît pas si absurde.

— Oui, tu sais, c'est ce que font les gens quand ils ont du temps libre et envie d'un peu d'intimité.

— Ne me prends pas pour une débile, Chris, je sais ce qu'est un dîner. Je me demande seulement comment tu vas expliquer à mon père que tu souhaites sortir avec sa fille.

Je proteste.

— Il n'est pas obligé de le savoir.

— Malheureusement, si. Il se posera des questions en ne nous voyant pas autour de la table ce soir, et de toute façon il nous faut de l'argent pour dîner dehors. Sauf si c'est un pique-nique que tu me proposes, mais dans ce cas sache que la saison n'est pas propice pour ce genre de soirées.

Je tombe des nues. Et Bernard qui dit que je n'avance pas, je crois que je viens de mettre le doigt sur quelque chose d'important.

— J'ai de l'argent, pas la peine d'en demander à ton père.

— Attends, tu es en train de me dire que tu as de l'argent qui n'est pas au coffre ?

La mâchoire de Meghan semble se décrocher, et ses yeux sortent de leurs orbites. Je ne savais même pas qu'il y avait un coffre, mais je m'abstiens de formuler cette réflexion. Néanmoins, ce qui me fait réagir, c'est que Meghan soit surprise que quelqu'un d'autre que son père détienne un peu de monnaie. J'approfondis cette voie, certain de pouvoir trouver quelque chose.

— Oui, j'ai eu une vie avant d'intégrer le cirque.

— Mais, bordel, tu ne lis pas un contrat avant de le signer ? Il est écrit que tes biens doivent être mis au service de la troupe et que tes finances devront approvisionner le capital de notre cirque.

Ce qui me choque le plus n'est même pas le fond du discours de Meghan, mais le fait qu'elle ne remette pas en question les propos qui sortent de sa bouche. Elle ne semble pas perturbée que son travail ne lui apporte aucun salaire et que seul son père ait le contrôle des agissements des membres de la troupe. À bien y regarder, personne n'a l'air de s'en soucier, tous vivent là heureux et insouciants. On se croirait dans le monde magique des *Bisounours*. Il faut vraiment qu'elle atterrisse de son nuage. Je tente de la raisonner.

— Meghan, tu t'entends parler ? Ce que tu me dis c'est que je devrais appartenir corps et âme au cirque ou plutôt à ton père, et que tout ce que je possède lui revient de droit.

Ma voix est montée d'un ton, et elle a un mouvement de recul, comme si mes mots venaient de la gifler. Tout autour de nous, les artistes se sont arrêtés et nous fixent. Une fois encore, nous nous donnons en spectacle. Je fais abstraction des autres pour me focaliser sur la jolie brune et l'expression de colère plaquée sur son visage. J'y décèle toutefois autre chose. De la peur ? Ou alors de l'horreur ? Je ne sais pas trop comment interpréter ce que je lis en elle.

— Dis comme ça, c'est flippant, admet-elle. Sauf que tu dramatises. Être ici c'est faire partie d'une troupe, d'une famille. Je ne sais pas ce que ça signifie pour toi le mot « famille », mais moi je donnerais tout pour la mienne. Mon corps, mon âme, mon argent et plus encore !

Beau discours de propagande ! Je pourrais continuer de la contredire mais à quoi bon ? Meghan doit entendre ces mots depuis toujours, je la pensais à la frontière de la raison au vu de ses états d'âme au sujet de son frère, mais je me suis visiblement trompé. L'espace d'un instant, j'ai cru pouvoir la faire basculer de mon côté pour lui montrer son monde tel que je le vois, sauf que le poison est déjà bien ancré dans ses veines.

— Très bien, oublie cette idée de dîner. Me montrer galant n'était pas une bonne idée, dis-je en partant vers ma caravane.

Je suis dépité de devoir revoir tous mes plans une nouvelle fois. La porte claque, et je me retiens de crier pour faire sortir toute la frustration accumulée depuis que j'ai mis les pieds dans ce cirque. J'use le plancher en faisant des allers-retours incessants pour trouver un nouvel angle d'attaque. Je passe mes mains dans mes cheveux en bataille et couverts de sueur, un shampooing leur ferait le plus grand bien. Je finis par me laisser tomber sur la seule chaise dont est équipée la caravane et souffle un coup.

— Tu vas devoir te débrouiller tout seul mon gars, tu seras Clark Kent sans ta Loïs Lane et sans super pouvoirs.

Je tire mon sac de sport de sous mon lit et en extrais mon contrat. Je l'ai à peine lu après l'avoir signé, pourtant je ne me souviens pas de clause particulière au sujet de mes biens et surtout de l'argent. Je feuillette toutes les pages mais ne trouve rien d'aussi clair que ce qu'a pu énoncer Meghan. Il y a certes un passage sur le dévouement au cirque mais ça reste très flou, sans doute pour ne pas éveiller les soupçons. En plus d'être un gourou déguisé avec son haut-de-forme et son veston rouge, Steven Hook est doué pour s'arranger avec les lois et toutes les règles administratives. Il faut que je fasse expertiser ce truc par un avocat, et vite.

Chapitre 26

Chris

Il fait nuit noire, les lumières qui entourent notre campement ont été éteintes il y a déjà deux heures. J'ai patienté le temps que chacun rejoigne sa caravane, et plus encore pour que toute la troupe trouve le sommeil. Il est presque 3 heures du matin et je suis le seul encore debout, ce n'est pas une insomnie qui me tient éveillé, mais plutôt l'envie de faire avancer mon enquête au plus vite et de quitter cette prison rapidement. Je tire la capuche de mon sweat noir sur ma tête afin qu'il dissimule au maximum mon visage, malgré l'heure tardive on n'est jamais trop prudent.

Je quitte ma caravane et traverse le campement à pas de loup tenant une lampe torche dans ma main droite et un petit sac dans la gauche. Ce soir j'ai pris tout le matos nécessaire pour démonter la poignée de la seule caravane qui a refusé de s'ouvrir lors de mes premières visites. J'ai retardé ce moment bien plus que de raison, me laissant guider par mon attirance pour la trapéziste qui s'évertue à me repousser. J'ai tant voulu plaire à Meghan, sans pour autant chercher à gagner son cœur, que j'en ai négligé mon véritable travail qui ne consiste pas à faire des acrobaties, à se rompre le cou pour amuser la galerie, mais à récolter des preuves pour écrire un article qui paraîtra dans un journal national.

L'obscurité joue en ma faveur et me dissimule parfaitement. Arrivé devant la bonne porte, j'hésite une seconde avant de déballer mon attirail et commencer mon œuvre. À force de regarder des séries et des films d'espionnage, j'aime croire que je suis passé maître dans l'art d'entrer par effraction en toute discrétion. Les caravanes n'ont pas des portes de haute sécurité et les poignées se démontent aisément. Il me faut quelques minutes pour que celle qui m'a fait obstacle par le passé ne soit plus qu'un lointain souvenir.

Une fois que le verrou a sauté, la porte cède et s'entrebâille d'elle-même. Ma lampe est le seul rai de lumière dans toute cette obscurité. Je monte les trois marches et pénètre à l'intérieur. L'adrénaline exalte mes sens, et je suis comme un enfant le matin de Noël. Je m'attendais à du silence, toutefois je suis surpris d'entendre un vrombissement assourdissant. Je balaye la pièce avec ma torche afin de trouver la source de ce vacarme et je suis étonné de tomber sur un concentrateur à oxygène. Ma curiosité est piquée à vif et je remonte lentement le long des tubes qui y sont rattachés.

Je fais un bond en arrière et retiens un cri aigu, loin d'être viril, en découvrant une femme allongée dans un lit. Malgré ma brusquerie, ses yeux restent fermés et son sommeil paisible. Je m'approche à nouveau en évitant toutefois de braquer le faisceau lumineux sur son visage. Elle a l'air d'avoir une cinquantaine d'années malgré ses traits marqués. Dans sa jeunesse, elle devait être d'une beauté rayonnante, à n'en pas douter, mais sous la lumière blanchâtre de ma lampe, elle semble être dans un état de santé pitoyable. Si elle n'avait pas dans son nez des lunettes à oxygène, je pourrais croire que cette femme est morte. Ses cheveux bruns striés de mèches grises sont étalés autour de sa tête comme une auréole sombre et ses mains reposent l'une sur l'autre sur son ventre. Elle porte une chemise de nuit d'un autre temps qu'elle semble ne pas avoir ôtée depuis un moment. À son bras je remarque une aiguille directement reliée à un sachet rempli d'un liquide transparent.

Je devrais bouger, cesser de regarder cette femme dans son sommeil et rebrousser chemin mais j'en suis incapable. Le journaliste en moi est en plein éveil. Mille questions se bousculent dans ma tête, si bien qu'il me faudrait un carnet pour toutes les écrire et n'en oublier aucune. Qui est cette femme ? Pourquoi n'est-elle mentionnée par personne si elle suit la troupe dans sa propre caravane ? Pourquoi est-elle enfermée à clé ? Je fouille l'espace exigu autour de moi mais il n'y a rien, tout est vide à l'exception de l'armoire où je trouve deux chemises de nuit semblables à celle qu'elle porte, et le frigo où sont entreposées des poches à perfusion.

Je n'apprendrai rien de plus en restant ici car cette caravane est aussi vide qu'une chambre d'hôpital, ce qui doit être sa fonction première. Pourtant, j'ai le sentiment que cette découverte va bouleverser mon enquête. Je vais devoir la jouer fine mais je dois absolument interroger Meghan, et pourquoi pas Étienne ? Ces deux-là sont les plus enclins à me venir en aide, car même si j'ai réussi à me faire accepter par les autres, leurs barrières sont bien en place et je n'y décèle aucune faille.

Avant de quitter cette caravane, j'ose jeter un dernier regard à la femme allongée dans le lit. Elle n'a pas bougé, à l'exception de ses yeux, qui sont maintenant grands ouverts.

Chapitre 27

Meghan

Depuis que j'ai quitté le chapiteau ce midi, je suis sur les nerfs. L'entraînement qui a suivi a été médiocre, et j'ai passé la soirée enfermée dans ma caravane. Le jour va bientôt se lever, et je n'ai pas fermé l'œil de la nuit. Les mots de Chris sont restés dans ma tête et ont tourné et viré sans jamais s'arrêter. Il m'a blessée et s'est attaqué aux miens. Mes relations avec le reste de la troupe ont beau être compliquées depuis la mort de Simon, toutefois ils restent ma famille. Puis il y a mon père, celui qu'il a dénigré plus que les autres. Il est tout ce qu'il me reste, alors qu'importe que je partage ou non ses idées, que chaque mot qui sort de nos bouches n'est que source de discorde, je continue de m'accrocher à lui car il est mon père.

Toutefois, en me remémorant ma réponse j'ai un goût amer dans la bouche. Les mots sont sortis si naturellement, et avec le recul je ne suis pas certaine de les penser. J'étais à deux doigts de dire que je donnerais ma vie pour le cirque. C'est ce qu'a fait Simon, pourtant je sais qu'avant son accident il n'était plus heureux, qu'il avait perdu son engouement à danser en apesanteur avec moi. Après sa mort, je me suis voilé la face, je n'ai pas voulu croire qu'il avait perdu sa joie de voler depuis longtemps.

Je repense aux dernières semaines passées aux côtés de mon frère. Simon ne parlait que de ses rêves et son sourire était constamment imprimé sur son visage. Toutefois, il y a tout juste six mois, les choses ont commencé à changer, sans que je comprenne pourquoi, j'ai vu le visage de mon frère se fermer un peu plus à chaque entraînement, et c'était pire les jours où notre père nous gratifiait de sa présence.

Maintenant que j'avance dans mon deuil, ce n'est plus une image parfaite et souriante de mon frère que je garde en tête, mais tous les détails qui font que j'aurais dû voir venir le drame…

Je piétine sur le sable de la piste en attendant Simon. Ses retards sont de plus en plus récurrents alors qu'il a toujours été si ponctuel, et je ne comprends pas ce qui cloche. Je regarde nos amis s'échauffer avant de se mettre à pratiquer leur art pour les trois heures à venir. Quand les pans du rideau se soulèvent, je m'apprête à râler une nouvelle fois après mon frère, sauf que c'est la chevelure rousse d'Étienne qui apparaît.

— Il est encore en retard ?

— Comme tu peux le voir, dis-je en soufflant, agacée. Je lui laisse encore deux minutes avant d'aller faire un carnage chez lui.

— Si tu as besoin d'un coup de main, je suis partant, comme toujours, se propose-t-il avec un sourire malicieux.

Plus jeunes, Étienne et moi avons fait les quatre cents coups. Nous sommes nés à un mois d'intervalle, alors nous sommes naturellement devenus inséparables du fait de grandir côte à côte. C'est ensemble que nous avons rendu ma mère folle en glissant des grenouilles dans son lit alors qu'elle était en représentation, et nous nous sommes fait tirer les oreilles pour ça. Je pourrais me remémorer durant des heures toutes les bêtises que nous avons faites et les punitions que nous avons partagées. Il n'y a encore pas si longtemps, nous étions de corvée de couture suite à une mauvaise blague faite à Coralie. Nous avons dû réparer tous les costumes de scènes abîmés durant l'année. C'est pour ça que je ne suis pas surprise de le voir à nouveau me proposer son aide pour faire réagir mon frère. Alors que nous parlons de ce dernier, Simon fait enfin son apparition. Il avance vers moi d'un pas décidé et avec le regard sombre.

— On s'y met, Meg ! braille-t-il.

— Pardon, tu te fous de moi ?

— Non, je n'ai pas de temps à perdre, et on n'est pas là pour enfiler des perles.

— Je t'attends depuis un bon quart d'heure, et c'est à moi de me bouger pour répondre à tes exigences ? C'est du grand n'importe quoi et ne compte pas sur moi pour aller dans ton sens.

Simon passe une main sur son visage, ses traits s'adoucissent mais ses yeux ne retrouvent pas leur étincelle habituelle.

— Désolé, Meghan. Je me suis encore pris la tête avec papa ce matin, et c'est toi qui en fais les frais.

Ces disputes sont de plus en plus fréquentes, presque quotidiennes ces derniers temps.

— Tu ne veux toujours pas me dire de quoi il en retourne ?

— Non, ça ne sert à rien. De toute façon ça n'avance pas.

Au ton de Simon, je devine que la conversation est finie et que ça ne sert à rien d'insister. Nous rejoignons chacun le pilier qui nous mènera au-dessus de la piste, et d'où nous nous envolerons. Une fois au sommet, nous nous élançons de concert et répétons plusieurs fois notre chorégraphie. Nous la connaissons sur le bout des doigts et la confiance aveugle que j'ai en mon frère me permettrait d'effectuer notre numéro les yeux fermés. Je vole, tourne, vire, m'élance dans les airs sans jamais m'arrêter. Mon cœur bat à tout rompre, l'adrénaline pulse dans mes veines et le sourire béat qui se dessine sur mon visage illustre la plénitude que me provoque ce moment. Je lève les yeux à la rencontre de ceux de mon frère, mais les siens sont vides de toute émotion, rien ne se passe. Simon ressemble à un robot. Il me tient à bout de bras et me jette vers mon propre trapèze sans un sourire ni une œillade. Je suis troublée par son insensibilité. Nous retrouvons nos plates-formes respectives et des applaudissements se font entendre. Tout son corps se crispe. Pourquoi ce simple bruit parvient à créer une telle réaction chez mon frère alors que notre duo semble le rendre indifférent ?

— Tu vois, mon fils, tu es fait pour ça, s'élève la voix de mon père. Tu as ça dans le sang. Ta sœur et toi faites rêver nos spectateurs tous les jours.

— Et on en parle de mon rêve à moi ? beugle Simon.

Mon père reste interdit. Il jette un regard circulaire et demande à tout le monde de quitter les lieux. Il est clair que Monsieur Loyal veut s'entretenir avec son fils… en privé.

Chapitre 28

Chris

Je retiens mon souffle et me fige, incapable de réagir devant cette femme allongée sous ses draps, qui me regarde fixement. Je sens la panique monter en moi. J'attends qu'il se passe quelque chose, qu'elle me crie dessus ou alors qu'elle appelle au secours, mais rien ne se produit. Je suis comme un animal sauvage pris dans les feux d'une voiture. Incertain, je bredouille :

— Excusez-moi. Je me suis trompé de caravane, on a eu une soirée un peu arrosée.

Je fais quelques pas en arrière afin de m'enfuir dès que la femme aura gobé mon histoire. Je ne peux pas me permettre de me faire griller aussi bêtement, je sais que j'ai pris trop de risques mais j'aimerais en subir les conséquences le plus tard possible. Elle est toujours allongée et immobile dans son lit, aucun son ne sort de sa bouche. Elle ne m'a même pas suivi du regard quand je me suis éloigné. Tout en m'approchant, je l'interroge, soudainement inquiet de son absence de réaction :

— Madame ?

Avec audace, je pose ma main sur son bras. Sa peau est chaude mais je ne repère toujours aucune réaction, hormis ses yeux qui se posent sur moi. Par la force des choses, je comprends que cette femme est enfermée dans son propre corps qui ne lui répond plus et que ma présence la terrifie parce qu'elle n'a aucun moyen de me fuir.

— Excusez-moi, sincèrement. Je ne suis pas là pour vous faire du mal, je ne savais même pas que vous étiez là. Je vais vous laisser et je ne reviendrai pas vous importuner, c'est promis.

Je sais que je tiendrai cette promesse, car de toute façon il n'y a rien à tirer de cette caravane, hormis cette femme qui me fait de la peine. Je recule et quitte les lieux, non sans m'excuser à nouveau. Je remonte la poignée en vitesse pour ne laisser aucune trace de mon passage.

Sur le chemin qui mène à ma propre caravane, je ne fais que penser à cette femme prisonnière de son corps et qui ne peut rien faire d'autre que subir sa vie.

Je me couche sur le lit tout habillé, le soleil va bientôt se lever, et je sais pertinemment que je ne trouverai pas le sommeil. Je n'ai pas avancé sur la mort de Simon Hook et pourtant j'ai l'impression de faire un pas de géant avec cette découverte. Mis bout à bout, les éléments que je rassemble depuis mon arrivée au cirque prouvent ma théorie de la secte, pourtant, tout ce que j'ai est bien trop léger pour construire un article solide.

Je suis au pied de la caravane de Meghan, avec dix minutes d'avance. Nous ne courons plus ensemble depuis un moment mais aujourd'hui ça va changer, je dois passer du temps avec elle. J'en ai également très envie, mais ceci ne peut pas être ma motivation première, je dois concentrer mon attention pour savoir à quel point l'idéologie de son gourou de père est ancrée en elle.

La porte s'ouvre devant moi, et la jolie brune a un mouvement de recul, surprise de me trouver devant chez elle après notre énième dispute de la veille.

— Chris ?

Sans lui laisser le temps de poser davantage de questions, j'enchaîne :

— En chair et en os. Tu es prête ?

— En fait, je suis épuisée, j'ai besoin d'un break ce matin.

— C'est pour ça que tu es dehors bien avant 7 heures dans tes leggings et avec tes baskets aux pieds ?

Elle soupire face à sa défaite. J'ai remporté cette manche, je suis prêt pour le second round. D'un mouvement de tête, je l'invite à me suivre. À contrecœur, mon binôme se met en marche et me devance sans m'accorder un regard. Nous courons un moment en silence, je préfère rassembler mes idées avant d'ouvrir la bouche pour ne pas aggraver nos rapports. Après cinq kilomètres, je décide de me lancer :

— Meghan, je suis désolé. J'aimerais qu'on reparte de zéro, et du bon pied cette fois. On fait équipe non ?

— Non, répond-elle sèchement.

— Non ?

— On ne forme pas une équipe, et ça ne pourra pas changer tant que nous passerons notre temps à nous juger l'un l'autre et à nous pourrir.

Waouh, je ne m'attendais pas à ça !

— Je te signale que tu n'es pas innocente dans cette histoire. Tu m'as pris en grippe à la seconde où mes pieds ont foulé le même sol que toi.

Elle s'arrête subitement et pose les poings sur les hanches en me lançant un regard assassin. Quelque chose me dit que j'ai encore fait une boulette, sauf que je ne sais pas comment m'y prendre avec elle sans que toutes nos conversations partent en éclat.

— Tu vois, tu recommences ! Je sais que mon comportement n'est pas exemplaire, je m'incluais dans le « nous » figure-toi.

— Très bien, je m'excuse. Est-ce que tu es prête à repartir de zéro ?

— On ne peut pas effacer ce qui a été fait, toute action menée laisse des traces et certaines sont indélébiles. La seule chose que l'on peut faire, c'est essayer de passer au-dessus et voir ce qu'il se passe. Tu en dis quoi ?

— Et si on commençait par un café ? Et c'est moi qui le ferai dans ma caravane.

Meghan hoche la tête en réponse à cette promesse, et un léger sourire orne ses lèvres. Je savoure ma deuxième victoire de la journée, en espérant que ça soit de bon augure pour la suite.

La journée est passée rapidement, et nous voilà, la jolie trapéziste et moi, assis face à face autour de deux tasses fumantes. La nuit est tombée depuis longtemps, la dernière représentation s'est achevée il y a peu. Une fois encore, j'ai assisté au spectacle, conquis par l'ambiance qu'apporte la venue du public et qui n'a rien à voir avec ce qu'il se passe ici le reste de la journée. On retrouve l'effervescence et l'émerveillement des visiteurs, les odeurs sucrées, le brouhaha des enfants qui courent et crient, les paillettes dans les yeux de petits et grands. Je commence à connaître le spectacle par cœur, mais chaque fois j'ai l'impression de le redécouvrir. Demain c'est moi qui me produirai lors des deux représentations. Je n'aurais jamais pensé en arriver là, j'étais certain d'être reparti pour la capitale avant d'atteindre le niveau requis. Sauf que je suis toujours ici, dormant dans une caravane au lieu de mon appartement parisien, et partageant un café avec une jolie brune aux yeux foncés braqués sur moi.

— Alors, Chris qu'est-ce qui t'a poussé à vouloir entrer dans un cirque à ton âge ? me questionne Meghan après un silence gênant de plusieurs minutes.

— Tu me traites de vieux ?

— Non, je dis simplement que c'est peu commun comme choix de carrière, ici, nous sommes tous nés dedans alors c'était plus une évidence qu'un choix. Je suis curieuse de connaître tes motivations.

Je lui récite le pitch que j'ai préparé il y a plusieurs semaines de ça.

— Ce n'est pas moins une évidence pour moi que pour toi, j'ai toujours été passionné par le cirque, j'ai vu toutes les représentations de toutes les troupes qui sont passées par Londres depuis que j'ai deux ans. Très vite, j'ai voulu m'inscrire dans une école de cirque, mais ma mère a refusé alors j'ai pris des chemins de traverse pour en arriver là aujourd'hui.

— Et trouves-tu ici ce que tu as tant cherché ? me demande-t-elle en noyant son regard dans son café.

— Bien plus que je ne le pensais.

J'avoue cela en pensant à tout autre chose que la voltige, mais ce n'en est pas moins la vérité.

Chapitre 29

Meghan

Je sens que Chris est songeur, il ne me regarde pas lorsqu'il répond à ma question. J'aimerais qu'il approfondisse le « bien plus », mais j'ai peur de ce qu'il pourrait ajouter. Ce que je ressens pour lui n'est qu'un amas de sentiments non identifiés et je ne suis pas prête à me pencher dessus, c'est à peine si je parviens à sortir la tête de l'eau après la disparition de Simon. Mon frère me manque, et j'ai bien peur que les émotions que mon partenaire ravive en moi ne soient dues qu'à ce trou béant laissé dans ma poitrine. Chris ne mérite pas de jouer le rôle du pansement. Bien que je lui mène la vie dure, je trouve que c'est un mec bien.

— Et toi, Meghan, y trouves-tu ton compte ? me demande-t-il en me tirant de mes pensées.

— Je ne comprends pas.

— Es-tu heureuse ici, vis-tu ton rêve chaque jour qui passe ?

Sa question me prend de court, je ne sais pas quoi répondre. Est-ce que ma vie est telle que je l'ai imaginée ? Comment puis-je rêver d'autre chose alors que je ne connais que ça ? Je fais une réponse vague qui, je l'espère, le dissuadera d'insister.

— J'aime ce que je fais, et c'est chez moi, alors que demander de plus ?

Ses yeux s'agrandissent puis il secoue la tête d'un air las.

— C'est tout ce que tu as à dire ? Pour toi, c'est ça nager dans le bonheur et avoir une vie accomplie ? Tu n'as jamais rien voulu d'autre ? Tu n'as pas de rêve ?

Les larmes me montent aux yeux sans que je ne contrôle rien. Ses mots, pourtant banals, m'agressent. Je me sens minable de ne pas chercher plus loin que ce que l'on me donne et encore plus de l'avouer à quelqu'un qui touche son rêve du doigt. Chris remarque mes yeux embués et se lève précipitamment pour me rejoindre. Il saisit mon visage en coupe et essuie les quelques larmes qui se sont échappées.

— Je ne voulais pas te faire pleurer, ce n'est pas du tout mon but. Mais j'ai besoin de savoir si tu es heureuse ici, si ça te convient. Tu mérites une vie réussie et j'aimerais y contribuer de quelque manière que ce soit. Je sais que ma place n'est pas idéale, que je te vole les souvenirs de ton frère mais on peut en construire de nouveaux sans que ceux-là ne disparaissent. S'il te plaît, Meghan, accepte-moi.

L'accepter ? C'est ce que je fais à l'instant où je pose mes lèvres sur les siennes. Nos bouches se rencontrent comme si c'était la première fois. Il n'y a pas d'alcool, pas de culpabilité ni de tristesse infinie entre nous. Ce baiser est aussi passionné que sincère. Les mains de Chris viennent accrocher mes cheveux tandis que je passe les bras autour de son cou. Nos corps se rapprochent mais restent encore trop éloignés à mon goût, j'en veux plus, j'ai besoin de le sentir m'envelopper. Je ne réfléchis pas plus longtemps avant de me hisser sur ses genoux sans rompre notre baiser. Mon cœur bat à mille à l'heure, nos deux corps se cherchent et plus je me rapproche plus le sien m'appelle. Si je me fie à la bosse qui déforme son pantalon et vient pulser contre mon bas-ventre, je dirais qu'il semble apprécier mon initiative. Machinalement je me serre davantage contre lui.

— Meghan, souffle-t-il contre mes lèvres.

— Non, pas cette fois, Chris.

Je sens son sourire contre ma bouche déjà gonflée. Nous continuons à nous embrasser mais, très vite, ça ne me suffit plus, alors je le tire vers moi pour qu'il se lève. Chris abandonne ma crinière brune pour faire passer ses mains sous mes fesses et me soulever. Il nous emmène vers le lit, sur lequel il me dépose avec délicatesse.

— Meghan…

— Si tu fais machine arrière, je te jure que je fais de ta vie un enfer.

Je le fusille du regard afin qu'il comprenne que je ne plaisante pas.

— Pour rien au monde, je veux juste être certain que tu ne vas pas regretter.

— Tu ne peux être certain de rien du tout, alors tente le coup.

Mon audace le fait sourire, et il se jette sur moi sans attendre plus longtemps. Je suis étendue sur le dos, et ses mains parcourent mon corps avec sensualité. Elles sont sous mon T-shirt et taquinent mon ventre dans une caresse délicieuse. Je me cambre, appelant ainsi son corps contre le mien. Il répond à mon appel d'un rictus sexy et agrippe mon haut pour m'en débarrasser. Une fois ma peau libérée, c'est avec sa bouche que Chris vient l'explorer, il ne délaisse pas le moindre centimètre et me fait frissonner tout entière. Je gémis lorsque ses lèvres viennent butiner la base de mon cou.

Mon corps excité ne tient plus, je me débarrasse moi-même de mon pantalon et de mes sous-vêtements sous les yeux gourmands de celui qui est en train de devenir mon amant. Une fois nue devant lui, je ne peux m'empêcher de sourire face à ce que je lis dans ses yeux.

— Waouh, murmure-t-il davantage pour lui que pour moi.

— Si tu ne te décides pas rapidement, je vais finir par m'occuper de moi toute seule.

Je joins alors le geste à la parole en faisant glisser ma main jusqu'à mon intimité. Mes doigts s'agitent sur mon clitoris, provoquant des ondes de plaisir faisant vibrer mes membres. Chris me regarde faire, subjugué, avant d'enfin se déshabiller et d'enfiler un préservatif. Il apparaît devant moi dans toute sa vigueur. Je m'apprête à faire glisser mes doigts encore plus bas pour qu'ils entrent en moi mais il rejette ma main loin de mon sexe et me pénètre d'une seule poussée. Nous grognons à l'unisson, et mon corps se contracte autour de lui en réponse à son intrusion. Il ne reste pas immobile longtemps, commençant une danse lascive qui provoque un va-et-vient enivrant. Pendant ce temps, ses lèvres emprisonnent ma poitrine, il joue avec mon téton, le lèche et le mord à m'en faire perdre la tête. Mon corps s'électrise, et mon cerveau se déconnecte, seuls Chris et ses mouvements chaloupés comptent. Le fourmillement s'accentue, et j'ondule des hanches pour accélérer la cadence.

— Plus vite ? m'interroge mon amant.

Je hoche la tête.

— Plus fort ?

Même réponse.

Allongé sur moi, il pousse encore plus loin. Chaque fois que son sexe quitte le mien c'est pour mieux s'enfoncer jusqu'à la garde. Le rythme effréné de nos ébats me fait perdre toute notion du temps et de l'espace. Je l'entends gémir pendant que son corps se raidit sur ses derniers coups de boutoir, tandis que le mien tremble, alors que je laisse la jouissance me submerger.

Lorsque nos souffles ralentissent, Chris est toujours en moi. Il vient poser son front sur le mien, et nous respirons le même air dans un silence paisible. Nos yeux se croisent et ne se lâchent plus pendant un long moment, jusqu'à ce qu'il bascule sur le côté en me prenant dans ses bras. Nos peaux bouillantes l'une contre l'autre me donnent le sentiment d'être à ma place. Jamais je n'aurais cru trouver un moment de paix entre les bras de celui qui me tourmente depuis des semaines.

Chapitre 30

Chris

Je suis réveillé par un son strident à ma droite. Sans ouvrir les yeux j'éteins le réveil et me retourne, toutefois je viens heurter un corps nu et chaud recroquevillé contre moi. La chevelure de la belle se répand sur mon oreiller, et cette simple image me fait sourire. Les traits de Meghan sont détendus lorsqu'elle dort, plus aucun tourment n'a l'air de l'habiter. Elle bouge, sans doute dérangée elle aussi par l'alarme. Je m'extirpe du lit à contrecœur pour aller faire couler le premier café de la matinée.

— Hmm… tu arrives à avaler ça avant de courir ? marmonne-t-elle depuis le lit.

Je récupère ma tasse avant de m'appuyer contre le plan de travail et de regarder la belle se battre pour quitter mes draps. Je lui réponds en prenant une première gorgée brûlante.

— C'est ce qu'il me faut pour supporter ta torture matinale.

— On s'y habitue avec le temps.

— Pas un pantouflard comme moi.

Meghan se redresse enfin et saisit un de mes T-shirts qui traîne dans le coin pour couvrir sa poitrine nue offerte à mes yeux indiscrets. J'aime la sentir à l'aise au petit matin, qu'aucune gêne ne vienne se glisser entre nous après nos ébats précipités de la veille. Toutefois, je ne crie pas victoire trop vite, car je sens la culpabilité poindre en moi. Je suis en train de m'enfoncer, je le sais, mon désir pour elle va au-delà de l'attirance physique. Je n'ai jamais été capable de me contenter d'une relation uniquement basée sur les rapports charnels avec une femme. Je suis un romantique, un homme amoureux de l'amour, et ce qui est en train de naître avec Meghan commence à s'en rapprocher dangereusement. Je secoue la tête, ce n'est pas le moment d'avoir des remords, je dois avancer dans mon enquête avant d'être rapatrié de force à Paris. J'ai envoyé un mail à mon boss afin de lui faire part de mes récentes découvertes, toutefois ça ne le contentera pas longtemps. Mais comment me concentrer sur mon job alors que ce dernier peut faire tant de mal à ma jolie trapéziste ? Ce dilemme me fait perdre ma bonne humeur, et je peine à garder mon masque de mec détaché lorsque celle-ci m'interpelle :

— Chris ?

— Oui ?

— Rendez-vous devant chez moi dans quinze minutes.

Sur ces mots elle disparaît, non sans m'offrir un sourire enjôleur avant de quitter ma caravane.

Ce soir, c'est à mon tour de monter sur scène. Dans moins d'une minute je serai en train de voler au-dessus d'un public qui ne sait pas que l'homme qui se présente à eux n'est qu'un imposteur. J'ai beau m'entraîner tous les jours comme si ce rôle était le mien, je ne suis pas fait pour être sous le feu des projecteurs. Je suis le gars assis derrière un ordinateur à taper des articles pour informer le monde. Sauf qu'aujourd'hui les gens ne veulent pas voir Christopher, ils sont là pour Christobald. La pression monte, je sais que je ne joue pas réellement ma carrière ce soir, et pourtant le stress est là. Je n'imaginais pas devoir me produire seul. En arrivant dans la troupe, je pensais que j'aurais mis les voiles bien avant de devoir faire le show. J'ai les mains moites, les jambes flageolantes et je transpire sans avoir fait le moindre effort.

— Mec, respire, tu es en train de devenir tout bleu, me balance Étienne dans mon dos.

— C'est facile pour toi, tu fais ça depuis toujours.

— Et, pourtant, chaque représentation est différente. Trouve ton petit truc à toi pour canaliser le stress. Moi, je passe voir chacune de mes bêtes dans un ordre précis et je leur caresse la tête trois fois.

Je lui demande en haussant un sourcil :

— Tu es superstitieux ?

— Non, tout gosse on nous apprend que rien n'est dû au hasard ou la magie, que toute action est contrôlée. Réussite comme échec. Ce petit manège m'aide simplement à me calmer pour ne pas saboter mon numéro.

Je hoche la tête tandis qu'il me gratifie d'une tape amicale sur l'épaule. Je recentre mon attention sur ce que je m'apprête à faire, rien d'autre ne doit exister pendant les cinq prochaines minutes. J'inspire une dernière fois profondément avant d'entrer en piste après avoir été annoncé par Monsieur Loyal.

Je monte à l'échelle menant jusqu'à la plate-forme. Je saisis à deux mains le trapèze devant moi et attends. La musique démarre, c'est le signal. Je me jette dans les airs, me tenant à la force de mes bras. Je m'élance et me rattrape à la barre suivante sur laquelle je me hisse. Une fois debout je maintiens le mouvement de balancier avec mes hanches puis me laisse tomber en avant. Un hoquètement se fait entendre dans le public, les spectateurs retiennent leur souffle. Comme lors des répétitions, je m'accroche au trapèze, qui se balance en retour. Puis s'ensuit une chorégraphie millimétrée durant laquelle je dois lever les jambes et mettre à rude épreuve mes abdominaux qui ont commencé à se dessiner au fil des entraînements. Mes bras n'en peuvent plus, et c'est avec soulagement que je regagne la plate-forme quand la musique s'évapore.

Des applaudissements retentissent. Certes, ce n'est pas l'ovation qu'ont récoltée mes camarades mais pour une première, je m'attendais à un silence de mort ultra-gênant en quittant le chapiteau. Je retourne derrière le rideau et cette fois c'est une avalanche de compliments qui me tombe dessus, mes collègues y vont tous de leur petit mot, si bien que j'en arrive presque à me dire qu'il y a du bon dans cette secte. La dernière à me féliciter est bien entendu Meghan, qui me gratifie d'un baiser discret sur la joue et me murmure à l'oreille :

— Ne prends pas la grosse tête quand même, tu as simplement fait ton premier saut de débutant.

Il y a une semaine, ces mêmes mots auraient eu un tout autre sens, mais aujourd'hui c'est à son sourire que je m'accroche. J'ai envie de me retrouver seul avec elle, alors je tente de lui faire comprendre.

— Que dirais-tu de fêter ça chez moi dans une heure ?

— Peut-être dans deux car les autres ont prévu d'arroser ta première.

— Alors à dans deux heures…

Chapitre 31

Meghan

La fête bat son plein, tous dansent, chantent et boivent, il n'y a que moi qui ne réussis pas à me mêler à l'euphorie du moment. J'ai cru que j'y parviendrais, que je passerais au-dessus de ma souffrance car mes sentiments pour Chris évoluent, mais ce n'est pas le cas. Je reste en retrait, observant mes amis, ceux que je considère comme ma famille, faire une place à l'homme que je laisse à peine entrer dans mon cœur. Ils l'accueillent à bras ouverts et le félicitent, encore et encore. Je me réjouis que Chris approche de son objectif, toutefois il éclipse chaque jour un peu plus Simon dans l'esprit de tous. Je suis tiraillée entre deux camps, et les seules personnes qui pourraient me donner un coup de main afin d'y voir plus clair ne sont pas en capacité de m'aider. Je tente de me faire entendre raison, je ne cesse de me répéter que Simon est mon passé et qu'il gardera à jamais sa place dans mon cœur, mais que Chris peut être mon avenir. Un avenir qui se dirige droit vers moi à cet instant.

— Danse avec moi, me murmure-t-il sensuellement à l'oreille.

— Tu n'en as pas marre ? Tu te déhanches depuis des heures.

— Pas si c'est toi qui m'accompagnes.

Il m'attrape la main et m'entraîne à sa suite jusqu'à ce qu'on se retrouve au milieu de nos amis, face à face, les yeux dans les yeux. Mes états d'âme s'envolent sous son regard perçant, et mon corps se met à onduler au plus près du sien. Joueuse, je mets tous mes atouts en avant pour lui offrir une danse dont il se souviendra. Je lève mes bras au-dessus de ma tête, me laissant emporter par la musique et cette petite voix dans mon esprit qui me dit « profite ». Mes hanches se balancent tandis que mes yeux sont fixes, ils ne lâchent pas ceux de Chris. Les autres autour de nous n'existent plus, la bulle d'intimité qui nous enveloppe masque ce qui nous entoure et me libère : c'est moi, celle que je suis et non celle que je dois être. Sous ses yeux bienveillants et son sourire charmeur, je me lâche, le masque de marbre est tombé, et il ne reste que la jeune femme de vingt-trois ans qui se cachait derrière sa souffrance. Ça ne veut pas dire que je ne souffre plus, simplement j'accepte que ma douleur ne représente pas toute ma vie. Et tout ça, c'est grâce à Chris. Sans le savoir, il a tant fait pour moi.

Notre bulle éclate quand la musique diminue pour passer à la suivante, cependant mon sourire perdure. Cette fois c'est moi qui emmène le bel homme à ma suite pour rejoindre ma propre caravane qui se situe de l'autre côté du campement. Nous courons comme si le diable était à nos trousses, alors que nous ne sommes que deux jeunes adultes qui ont hâte de se retrouver seuls.

J'ouvre la porte à la volée, et Chris la referme du pied. Il n'en faut pas plus pour que nous nous jetions sur les lèvres l'un de l'autre. Nos bouches ont passé l'étape de la découverte, maintenant elles se dévorent dans un baiser torride.

— Déshabille-toi, m'ordonne Chris entre deux baisers.

Je souris en faisant passer mon haut par-dessus ma tête, et cela suffit pour qu'il s'approprie mon corps avec ses lèvres. Un frisson me parcourt l'échine et, lorsque je pousse un soupir d'aise, je sens le sourire de Chris contre ma peau.

Le reste de mes vêtements disparaît, ainsi que les siens, à la vitesse de la lumière. Ses mains sont partout sur moi, et je ne résiste pas à l'envie de le toucher. Nous sommes collés l'un à l'autre, je sens mon bas-ventre se resserrer, je suis en manque de lui. Je recule de quelques pas jusqu'à nous faire basculer sur mon lit. Une fois sous les draps nous ne formons plus qu'un amas de bras et jambes entremêlés. La moindre caresse décuple mon désir. Sa tendresse me maintient en vie, son avidité me fait renaître. Nos corps sont couverts de sueur, luisant du fait de leur proximité. Je gémis, Chris grogne, l'un comme l'autre nous nous perdons dans la chair jusqu'à être à bout de souffle.

Lorsque le précipice approche, je ne parviens plus à articuler le moindre mot, alors j'ancre mon regard à celui de Chris. Nos silences sont plus parlants que nos paroles. Je mords ma lèvre inférieure, et il interprète ce geste comme le signal qu'il attendait pour nous délivrer tous les deux.

Après avoir flotté quelques instants dans le nirvana, je me laisse glisser contre le corps chaud de Chris. Ma tête repose sur sa poitrine et le battement régulier de son cœur me berce. Groggy, je me sens prête à glisser dans limbes du sommeil. Mais c'est sans compter sur mon cher amant qui est d'humeur bavarde ce soir.

— Je me demandais, c'est quoi ton petit rituel à toi avant d'entrer en piste ? me questionne-t-il tout en caressant mes cheveux distraitement.

Sa question me prend au dépourvu, si bien que je ne sais pas comment réagir. La détente provoquée par l'orgasme s'est dissoute, et mes muscles se contractent involontairement. Mon humeur devient morose et je ne parviens pas à le cacher. Je lui réponds sèchement.

— C'est à ça que tu penses après qu'on a fait l'amour ?

— Non, ça n'a rien à voir. Excuse-moi, c'est maladroit, tu t'endormais, et je voulais simplement profiter encore un peu de notre parenthèse nocturne. C'est le premier truc qui m'est venu à l'esprit, j'ai évoqué ça avec Étienne tout à l'heure.

— Je ne veux pas en parler.

Voilà ce que je finis par dire tout en me détachant de lui.

Il me rattrape par le poignet alors que j'allais me lever afin de me ramener vers lui. Ses bras se referment sur moi de manière à ce que je ne puisse plus lui échapper.

— Holà, pas si vite. Ne me fuis pas. Il s'agit d'une simple question.

— Trop personnelle en ce qui me concerne.

— Et nous ne sommes pas suffisamment proches pour que tu partages ça avec moi, me dit-il, un air peiné sur le visage.

— Faire des galipettes sous la couette, ça ne signifie pas grand-chose.

Mes mots le blessent, je le vois à ses yeux qui fuient les miens et ses bras qui se relâchent autour de mon corps. Son sourire naturellement charmeur s'éteint, seul un air peiné perdure sur son visage.

— Très bien, si notre séance de gym est terminée, je vais y aller, m'assène-t-il en se dégageant pour enfiler ses vêtements.

Je le regarde les passer un à un sans dire quoi que ce soit. Il quitte ma caravane à moitié habillé, omettant volontairement un au revoir. La porte claque, et je me retrouve seule avec le sentiment d'avoir merdé. Je ne sais pas ce qu'il attend de moi. J'ai pensé lui rendre service en ne prenant pas notre relation trop au sérieux car c'est bien lui qui a parlé de « parenthèse nocturne », pour moi ça sous-entend un petit coup vite fait avant que chacun retourne à sa vie. Sauf qu'à cet instant le vide qu'il a laissé dans mon lit me laisse un goût amer. Ce n'est pas le premier homme avec qui j'ai une aventure, pourtant c'est le seul que je voulais voir me retenir, néanmoins ce sont mes mots qui l'ont conduit à fuir.

Je reste immobile, nue entre les draps, à fixer la porte comme s'il était possible que Chris fasse demi-tour. Mon cerveau tourne à plein régime. Peut-être que c'est à moi de faire le premier pas et de m'ouvrir afin de lui montrer ce que je veux ? Mais qu'est-ce que je veux, au juste ? Est-ce que je le sais moi-même ? Jusque-là, j'ai été incapable de m'avouer mes propres sentiments à son égard, je n'ai fait que le repousser le plus loin possible de moi, au point de le dissuader de réaliser son rêve. Dans un sens, c'est normal qu'il soit sur la réserve quand il s'agit de moi. *Putain Meghan, tu fais vraiment dans le compliqué lorsqu'il s'agit de mecs !* Avant de trouver le sommeil, je me fais la promesse d'ouvrir mon cœur à Chris pour lui montrer la place que je souhaite le voir prendre.

Comme j'aurais pu m'en douter, mon partenaire n'est pas venu courir ce matin, et c'est grognon qu'il arrive à l'entraînement après s'être fait discret lors du petit déjeuner. Pourtant il a reçu des éloges de mon père sur sa prestation de la veille, il peut s'estimer heureux, car normalement M. Hook trouve toujours quelque chose à redire. Quand mon beau brun aux yeux lagon s'approche, je lui dis :

— Salut !

— On s'y met, lâche-t-il, acerbe.

Il fallait s'y attendre, j'ai blessé un mâle dans son ego, c'est un juste retour de bâton. Toutefois je ne me laisse pas refroidir par son ton glacial.

— Chris…

— Non. J'ai compris le message hier, je crois qu'il n'y a rien à ajouter.

— Évidemment qu'il y a encore des choses à dire ! Beaucoup de choses. On ne se connaît pas encore, on s'apprivoise petit à petit, alors il arrive que l'un de nous fasse une infime erreur de temps en temps.

— Je ne suis pas un putain d'animal de cirque, Meghan ! Je me suis senti bafoué et humilié hier soir, alors tenons-nous-en à une relation professionnelle.

Je prends ses derniers mots aussi violemment qu'une gifle en plein visage. Certes hier je l'ai blessé, mais ce n'est qu'un faux pas, ça ne mérite pas qu'il soit distant à ce point. Alors j'insiste avec aplomb :

— Non.

— Non ?

— Nous n'aurons pas une simple relation de travail. Ce n'est pas ce que je veux. Hier, je pensais que ce serait plus simple pour toi si je ne jouais pas la fille sous le charme, mais à ce que je vois j'ai eu tort. Je pensais n'être qu'une fille parmi d'autres, celle qui te permet d'assouvir tes besoins primaires, alors j'ai voulu protéger mon ego.

— Sympa, l'image que tu as de moi. Le parfait goujat.

J'ai l'impression de m'enfoncer à chaque fois que j'ouvre la bouche. Je ne suis pas douée pour ces choses-là, je n'ai jamais eu le sentiment d'être importante pour qui que ce soit, pas de cette façon-là en tout cas. Quand on habite dans un cirque, il n'est pas facile de tomber amoureuse. Nous vivons en vase clos, alors tous les hommes autour de moi, je les connais depuis ma naissance et aucun n'est celui avec qui je veux faire ma vie. Il va falloir que j'explique tout ça à Chris, sauf qu'à cet instant il n'est pas enclin à m'écouter. Ce dont il a besoin, ce sont des actes et non des mots.

Chapitre 32

Chris

— Rejoins-moi à 15 heures, m'ordonne Meghan.

Sa voix a retrouvé sa dureté, comme si elle revêtait à nouveau sa carapace. Je pourrais lui répondre que je ne suis pas un chien et que j'ai autre chose à faire que répondre à ses moindres désirs, mais la curiosité l'emporte et peut-être aussi mon côté romantique. Hier soir, ses mots m'ont blessé, je me suis senti rejeté. J'ai voulu lui hurler dessus, lui crier qu'elle ne peut pas prendre les gens pour des cons en leur faisant miroiter monts et merveilles, sauf que je n'ai rien dit, je suis parti. Il aurait été hypocrite de lui faire la morale alors que je ne joue pas franc jeu avec elle. Je suis partagé entre ma conscience et mon travail, tiraillé entre mes sentiments et mon ambition. Je suis incapable de choisir, et il est certain que je ne peux pas avoir les deux. Si un jour Meghan découvre mon article dans la presse, elle me haïra du plus profond de son être car je me serai servie d'elle. Toutefois, si je choisis la jolie brune, rien n'est garanti car en réalité elle ne sait pas qui je suis réellement, et nous n'avons pas d'avenir si elle se contente de Christobald sans rencontrer Christopher.

Je me reconnecte à la réalité, ce n'est pas le moment de me perdre dans mes choix cornéliens. En mode pilotage automatique, j'exécute mon échauffement avant de laisser Meghan façonner mon identité artistique pendant des heures.

La pause déjeuner passe trop vite, j'avale un sandwich sur le pouce à l'écart de la troupe, enfermé dans ma caravane. En face à face avec mon ordinateur, je tape les premières lignes de mon article, enfin le premier jet. Il est temps de mettre les choses en forme, ça m'aidera à avancer pour la suite de mon enquête. Malheureusement, je n'ai pas le temps d'aller bien loin qu'il faut déjà que je retourne jouer les apprentis acrobates. Je range mon ordinateur soigneusement dans sa pochette que je glisse ensuite dans mon sac de sport sous plusieurs T-shirt que je n'ai pas pris le temps de laver.

Quelques heures plus tard, nous finissons l'entraînement en sueur tous les deux. Quand nos pieds foulent le sable de la piste, je me détourne immédiatement afin d'échapper à Meghan et son rendez-vous mystère. Toutefois, elle est déterminée et me rattrape pour me saisir le poignet avant que je ne quitte le chapiteau.

— Tu vas venir ?

Ses yeux sont suppliants si bien qu'ils me désarçonnent complètement. Jamais je ne me serais attendu à voir Meghan si fragile. Je me dégage de sa prise avant de répondre.

— Tu verras.

Je m'éloigne d'elle avant de faire demi-tour et de la prendre dans mes bras pour effacer ses traits inquiets. J'ai envie de lui murmurer que tout ira bien mais ça serait mentir, le futur n'est pas quelque chose que je peux lui garantir.

Une fois que je suis dehors, mes poumons se remplissent d'air, et ça me fait un bien fou. Je marche et finis par dépasser ma caravane sans m'y arrêter. Même après avoir mis mon physique au supplice, je ressens le besoin de marcher à m'en faire saigner les pieds. Si mon corps hurle, mon esprit, lui, est muselé. Malheureusement, ces semaines d'entraînement m'ont permis de développer une certaine endurance et mon cerveau tourne toujours à plein régime. J'aimerais faire taire la petite voix qui me dit que je suis en train de me perdre dans cette mission d'infiltration. J'en viens même à me demander si cet article vaut réellement les risques que je prends. Chaque jour qui passe, je deviens un peu plus prisonnier de cette troupe d'artistes itinérants, et cela n'est pas seulement dû aux manigances de Monsieur Loyal. Je me perds davantage dans mes sentiments envers ma jolie trapéziste, car je ne peux pas nier qu'il existe quelque chose qui dépasse l'attirance physique. Mais de son côté elle n'est pas prête à le reconnaître et sans qu'elle ne s'en doute elle me rend service. *Alors pourquoi ton palpitant s'agite comme un lapin en pleine saison des amours ?* Ma sœur trouverait les mots parfaits si elle était là. C'est fou comme elle me manque avec son tempérament de feu, son look vintage et sa manie d'alimenter sans cesse son compte Instagram. Sara a toujours été passionnée de mode, avec la montée en puissance des réseaux sociaux, elle s'est trouvé la vitrine parfaite pour se faire un réseau afin de lancer sa carrière.

Après un instant d'hésitation, je décide de l'appeler pour qu'elle me remette les idées en place. Je retourne en vitesse à ma caravane et attrape mon téléphone caché avec mon ordinateur avant de composer le numéro que je connais par cœur. Après deux tonalités, la voix assurée de ma sœur se fait entendre :

— Allô ?

— Salut, c'est Chris, dis-je, soulagé d'entendre enfin sa voix.

— Hey frangin, tu t'es soudain rappelé que j'existais ?

— Sara, tu sais très bien que je bosse à fond en ce moment.

— Au point de ne plus appeler ta sœur préférée ?

Je lève les yeux au ciel.

— Tu es ma seule sœur alors c'est bien par défaut que tu es ma préférée.

Nos taquineries me font du bien, jusqu'alors je ne m'étais pas rendu compte que nos appels hebdomadaires me manquaient. Tous les dimanches, nous avions l'habitude de nous téléphoner pour faire un point sur la semaine passée et parler de nos projets pour celle à venir. Sara me racontait les potins de son école de mode, tandis que moi je lui faisais part des nouvelles idées de Bernard pour me rappeler que je bossais pour lui et non pas avec lui.

— Bon, qu'est-ce que tu veux, Chris ? Si tu as fini par décrocher ton téléphone avant d'être de retour à Paris, c'est qu'il y a une raison.

— Peut-être bien.

— Va droit au but, frangin, j'ai dix minutes avant de devoir retourner à l'atelier et faire mon possible pour ne pas étriper Vanessa.

Surpris, je l'interroge :

— Tu dois bosser avec cette pimbêche ?

Vanessa est une garce qui ne cesse de s'en prendre à ma sœur depuis son entrée à l'école. Je suis persuadé qu'elle est jalouse du talent de Sara et de sa facilité à évoluer dans le milieu carnassier de la mode.

— Premièrement, plus personne n'utilise le mot « pimbêche » au XXIe siècle. Et deuxièmement, l'heure tourne, alors parle-moi de ton problème.

Sara a toujours su me percer à jour et en cet instant elle sait que je cherche à gagner du temps. Je respire un bon coup et je me lance :

— C'est à cause d'une fille.

— Il y a toujours une fille dans l'histoire, rétorque-t-elle.

Et je l'imagine parfaitement en train de lever les yeux au ciel.

— Si tu m'interromps à chaque fois, on ne va pas y arriver.

— Très bien, je la ferme et je t'écoute.

— Disons que cette fille me plaît, mais c'est le genre d'amour à la Roméo et Juliette.

— Quoi ? Son père déteste déjà le nôtre ? plaisante-t-elle.

— Non, mais c'est une relation impossible. Elle est au cœur même de mon enquête, cette fille appartient au monde que je m'apprête à faire éclater. Elle est née dans ce cirque et il représente toute sa vie, rien d'autre n'existe à ses yeux et moi je vais lui enlever tout ça.

Le dire à voix haute rend les choses encore plus réelles et je crois que je viens de prendre une décision avant même d'entendre l'avis de ma sœur.

— Tu n'enquêtais pas sur un type mort ?

— C'est son frère.

— Tu ne pouvais pas faire plus compliqué ? me demande-t-elle.

Après un silence, elle reprend.

— À toi de lui montrer ce qui existe en dehors de son univers, de lui prouver que tout ne va pas s'effondrer quand tes révélations verront le jour.

— Et quand elle découvrira la vérité sur moi ?

— Il faudra qu'elle soit déjà folle amoureuse de toi si tu veux t'en sortir, conclut Sara.

Chapitre 33

Meghan

Il ne viendra pas ! 15 heures sont passées, et Chris reste aux abonnés absents. Résignée à ne pas le voir me rejoindre, je prends le chemin de la caravane seule. Je traîne des pieds, déçue que ma tentative pour me rapprocher de Chris ait échoué. À quoi je pensais ? Après l'avoir traité comme un moins que rien, je ne pouvais pas m'attendre à le voir débarquer en courant le sourire aux lèvres pour me rendre les choses plus faciles.

— Meghan !

Je m'arrête et me retourne pour découvrir celui que j'attendais. Il me rejoint en trottinant, et je ne cesse de le dévorer du regard. Une fois à mon niveau, il se gratte la nuque sans me regarder.

— Désolé, j'ai…

D'un murmure, je le coupe.

— Je pensais que tu ne viendrais pas.

— J'ai hésité, avoue-t-il.

Je ne suis pas surprise et, même si ça me fait un pincement au cœur, je ne peux pas lui en vouloir. Décidée à me racheter auprès de lui, j'attrape sa main et l'entraîne à ma suite vers le fond du campement. Nous zigzaguons entre les caravanes avant de tomber sur celle que je cherche. Je sens Chris se crisper au bout de mon bras et, lorsque je me retourne, sa grimace me laisse penser que quelque chose cloche.

— Un problème ?

— Non, aucun, me répond-il avec un sourire qui sonne faux.

Je hausse les épaules, laissant de côté cette étrange sensation. Je monte les quelques marches de la caravane tout en tirant une clé de ma poche que j'insère dans la serrure pour la déverrouiller. Avant d'appuyer sur la poignée, je me tourne vers lui.

— Hier, tu m'as demandé quel était mon petit rituel avant chaque représentation alors je vais te montrer.

Je pousse la porte et entre dans la caravane sombre, le cœur battant. Je suis toujours venue ici seule ou avec Simon, personne d'autre de la troupe n'a franchi ce seuil à mes côtés. Je fais quelques pas pour aller ouvrir les rideaux du fond et laisser entrer un peu de lumière. Je vérifie le concentrateur avant de rejoindre ma mère près de son lit. Pour ne pas lui faire peur, je lui parle en chuchotant.

— Salut, maman. C'est moi, Meghan, je suis venue te rendre une petite visite, et j'ai amené un ami avec moi.

Je fais signe d'approcher à mon compagnon qui est resté sur le pas de la porte sans rien dire. Il hésite, son regard fixe le corps étendu de ma mère. J'ai l'impression qu'il s'apprête à tourner les talons et partir en courant.

— Chris ?

— Je…

— Viens.

Il se gratte la nuque dans un tic nerveux mais finit par faire les quelques pas qui nous séparent. Il se positionne dans mon dos et semble mal à l'aise. J'attrape la main de ma mère et lui souris tandis qu'elle garde les yeux fixés au plafond. J'ai conscience qu'elle ne me répondra pas et pourtant je sais qu'elle m'aime et qu'elle voudrait me le dire. Alors je garde le sourire et entame une conversation à sens unique :

— Maman, je te présente Christobald, Chris voici ma mère, Élisa Marchand.

— Enchanté, murmure-t-il à mi-voix.

— C'est l'homme que papa a engagé pour m'accompagner sur les numéros. J'ai eu un peu de mal à l'accepter, je lui ai peut-être même fait vivre un enfer. C'est lui qui a remplacé Simon.

Je dois avaler la boule qui s'est formée dans ma gorge en prononçant ces derniers mots. Évoquer mon frère est toujours difficile mais je décide de retenir mes larmes. Je ne veux pas m'effondrer une fois encore alors que, je le réalise seulement maintenant, je commence tout juste à sortir la tête de l'eau. Chris n'y est pas pour rien, il représente la lumière dans l'obscurité du gouffre qui m'engloutit depuis la mort de mon frère.

— Je crois qu'aujourd'hui je suis prête pour lui laisser une chance d'avoir une place dans ma vie. Je sais que tu adorais nous voir tous les deux, Simon et moi, réaliser nos numéros. J'espère qu'un jour tu nous verras, Chris et moi. Je l'espère vraiment.

Je sens une main chaude se glisser dans la mienne. Je me retourne tandis que Chris entrelace ses doigts aux miens avec un sourire radieux. Je le lui rends avant de me redresser et d'embrasser le front de ma mère.

— Je dois entrer en piste dans une demi-heure mais je reviendrai avant la représentation de ce soir. Je t'aime, maman.

Tout en gardant nos mains jointes, nous quittons la caravane. Une fois que nous sommes dehors, je prends une profonde inspiration. Je devine qu'il doit se poser des questions et qu'il ne tardera pas à m'interroger. Je viens de lui dévoiler une grande partie de moi, toutefois j'ai conscience que ce ne sera pas suffisant pour rattraper toutes mes bêtises. J'ai blessé mon partenaire, j'ai été odieuse et maintenant je dois me faire pardonner. Nous marchons côte à côte en silence. L'atmosphère est lourde, et j'attends que le couperet tombe. Je jette des regards à la dérobée vers celui à qui je viens de confier un bout de mon cœur, qui est concentré sur ses chaussures.

— Dis quelque chose, je t'en supplie.

— Je ne m'attendais pas à ça. Je ne sais pas quoi te dire.

— Menteur, j'entends ton cerveau mouliner. Vas-y, je t'écoute.

Il se gratte la nuque et étouffe un rire nerveux.

— Qu'est-ce qu'elle a, ta mère ?

— Elle est malade, ses poumons peinent à fonctionner seuls, et ça lui a causé des lésions cérébrales. Elle a fait de grandes apnées, jusqu'à en perdre conscience. Ça arrivait sans prévenir et, lorsque c'est devenu trop fréquent pour qu'elle puisse nous le cacher, c'était déjà trop tard. Mon père l'a emmenée voir le médecin qui a assuré qu'il ne pouvait rien pour elle. Alors elle est sous respirateur depuis deux ans.

— Je pensais que tes parents avaient divorcé.

J'étouffe un rire embarrassé.

— On ne divorce pas ici, et il n'y a pas de mariage non plus.

Chris semble choqué. Sa mâchoire tombe d'un étage et ses yeux sortent de leurs orbites. Je me sens gênée, il ne connaît pas nos traditions et une fois encore j'ai le sentiment de passer pour une folle.

— Tu peux répéter ?

— Ne prends pas cet air outré, ce n'est pas parce qu'on ne célèbre pas des mariages traditionnels que les couples ne durent pas. Nous passons beaucoup de temps sur les routes, alors les démarches administratives ce n'est pas trop notre truc. On a nos propres coutumes mais aucun contrat n'est signé entre deux membres de la troupe. Nous appartenons au cirque et à personne d'autre. Nous sommes déjà tous là les uns pour les autres, pour le meilleur et pour le pire.

— Je vois.

Chris se détache de moi, abandonnant ma main qu'il tenait jusqu'à présent. Je tente d'accrocher son regard mais il me fuit. Soudain, je me sens désemparée. Vivre dans un cirque c'est accepter d'être en marge de la société. Je pensais que Chris comprenait et qu'il avait fait son choix en connaissance de cause. À cet instant, je sens qu'il m'échappe et je ne sais pas quoi faire pour le rattraper.

— Chris ?

— Meghan, tu dois être en piste dans quinze minutes, concentre-toi sur ta performance. On se voit plus tard.

Il tourne les talons et me laisse là avec un goût amer. Je me suis dévoilée à lui et pourtant j'ai l'impression qu'il vient de me piétiner le cœur.

Chapitre 34

Chris

Je claque la porte de ma caravane dans mon dos et commence à tourner comme un lion en cage. Les mots de Meghan tournent en boucle dans ma tête. Ce n'est pas le fait que la troupe ne célèbre pas de mariage, ça, je m'en fous. Ce qui me rend dingue, c'est qu'elle semble convaincue « d'appartenir au cirque et à personne d'autre ». Elle est prisonnière.

— Putain !

De colère j'envoie valser la tasse vide de café abandonnée sur la table. Elle explose au sol dans un bruit sourd. Plus j'avance dans mon enquête, plus je perds le contrôle. Meg est davantage qu'une victime du dogme d'un gourou. Elle est une âme meurtrie qui cherche à survivre. Sa force et sa détermination font naître en moi des sentiments que je ne voulais pas voir émerger mais, le pire, ce sont ses failles qui la rendent humaine et mon cœur qui s'emballe pour elle. Je voudrais fermer les yeux et croire que ce n'est qu'une passade, mais chaque seconde que je passe avec elle me fait m'accrocher davantage. J'ai envie de hurler de frustration mais je me retiens. À la place je saisis mon ordinateur et mon portable et me penche sur mon article. Je n'ai pas avancé sur les circonstances de la mort de Simon, le but premier de ma venue au cirque. Toutefois, j'ai mis le doigt sur quelque chose de plus gros. Tous les éléments que j'ai récoltés vont dans le sens de mon hypothèse : ce cirque est une secte, il ne me manque plus qu'un indic pour appuyer mes dires et entrer dans les détails.

Lors de notre voyage, Étienne m'a retracé l'historique du cirque. La troupe de Hook a vu le jour aux États-Unis il y a soixante-dix ans avec une famille de sept enfants. Ils ont monté les premiers spectacles seuls avant de recruter d'autres artistes au cours des dix premières années qui ont suivi. Depuis, il n'y a pas eu de nouveaux entrants seulement des naissances des couples formés au sein de la troupe. Le cirque Hook est arrivé en France il y a trente-cinq ans et depuis, il sillonne les routes sans jamais s'arrêter, il n'existe pas de quartier d'hiver, aucun lieu où une attache est possible.

Je tire la petite pile de post-it signés J. Je les relis encore et encore, certain que ces messages ont une double connotation. « On se rejoint de l'autre côté cette fois. » ou « Je meurs d'attendre que tu me reviennes. » Et puis : « Bientôt nous serons réunis et pour toujours. » J'y vois autant d'amour et d'espoir que de menace et de mise en garde. Je ne sais pas quoi penser. Le cirque ne s'arrête jamais pourtant personne ici ne répond au nom de J.

Je passe la main sur mon visage, je suis dans une impasse. Sans allié, je ne pourrai pas aller plus loin. Je décide d'établir une liste des éléments qui me sont nécessaires pour avancer.

1. Obtenir les détails concernant la mort du trapéziste.
2. Découvrir qui est J.
3. Connaître les intentions de cette personne.

Pour répondre à la plupart de mes questions, j'ai besoin d'un membre de la troupe, mais en attendant de trouver un moyen d'acquérir ces infos, je me rabats sur la morgue. Simon a eu son accident dans la province dijonnaise, j'ai envoyé des mails aux hôpitaux et aux funérariums, mais jusqu'à maintenant je n'ai pas eu de nouvelles. J'ouvre ma boîte mail, et un nom me saute aux yeux : le Dr André Richard. C'est le légiste de la morgue de la ville de Longvic, au sud de Dijon. J'ouvre le message et je ne peux m'empêcher de sourire en voyant que le médecin propose de me rencontrer pour discuter de « ce cas étrange », comme il le dit. Heureusement pour moi, je sais que nous devons bientôt nous installer aux abords de Dijon pour quelques spectacles, alors je lui donne rendez-vous le jour de notre première représentation dans le secteur, assez tard pour que tout le monde dorme, et je précise une nouvelle fois l'aspect sensible de cette affaire.

Lorsque j'éteins mon ordinateur, une heure plus tard, je suis surexcité. Mon enquête avance, et il est possible qu'elle prenne un nouveau tournant dans quelques jours. Je tente de me calmer afin de ne pas éveiller les soupçons avant de quitter ma caravane pour rejoindre le reste de la troupe. Le spectacle de l'après-midi touche à sa fin, et je ne veux pas que mon absence paraisse louche, d'autant que je dois me produire ce soir. Il a été convenu que je participe à chacune des dernières représentations des villes que nous visitons. Bientôt, nous en aurons fini avec le sud de la France. Nous prendrons la route pour la Bourgogne et nous ferons plusieurs arrêts dans cette région. La réponse du Dr Richard tombe donc à pic. Mais subitement ce constat m'interpelle. Et si tout cela n'était qu'un piège ? Peut-être que Richard est de mèche avec Loyal et que je risque de griller ma couverture si je me rends à ce rendez-vous ?

Lorsque je relève les pans du chapiteau pour me glisser à l'intérieur, ma bonne humeur s'est envolée. Je ne sais plus quoi penser de ce mail miraculeux. Je me prends la tête à analyser chaque mot du légiste au moment où Meghan quitte la piste après avoir salué son public. Le spectacle est terminé et les bancs des gradins se vident rapidement. Personne ne s'attarde sous le chapiteau, les visiteurs préfèrent faire un petit tour dans les coulisses aménagées à cet effet, avant de rentrer chez eux. Ce sont les parents d'Étienne qui s'occupent de cette partie du travail, il est rare qu'ils foulent encore le sable de la piste, leur fils a pris la relève. Tous les artistes restent sous la toile et s'étirent en attendant que leur chef fasse quelques recommandations pour la représentation du soir. Personne ne semble avoir remarqué mon absence, sauf peut-être Meghan qui n'a de cesse de me fixer depuis qu'elle m'a aperçu. Après une longue hésitation, elle s'approche, toutefois avant qu'elle n'ait eu le temps de dire quoi que ce soit, son père prend la parole.

— Vous avez été parfaits, ne changez rien pour ce soir. Coralie, tu passeras en dernier à la place du trapèze et toi, Chris, tu seras en milieu de spectacle. Tu t'améliores mais tu n'es pas encore prêt à être la dernière image que les spectateurs garderont de notre cirque !

Je hoche la tête pour lui montrer que je comprends. En réalité, ça m'arrange, cette partie de mon infiltration est assez stressante, je ne pensais pas rester suffisamment longtemps pour être mis sous le feu des projecteurs. Je suis bien content que Monsieur Loyal ne me mette pas en avant comme il l'a toujours fait avec ses enfants.

— Reposez-vous une petite heure avant de revenir pour un deuxième round.

Tout le monde se lève mais avant que nous quittions le chapiteau, Steven Hook interpelle sa fille devant tout le monde.

— Meghan, passe dans mon bureau, on a à parler, toi et moi.

Chapitre 35

Meghan

Je serre les dents. Je n'aime pas quand mon père se sert de la troupe comme d'une parade aussi bien que d'une façade. Maintenant, tout le monde est au courant que je vais me faire taper sur les doigts. Ce qui m'échappe, c'est la raison. Même si je suis toujours dure avec Chris, je n'ai pas essayé de convaincre mon père de le virer depuis des semaines. Serait-ce lui qui s'est plaint ? Je serais surprise, mon partenaire n'a pas l'air de porter mon père dans son cœur alors je ne l'imagine pas aller pleurer sur son épaule.

Je suis prostrée devant Chris, incapable de lever les yeux de peur de ce que je pourrais découvrir. Je sais que je mérite qu'il se défende, toutefois le sentiment de trahison serait trop fort. Surtout après ce que je lui ai montré ce matin. Je l'ai invité à plonger entièrement dans mon univers, je n'ai plus de secret pour lui. Il est mon partenaire, et je dois pouvoir lui faire confiance. J'ai envie de lui faire confiance. Comme s'il lisait dans mes pensées, Chris saisit mon menton entre ses doigts, me forçant ainsi à croiser son regard. Ce que j'y lis me fait battre le cœur. Il semble à la fois s'inquiéter et me faire mille et une promesses. Le temps est suspendu, et tout ce qui nous entoure disparaît. Je ne vois plus que lui, et ses lèvres charnues appelant les miennes. À cet instant, je ne pense qu'à l'embrasser et me perdre dans ses bras réconfortants.

— Chris…

— Meghan…

Je suis à bout de souffle, lui aussi. Il nous suffirait d'un geste pour basculer. Pourtant, aucun de nous ne bouge, nous nous contentons de messages silencieux.

À contrecœur, je m'éloigne de mon partenaire et prends la direction de la caravane de mon père. À chacun de mes pas le nœud qui se forme dans mon estomac devient de plus en plus important. Je prends une grande inspiration avant de frapper et entrer.

Mon père est appuyé contre son bureau, les bras croisés sur son torse et les sourcils froncés. Ses yeux me mitraillent, et je ne sais pas comment réagir.

— Tu peux me dire ce qui t'est passé par la tête, Meghan ?

Je suis perdue et le lui avoue.

— Je ne comprends pas…

— Je parle de ta mère ! Il me semblait avoir été clair, tu peux aller la voir quelques minutes, toi, et toi seule. Tu n'as pas à faire défiler toute la troupe dans sa caravane !

Les mots me manquent. J'ai commencé à m'imaginer mille et un scénarios, mais aucun n'impliquait mes visites quotidiennes auprès de celle qui m'a donné la vie. Petit à petit, je sens la colère prendre le pas sur la stupéfaction.

— Tu t'entends ? On dirait que je viens de commettre un crime, alors que j'ai simplement présenté un homme à ma mère !

— Les règles étaient claires, Meghan.

Je m'insurge en levant les bras.

— Chris est mon partenaire, tu as voulu que je l'intègre, que je lui fasse une place et c'est ce que je fais. Qu'importe la manière dont je me comporte, tu me reproches toujours quelque chose, soit je le tiens à l'écart et lui mets des bâtons dans les roues, soit je lui laisse prendre trop de place au sein d'une troupe pour laquelle il a accepté de tout donner !

— Il y a une différence entre l'intégrer dans notre cirque et le laisser s'immiscer dans notre famille, rétorque-t-il, inflexible.

Je ris jaune. De quelle famille parle-t-on, au juste ? Mon frère est mort, ma mère n'en est pas loin et mon père tient davantage le rôle de patron que celui de parent.

— Est-ce que tu aurais réagi de la même façon si c'était Étienne que j'avais emmené avec moi ?

— Il n'est pas question d'Étienne, mais de toi. Tu m'as de nouveau prouvé que je ne pouvais pas te faire confiance.

Mon cœur bat à tout rompre, je sens venir le couperet final et je crains de m'effondrer. Je serre les poings pour masquer le tremblement de mes mains et retiens mon souffle.

— Je veux que tu me rendes la clé de sa caravane, assène froidement mon géniteur.

Il tend sa paume vers moi sans aucune émotion, alors que mon cœur se fissure. *Ce n'est pas possible…* Je suis en plein cauchemar, il ne vient tout de même pas de m'interdire de voir l'une des personnes les plus importantes pour moi ! Je sais que Steven Hook est un homme dur qui ne s'encombre pas des états d'âme, mais j'ai toujours cru qu'il cherchait simplement à se protéger. Pourtant, aujourd'hui, ce n'est que pure cruauté.

Les larmes me montent aux yeux, et je me mords la lèvre pour m'empêcher de pleurer.

Mon père agite ses doigts dans un mouvement agacé dans l'attente que je m'exécute, sauf que je ne peux pas m'y résoudre. Je tente de le raisonner.

— Tu ne peux pas, ce n'est pas légal.

— Ta mère habite dans une caravane qui m'appartient, de plus, je suis son tuteur aux yeux de la loi, j'ai des documents l'attestant.

Encore une fois, il a réponse à tout. Je tire rageusement la clé de la poche de ma veste avant de la jeter à ses pieds. Je me sens trahie et abandonnée par la seule personne qu'il me reste. Je ne parviens plus à retenir mes larmes lorsque je tourne les talons et quitte la caravane en claquant la porte.

Je pensais que la mort de Simon avait brisé mon cœur tout entier, aujourd'hui, mon père vient d'anéantir les quelques morceaux que j'étais parvenue à recoller.

Chapitre 36

Chris

J'aperçois Meghan sortir de la caravane de Monsieur Loyal en courant. Je suis assis sur les marches menant à chez moi mais elle ne m'a pas vu. Elle s'essuie rageusement les yeux. Elle pleure. Ce constat fait gronder quelque chose en moi. Je m'apprête à la rejoindre lorsque Étienne me coupe la route. Le rouquin me sourit de toutes ses dents et je perds ma trapéziste de vue.

— Alors, prêt pour intégrer ton show en solo de manière pérenne dans le spectacle ? Hook doit avoir une énorme confiance en ton talent pour te propulser sous le feu des projecteurs aussi vite.

Je lui réponds laconiquement, tout en me tortillant pour tenter d'apercevoir ma partenaire.

— Hmm, hmm.

— Meg va t'en faire voir de toutes les couleurs après ça !

Mon attention revient vers lui.

— Je ne pense pas.

— Tu viens de l'éjecter de son propre spectacle. Le cirque, c'est tout ce qu'elle a dans la vie, comme chacun d'entre nous d'ailleurs. Ne plus être sur la piste, c'est pour ainsi dire signer son arrêt de mort. Une fois qu'on quitte le chapiteau par la petite porte, on n'est plus personne ici.

Les mots d'Étienne me frappent et viennent confirmer mes craintes : la troupe ne contient que des artistes qui se produisent tous les soirs, aucun d'entre eux n'est retraité. À l'exception d'une personne, la femme du gourou. J'aimerais questionner Étienne davantage, néanmoins je ne lui fais pas totalement confiance. Parfois, il semble si accroché au dogme de sa secte que je suis certain que Hook a écho de nos conversations. La seule qui semble prête à se détacher de tout ça, c'est Meghan. Il faut que je lui parle.

Je m'excuse auprès de mon collègue et le dépasse, sauf que la trapéziste a disparu. J'observe les alentours sans succès. Je consulte ma montre. Dans une demi-heure, je dois être sous le chapiteau pour me lancer dans mon numéro de voltige. Alors je prends rapidement la direction de la caravane de ma partenaire mais lorsque j'arrive devant, la porte est fermée. Je murmure pour moi-même :

— Où est-ce que tu es, jolie Meghan ?

Malheureusement je n'en ai pas la moindre idée, et ça me chagrine. Cette femme m'a ensorcelé avec ses réparties mordantes et sa volonté de fer. Ma sœur a raison, j'éprouve des sentiments pour elle, sauf qu'ils me font peur car ils sont interdits. Quand mon article sera fini, il ne pourra rien subsister de nous deux, pas après que j'ai détruit son monde.

Je fais demi-tour et slalome entre les maisonnettes sur roues pour rejoindre le chapiteau. Je dois assurer ce soir, pour le bien de mon article, et seulement après je pourrai réfléchir à ce que je dois faire avec ma partenaire.

L'espace d'un instant, j'oublie Christopher et deviens pleinement Christobald. Je pénètre sous le chapiteau et ne pense qu'à ma représentation. Je ne vise pas la perfection, loin de là, j'espère juste éviter la chute. Je connais l'enchaînement, je l'ai répété un nombre incalculable de fois.

Les premiers numéros se succèdent, et mes camarades s'exécutent à la perfection. Ils ne font aucune faute, pourtant ils trouveront le moyen de critiquer leur prestation dès demain matin. Quand vient mon tour, je ne suis plus qu'une boule de nerfs. Je fais quelques exercices de respiration pour me détendre. C'est une technique qui me vient des championnats universitaires, avant chaque programme aux anneaux, je faisais ce rituel pour m'apaiser et me concentrer sur mes figures. Aujourd'hui, pourtant, ça ne fonctionne pas. Au moment de fouler la piste, mes muscles sont tendus et mon sourire factice.

Je salue le public dans une révérence étudiée avant de me diriger vers l'échelle qui me conduira à la plate-forme. Durant mon ascension, je balaye la foule du regard à la recherche de ma trapéziste, mais sans succès. Je doute qu'elle vienne assister à ce spectacle, pas après avoir été écartée par son père. Les mots d'Étienne me font serrer les dents. Je ne suis pour rien dans la décision de Hook, et pourtant j'ai l'impression que c'est moi qui vais en payer le prix.

La fête bat son plein au cœur du campement. Les autres artistes souhaitaient célébrer mon intégration, et avant que je puisse protester on m'a collé un gobelet dans les mains et un feu de joie brûlait déjà. N'étant pas d'humeur festive, j'ai accepté quelques accolades avant de m'éclipser discrètement.

Depuis une heure, je fais et refais le tour des caravanes à la recherche d'une jolie brune prête à me foudroyer sur place. Je suis maso, néanmoins je m'inquiète pour elle. J'ai besoin de l'entendre me hurler dessus ou me balancer des piques pour être certain qu'elle va bien.

J'abandonne le campement au profit du circuit de footing que Meghan nous impose chaque matin. La boucle passe près d'un point d'eau entouré d'une friche assez dense. Je quitte le chemin principal pour m'enfoncer dans les hautes herbes et il ne me faut pas longtemps pour tomber sur celle que je cherche.

Meghan est assise au bord de l'eau et s'acharne à massacrer tous les brins d'herbe qui osent frôler ses doigts. J'avance vers elle, les mains dans les poches. J'hésite un instant à m'asseoir, mais le sanglot étouffé de ma belle trapéziste finit de me convaincre et je me laisse choir à ses côtés sans un mot. Elle ne me jette même pas un regard et continue son œuvre. Je cherche les mots justes, mais aucun ne me vient et son silence ne me dit rien qui vaille.

Soudain, sans que je m'y attende, elle se recroqueville et pose sa tête sur mes cuisses. Ses larmes n'ont pas cessé, et son corps tremble contre ma jambe. Sans réfléchir, je caresse ses cheveux d'un geste réconfortant. Je murmure :

— Meghan ?

— Il me l'a enlevée.

— Je suis désolé, je ne pensais pas qu'il t'évincerait, mais je suis certain que tu pourras reprendre ta place dès demain.

Je sens son corps se raidir. Elle se redresse sur son coude et me jette un regard interloqué.

— Je ne te parle pas de ce foutu numéro, Chris, mais de ma mère ! Je ne peux plus aller la voir, il me prive d'elle simplement parce que je t'ai emmené avec moi.

— Il a quoi ?

— Il veut me tenir loin d'elle.

J'avais compris la première fois, mais je suis sous le choc. Ça fait un moment que j'en ai déduit que tout ne tourne pas rond dans la tête de ce type, toutefois je ne pensais pas qu'il pouvait aller si loin. Mon instinct de journaliste a envie de s'engouffrer dans la faille et de creuser plus profond encore, mais mon cœur m'en empêche. Qu'importe quelle limite à ne pas franchir je me fixe, Meghan se fait chaque jour une plus grande place dans mon cœur, et je suis incapable de la faire souffrir davantage, même si je lutte contre ce que je ressens. Je la force à se redresser complètement et pivote pour me retrouver face à elle. Je prends son visage en coupe entre mes mains et plonge mon regard dans le sien.

— Il n'a pas le droit de faire ça, tu vas revoir ta mère. Je te le jure.

— Ne fais pas de promesse que tu ne pourras pas tenir, me répond-elle tristement.

— Ce ne sont pas des paroles en l'air.

Il est hors de question que je laisse Steven Hook, alias le gourou de l'Enfer, s'en tirer comme ça. Je suggère :

— Il y a des recours en justice.

Meghan laisse échapper un rire nerveux.

— Chris, les choses ne sont pas aussi simples.

— Pourtant, ça ne me semble pas compliqué. La gendarmerie la plus proche est à une quinzaine de kilomètres.

— Pour les autres, nous sommes des marginaux un peu timbrés, affirme-t-elle en se reculant. Personne ne prendra cette histoire au sérieux, crois-moi.

Ses yeux se perdent sur l'étendue d'eau sombre. Je lui demande, curieux :

— Tu as déjà essayé ?

— Pas moi. Simon. Et il est revenu bredouille ainsi que dans une colère noire.

Une fois encore, elle me prouve que son frère s'est rebellé contre le dogme de leur père. Je dois en savoir plus, cette piste peut être le levier que j'attends pour m'approcher de la vérité.

— Pour quelle raison a-t-il été voir les flics ?

— C'était compliqué avec notre père depuis un moment, ils se disputaient sans cesse. Un jour, Simon l'a menacé d'aller voir la police et il ne l'a pas cru, alors mon frère a voulu aller au bout de la démarche. Mais je n'ai jamais su quel était l'objet de leur altercation ce jour-là, enfin ça devait forcément tourner autour de Joséphine.

Joséphine ? Je repasse mentalement le trombinoscope de la troupe mais aucun visage ne s'impose à moi. L'espace d'un instant, je me demande si Hook ne séquestre pas une seconde personne dans une autre caravane, puis un détail me revient en mémoire. « J. » Les petits mots que j'ai trouvés à l'attention de Simon en arrivant portaient tous cette initiale. Ça ne peut pas être une coïncidence.

— Joséphine ?

— C'était la petite amie de Simon, une nana de la ville. Elle est commerciale dans une start-up, ou un truc comme ça.

— Elle ne fait pas partie de la troupe ?

— Tu devines que ça n'a pas plu à notre père, ajoute-t-elle comme une évidence.

J'opine, et le silence reprend ses droits. Cette nouvelle information tombe à point nommé. J'ai le sentiment de toucher au but. Il faut que je rencontre cette femme, ensuite je pourrai appeler Bernard pour lui faire part de ces nouveaux éléments.

— Simon te l'avait présentée ?

— Il y a été obligé, avoue-t-elle, un sourire nostalgique sur les lèvres. Je les ai surpris sous les draps un matin. Il était en retard pour notre footing, alors je suis entrée dans sa caravane en pestant sur son incapacité à être ponctuel. Je suis tombée nez à nez avec une petite blonde que je ne connaissais pas, mais que mon frère avait l'air d'apprécier étant donné qu'elle était nue dans son lit.

Elle fait une pause avant de reprendre.

— J'ai gardé leur secret une année entière, jusqu'à ce que Simon décide d'assumer son amour et de se confronter à notre père.

— C'est à ce moment que tout a commencé à partir en vrille, je me trompe ?

Elle lâche un soupir et se tourne vers moi.

— Écoute, Chris, je n'ai pas envie d'aller sur ce terrain-là, pas aujourd'hui. Cette soirée a été éprouvante, je voudrais simplement rentrer et me coucher.

Meghan se referme à nouveau, je le sens, et si je la pousse davantage à la confession, j'ai peur que sa coquille se reforge de façon irrémédiable. Je décide donc de laisser couler pour cette fois et me lève avant de lui tendre ma main.

Le chemin du retour se fait sans que nous échangions le moindre mot. Néanmoins, je sens le poids de la peine de Meghan. Sans vraiment réfléchir, je glisse ma paume dans la sienne et entrelace nos doigts. Elle ne dit rien, son regard reste braqué sur la route devant nous, mais sa prise se resserre sur ma main.

Chapitre 37

Meghan

Si je le lâche, j'ai peur de me noyer. Par ce simple geste, Chris est devenu ma bouée de sauvetage.

Je ne pensais pas qu'il viendrait me trouver après la représentation, n'importe qui aurait jubilé d'une telle victoire, après tout, c'est à couteaux tirés depuis le début entre nous. Pourtant il est là, avec moi. Il est même venu s'excuser d'avoir été mis sur le devant de la scène. En réalité, je me fiche pas mal que mon père m'ait éjectée du spectacle, ça ne me fait rien à côté de la douleur que je ressens à l'idée de perdre ma mère une seconde fois.

Quand elle est tombée malade, son état s'est dégradé en quelques semaines. Elle est passée du trapèze à son lit à une vitesse fulgurante. Puis son mutisme et son regard vitreux sont arrivés et ont pris ce qui lui restait de vie. Aujourd'hui, elle n'a que de rare moment de lucidité où ses yeux cherchent les miens et nous discutons en silence durant un instant. Depuis des années, je me raccroche à ces petits moments avec celle qui m'a aimée de tout son être.

Cette pensée ravive ma colère, et je serre la main de Chris encore plus fort. Il ne dit rien, pourtant je suis certaine de lui broyer les doigts.

Nous arrivons au niveau des premières caravanes, la musique et l'enthousiasme du reste de la troupe nous parviennent. Je grimace. Je n'ai pas le cœur à m'amuser ou à m'enivrer ce soir. Je ralentis et me tourne vers lui.

— Tu voudrais bien qu'on aille chez moi ? Je sais que tu mérites de fêter ton inscription définitive au sein du spectacle mais…

— Je te suis, me coupe-t-il, un léger sourire étirant ses lèvres. Ça n'a pas la même saveur sans toi.

Malgré moi, mes joues prennent feu.

— Je rêve, ou tu rougis ?

En l'entraînant à ma suite, je lui réponds :

— Tu rêves, je crois bien.

En réalité, ses mots me touchent bien plus que je ne le pensais. Hier encore, la situation était tendue entre nous, et c'était pire ce matin mais, malgré ça, Chris ne garde aucune rancœur. Je l'admire.

Nous gagnons ma caravane au pas de course, sans passer saluer le reste de la troupe. Je me comporte comme une paria dans ma propre famille mais, à cet instant, je n'en ai rien à faire. J'aspire seulement à trouver du réconfort auprès de celui qui m'accompagne.

Chris ferme la porte derrière lui tandis que je me laisse aller sur mon lit en poussant un long soupir. Cette journée est loin d'être celle que je m'étais imaginée. Je devais lui prouver que je ne cherche pas à lui pourrir la vie, qu'il est plus qu'un simple collègue de travail ou qu'une aventure passagère. Toutefois, c'est parti en vrille en un claquement de doigts.

— Meghan ?

— Hmm ?

— Je dois te dire quelque chose, lance Chris en triturant ses mains.

Je me redresse sur les coudes et l'observe. Il commence à arpenter la pièce nerveusement.

— Je… tu… C'est compliqué, souffle-t-il en tirant sur ses cheveux.

Je me lève pour le rejoindre. D'une main je caresse sa joue tandis que je pose la seconde sur son torse.

— Respire. Je ne vais pas te manger, c'est promis. J'ai été dure avec toi depuis ton arrivée ici, mais ce ne sera plus le cas. Tu mérites mieux. Tu es un mec bien et sans toi je serais au fond du trou. Je crois que tu me redonnes goût à ce monde. J'ai été idiote de te repousser, de te dire que ce qui se passe entre nous n'est pas important… C'est tout le contraire. Chaque seconde compte plus que la précédente.

Les yeux plongés dans les siens, je suis incapable de continuer. Alors, pour donner plus de poids à mes mots, je me hisse sur la pointe des pieds et viens goûter ses lèvres dans un baiser langoureux. À cette seconde, tout s'évapore autour de nous, plus rien d'autre n'existe.

Chapitre 38

Chris

J'étais à deux doigts de tout lui dire. J'avais les mots sur le bout de la langue, mais Meghan et ses lèvres envoûtantes m'ont imposé le silence. Je devrais reculer, mettre de la distance entre nous et lui avouer la vérité. Sauf que j'en suis incapable. Je ne veux pas bazarder mon travail en un claquement de doigts, ni risquer de faire plus de mal à ma belle trapéziste. Je sais qu'un jour ou l'autre je ne pourrai plus me cacher mais, à cet instant, je mets de côté ma conscience.

J'agrippe ses hanches et l'attire au plus près de moi, tandis que ses bras se nouent sur ma nuque. Nos langues entament une danse endiablée et je sens le sang affluer dans mon pantalon. L'excitation fait sauter mes neurones un par un, et ses gémissements ne m'aident pas à garder le contrôle. En me reculant à contrecœur, je lui dis dans un souffle :

— Ralentis.

Ses dents s'enfoncent dans sa lèvre inférieure alors qu'elle attend une explication.

— Je ne joue pas avec toi, Meg. Je veux que tu le saches. Toi aussi, tu comptes pour moi. J'ai envie qu'on fasse les choses bien, mais pour ça il nous faut du temps. Je ne veux pas simplement qu'on se jette l'un sur l'autre quand nos émotions sont trop fortes.

Cette fois, elle se recule carrément. J'ai peur de l'avoir blessée.

— Tu as raison, finit-elle par dire. Je te laisse m'offrir un vrai rencard avant de t'embrasser à nouveau.

— Je prends note.

— Est-ce que ça serait aller trop vite que de te demander de dormir avec moi ? En tout bien tout honneur, évidemment.

Pour simple réponse je retire mes chaussures et m'installe sur le lit, les mains derrière la tête et les yeux clos. Je fais semblant de dormir. Je m'attendais à ce que Meghan se moque de moi mais, au lieu de ça, je la sens se glisser sous les draps. Elle vient lover sa tête contre ma poitrine, calant sa respiration sur la mienne.

— Simon avait un grand cœur, murmure-t-elle après un moment de silence. Il aurait tout donné pour nous mais il n'était pas fait pour vivre en communauté. Ça l'a détruit de se plier aux exigences de mon père et du cirque. Il voulait tout plaquer pour Joséphine. Il rêvait d'une vie à deux, mais il n'imaginait pas me laisser derrière.

— Comment aurait-il fait ? Il me semble que les contrats ne peuvent être rompus.

— Mon frère avait un plan, mais il ne l'a jamais partagé avec moi, il voulait simplement que je le suive. Il m'a même fait visiter un appartement à Sète près de celui de sa copine.

Je note mentalement cette nouvelle information. Sète. Nous atteindrons cette destination dans quinze jours, après deux arrêts à Narbonne et Agde.

— Pourquoi ne pas avoir accepté ?

— Je ne sais pas. Je n'ai toujours existé que pour la scène, alors je n'imagine pas vivre autrement. À dire vrai, la vie en dehors de la troupe m'effraye. C'est ma peur qui a retenu mon frère ici et qui l'a tué.

Elle s'étrangle sur ses derniers mots. Je resserre mon étreinte.

— Après mon refus, Simon a commencé à perdre pied. Il est devenu amer et encore plus perfectionniste. Ses exigences ont triplé. En même temps, son corps a changé, ses yeux se sont creusés, il avait des cernes, son teint a perdu de sa lumière et sa force s'est amoindrie. À vouloir viser toujours plus haut, il s'est épuisé, au point de lâcher prise au milieu d'un saut.

— Tu sais s'il prenait des médicaments ou des compléments alimentaires pour suivre le rythme ? Certains athlètes le font, mais parfois les effets sont plus néfastes qu'autre chose.

Meghan semble prendre quelques secondes pour réfléchir à ma suggestion avant de secouer la tête.

— Pas que je sache. Ici, seul mon père nous conduit chez le médecin et il s'occupe lui-même des commandes à la pharmacie. Depuis la maladie de ma mère, il a des contacts dans toute la France. Il s'est donné comme mission de veiller sur la troupe, c'est son rôle en tant que Loyal. Il s'assure qu'aucune molécule viendra empoisonner nos organismes.

Ou alors, il s'en charge lui-même. Depuis mon arrivée, j'ai le sentiment que Steve Hook n'est pas celui qu'il prétend être. Derrière ses airs de père dur mais protecteur, il cache le visage plus sombre d'un grand manitou. Serait-il capable de causer la mort de ses propres enfants ? Il y a quelques semaines, j'aurais dit non : il m'a pris sous son aile, m'a propulsé sur le devant de la scène, m'a accordé sa confiance pour que je travaille avec sa fille, alors une hypothèse pareille me paraissait impossible. Aujourd'hui, je suis persuadé qu'il est à l'origine de tous les drames qui frappent cette famille. Toutefois, il me faut des preuves tangibles. Bien que le témoignage de Meghan donne pas mal d'indices et puisse ajouter du réalisme à mon article, j'ai besoin de plus.

— Si je comprends bien, si j'ai besoin de vitamines, ou d'un antidouleur, je dois passer par ton père ?

— Oui, souffle-t-elle. Mais on pourrait arrêter de parler de lui ?

— Évidemment.

Meghan baille ostensiblement. J'embrasse son front en lui murmurant un « bonne nuit », puis tout en ramenant la couverture bien haut sur ses épaules, je pense à mon prochain grand rôle : Le malade imaginaire.

Chapitre 39

Meghan

Ce matin, je me suis levée avec une détermination nouvelle. Il est temps que je tienne tête à mon père autrement qu'avec des mots. Je me suis donnée à fond toute la journée. L'effort physique est ma planche de salut. Perchée sur mon trapèze, m'élancer vers les bras de mon partenaire, me contorsionner en poussant mon corps toujours plus loin… c'est ce qui me donne la force suffisante pour affronter le maître des lieux.

Dans une heure, nous lancerons la première représentation de la journée. Tout le monde est attablé dans l'attente du briefing. Je suis assise entre Étienne et Chris. Les deux hommes discutent, peut-être qu'ils tentent de me mêler à leur conversation mais je n'y prête pas attention. Je récite mentalement mon petit discours. Hier, mon géniteur m'a privée de l'une des choses qui compte le plus à mes yeux. Aujourd'hui, il est temps que je lui rende la pareille.

Comme chaque jour, en bon chef, il déroule son laïus tandis que nous conservons un silence religieux.

— Aujourd'hui on fait le scénario numéro 3. Concernant le numéro équestre, on laisse Fizzao au box, hier j'ai remarqué une raideur dans ses pas. On va le laisser au repos jusqu'à notre arrivée à Agde et s'il n'y a pas d'amélioration on avisera. Chris, hier, c'était pas mal, il va falloir revoir les sauts 5 et 8 mais je suis certain que Meghan reprendra tout ça avec toi et que tu seras prêt pour la prochaine fois. Ce soir, je veux que tu observes ta partenaire en détail, qu'elle t'inspire pour progresser. Tu dois être opérationnel dès le week-end prochain.

Mon voisin semble surpris par les mots de mon père. Je ne sais pas si c'est lié au commentaire sur sa prestation ou à la pression de dingue qu'on vient de mettre sur ses épaules.

— En piste pour faire le show dans trente minutes, annonce-t-il dans un salut théâtral.

Je me lève avant que la troupe se disperse.

— Je ne participerai pas à la représentation de ce soir tant que tu ne me rendras pas les clés de la caravane de maman.

Un hoquet de surprise général résonne. Les yeux de mes amis sont rivés sur moi, mais ce que j'y lis me fait serrer les poings plus fort : certains reflètent l'incompréhension, tandis que les autres ne masquent pas leur désapprobation. Chris, lui, me regarde avec fierté et une once d'inquiétude. Malgré tout, je dois garder le courage d'aller jusqu'au bout.

Je me concentre sur mon père. Les sourcils froncés, la bouche pincée, je sens sa colère.

— Tu peux répéter ?

— Tu m'as très bien entendue. Je veux voir ma mère.

— Tu n'es pas en position d'exiger quoi que ce soit. Ton boulot c'est de grimper jusqu'au trapèze et de faire tes enchaînements. Pour le reste, tu fais ce que je te dis de faire. Personne ne remet en cause mes choix, car je les fais toujours dans l'intérêt de tous. Le cirque avant tout.

Je répète, inflexible :

— Je ne participerai à aucune représentation tant que tu ne me laisseras pas la voir.

— Meghan…, m'avertit Étienne en tirant sur mon bras. Tu devrais te rasseoir.

Je le fusille du regard. Hors de question de faire machine arrière maintenant.

— Rappelle-toi que tu n'es pas irremplaçable, répond celui qui prend plus à cœur son rôle de directeur de la troupe que celui de chef de famille.

Ça sonne comme une menace, mais je ne me laisse pas démonter.

— Alors commence le casting.

Mon père se tourne vers mon partenaire.

— Chris, enfile ton costume, tu reprends le numéro. Maintenant, assez perdu de temps, tout le monde sous le chapiteau dans dix minutes.

Mon partenaire se lève, il me semble qu'il a envie de protester, mais mon père a déjà tourné les talons. Le grand Monsieur Loyal du cirque Hook ne supportera pas deux affronts de suite.

— Je voulais lui dire que je ne ferai pas le numéro, me dit Chris en attrapant ma main.

— Ça serait vraiment idiot, dit Étienne en se levant. Vous êtes deux parfaits imbéciles. Ton père fait ça pour toi, pour te protéger de la souffrance. Tout le monde sait que ta mère est malade, que son état ne va pas en s'arrangeant. Tu commences seulement à remonter la pente depuis la mort de Simon alors il veut simplement t'empêcher de sombrer à nouveau !

— Je… mais…

— Tu es en train de changer, Meghan, et finalement je ne suis pas sûr que ce soit une bonne chose, lâche-t-il en s'éloignant.

— Tu te rends compte que tu ne racontes que des conneries ? s'insurge Chris.

Je n'en suis plus si sûre.

— Laisse tomber. Étienne a sans doute raison.

Il se tourne vers moi, médusé.

— Pardon ?

— Je ne sais plus quoi penser de tout ça. J'ai vu le geste de mon père comme une punition, mais peut-être que c'était juste sa façon à lui de prendre soin de moi.

— On marche sur la tête ! Il t'a retiré le droit de voir ta mère pour la simple et bonne raison que tu m'as fait pénétrer un peu plus dans l'intimité du cirque, que tu m'as révélé tes secrets. Aujourd'hui, il n'a pas hésité une seconde à te balayer de ta propre représentation, et tu lui cherches encore des excuses ! Meghan, ouvre les yeux !

— Je ne sais pas…

Je me laisse retomber sur le banc et prends ma tête entre mes mains. Je ne sais plus quoi penser, tout se bouscule dans ma tête. Les mots de Chris et d'Étienne résonnent sans que je sache lesquels correspondent à la réalité.

J'ai envie de croire que mon père n'est pas le monstre qu'il semble être, pourtant ses actes parlent pour lui. Depuis ma plus tendre enfance, je n'ai jamais remis sa parole en doute. Du moins pas jusqu'à la mort de Simon, lorsque mon cœur s'est brisé. C'est sûrement vrai, j'ai changé, et je ne suis peut-être plus faite pour ce monde.

— Écoute, Chris, je suis perdue. J'ai l'impression de devenir dingue, ici. Enfermée sous la toile du chapiteau ou entre les quatre murs de ma caravane, j'ai le sentiment de ne plus pouvoir respirer. Je ne parviens pas à mettre mes idées en ordre, ni à penser correctement.

J'ai juste besoin d'un peu d'air…

— Alors, partons.

Chapitre 40

Chris

Je n'ai pas réfléchi une seconde. Je suis prêt à tout plaquer, abandonner mon article – et sans doute ma carrière – pour lui permettre de s'évader de cette communauté.

— T'es sérieux ?

— Oui.

Et j'acquiesce avec un mouvement de tête.

— Tu sais que tu vas te mettre mon père à dos en faisant ça ?

J'opine. J'en ai tout à fait conscience, mais ce qu'elle ignore, c'est que je m'en contrefiche royalement.

— Tu ferais ça pour moi ?

— Oui, oui et oui. Arrêtons le jeu des questions-réponses, tu veux bien ?

— C'est une question, ça, Chris, rétorque-t-elle, un sourire taquin aux lèvres.

Nous sommes seuls au milieu du campement, les autres sont déjà partis se préparer à entrer en piste. C'est le moment ou jamais de fuir, sauf que Meghan pense toujours à la troupe avant de prendre soin d'elle.

— Retrouve-moi ce soir, à 23 heures derrière le camion de matériel. En attendant, il faut que le spectacle continue.

Je serre les dents, je voudrais la prendre par la main et l'emmener loin d'ici. Pour toujours. Mais je ne veux pas agir comme son père, je souhaite que ce soit son choix.

— *The show must go on*[1], hein ?

— C'est ce que je viens de dire, énonce-t-elle en fronçant les sourcils.

L'espace d'un instant j'ai oublié dans quel monde nous étions, mais je suis tout de même surpris qu'elle n'ait pas la référence. Je sais qu'au sein de la troupe Monsieur Loyal régit tout de A à Z, y compris le contenu culturel accessible. Mais Queen, merde !

Je balaye d'une main ma répartie pour que Meghan laisse tomber, et elle enchaîne directement sur nos numéros.

— Je te propose de faire la première représentation et je ferai la deuxième.

— Qu'en est-il de ton acte de rébellion ?

— Tant que je ne saurai pas quelles sont les intentions de mon père, je vais couper la poire en deux.

J'acquiesce, déçu de ce pas en arrière. Je ne dois pas oublier que Meghan vit sous le dogme de sa famille depuis sa naissance, elle ne peut pas s'en détacher en un claquement de doigts. Il faut que je lui ouvre les yeux petit à petit si je veux pouvoir la sauver.

— Entendu. Je devrais y aller, alors. Je suis à la bourre.

— Fonce !

Elle y met plus d'enthousiasme que moi et je me retourne rapidement afin qu'elle ne voie pas à quel point je peine à jouer la comédie.

— Chris ?

— Hmm ?

— Tu vas les éblouir.

Mon cœur bat à tout rompre. Ce n'est pas la première fois que je me produis devant des centaines de personnes, je l'ai fait pas plus tard qu'hier et j'ai déjà participé à des compétitions de gymnastique. Pourtant c'est toujours la même

1. Titre d'une chanson du groupe Queen ; « Le spectacle doit continuer » en français.

histoire. Durant les dernières minutes avant d'entamer une prestation, le stress atteint son point culminant : ça s'appelle le trac. Comme la veille, je recommence mes exercices de respiration jusqu'à entendre mon nom résonner dans les haut-parleurs.

Puis lorsque je foule la piste, plus rien d'autre que les enchaînements n'existent. Je ne suis pas trapéziste, la passion ne m'habite pas de la même façon que ma partenaire. Moi, je pense simplement au moyen de ne pas m'étaler par terre et me rompre le cou. J'ai visionné suffisamment de fois la vidéo, devenue virale, de la chute de mon prédécesseur. C'était un *snuff movie*[1], il n'est pas resté en ligne très longtemps, mais assez pour que l'ensemble des images soient imprimées sur mes rétines.

Chaque barreau de l'échelle que je monte me rapproche un peu plus du danger. Lorsque j'arrive au sommet de la plate-forme, je balaye l'assemblée du regard. Cette fois, mes yeux croisent les pupilles marron de Meghan. Elle est installée dans le public et m'offre un sourire rassurant, puis elle dresse les pouces en l'air avant que la musique commence. Soudain, toute la tension qui habitait mon corps la seconde d'avant se volatilise. La savoir à quelques mètres de moi fait disparaître la foule. J'oublie ce qui m'entoure et imagine qu'il s'agit d'un énième entraînement, l'un de ceux où notre complicité opère.

Je m'élance, le cœur battant et l'esprit serein.

1. Vidéo montrant des scènes réelles de mort, de torture, de viol ou de suicide.

Chapitre 41

Meghan

Toutes les lumières du campement sont éteintes, seules quelques lampes de chevet chatoient à travers les fenêtres des caravanes environnantes. À la faveur de la nuit, je me faufile jusqu'au point de rendez-vous. Je ne sais pas si m'enfuir avec Chris est une bonne idée, je ne sais même pas où nous irons, mais une chose est sûre : j'en meurs d'envie.

Chris est là, vêtu d'un jean brut et d'un sweat dont il a relevé la capuche pour masquer son visage.

— Prête pour la grande aventure ?

— Plus que jamais.

Je ne lui dis pas que sans lui je n'aurais pas osé quitter le cirque au milieu de la nuit sans rien dire à personne. Il glisse sa main dans la mienne et m'entraîne à sa suite pour rejoindre sa voiture garée un peu plus loin.

La minute suivante, nous prenons la route. Je ne tiens pas en place et m'agite sur le siège passager. L'excitation ? Le stress ? Sans doute un mélange des deux. Chris pose sa main sur ma jambe gauche qui trépigne et il me jette un regard rassurant avant de se concentrer sur l'asphalte qui défile devant nous.

— Tout va bien ?

J'opine, certaine qu'à ses côtés je suis en sécurité.

— Où va-t-on ?

— Je ne sais pas. On roule et on verra bien où on atterrit ?

— Parfait.

L'obscurité de la nuit nous enveloppe, si bien qu'il m'est impossible de savoir ce qui nous entoure.

Nous avançons en silence une dizaine de minutes avant que Chris reprenne la parole.

— Meghan, qu'est-ce que tu sais de la vie en dehors du cirque ?

— Je ne comprends pas où tu veux en venir. « Je sais » que tout le monde ne vit pas à huis clos, mais « je sais aussi » que j'ai de la chance de pouvoir vivre mon rêve chaque jour. Je ne me lève pas le matin pour aller m'enfermer dans une tour de quinze étages pour taper sur un clavier toute la journée, je ne me retrouve pas au service d'un patron tyrannique qui ne cherche qu'à s'attirer tout le mérite de mon travail.

— Ah oui, vraiment ? dit-il en haussant un sourcil interrogateur.

— Chris, si tu as quelque chose à dire, dis-le.

Je croise les bras sur ma poitrine et ne le quitte pas des yeux dans l'attente de sa réponse.

— Tu ne crois pas que ton père est le stéréotype même du patron tyrannique ? Meg, il se sert de toi, de nous tous, mais surtout de toi. Il passe sa journée à critiquer ton travail, les compliments lui écorchent la bouche, tout ça pour quelques applaudissements et remplir une bourse que lui seul est amené à utiliser.

Je sais qu'il a raison, mais c'est plus fort que moi, j'ai envie de défendre mon père.

— Je vois très bien ce qui se passe dans ta tête, enchaîne-t-il avant que je puisse répondre. Ose me dire que j'ai tort.

Je ne peux pas… alors je décide de changer de sujet, si on est là, c'est pour s'aérer l'esprit, pas pour parler une énième fois de mon père.

— Et notre rencard, c'est pour quand ?

Je sais que Chris n'est pas dupe, mais je lui suis reconnaissante de ne pas insister et d'entrer dans mon jeu.

— Me voir dans ton lit te manque tant que ça ?

— Peut-être bien…

— Il te suffit d'un mot, souffle-t-il en m'offrant un clin d'œil.

— Je croyais que tu voulais faire les choses bien, ou peut-être que ce mec-là a disparu ?

— Oh non, il est toujours là. J'annonce officiellement qu'à cet instant précis débute notre premier rencard.

Un sourire béat étire mes lèvres. Je ne l'avouerai pas, mais je souhaitais qu'il dise ça. Pour une fois, je veux goûter au jeu de la séduction entre deux personnes normales, apprendre à le découvrir, tout en gardant une part de mystère. C'est un luxe qu'on ne peut pas souvent s'offrir, voir jamais, car au sein de la troupe nous nous connaissons tous sur le bout des doigts. Nous avons grandi ensemble, nous nous voyons tous les jours depuis notre naissance alors nous n'avons aucun secret, rien que les autres ne sachent pas déjà. Alors Chris est comme un fruit exotique.

— Tu comptes me dire ce que tu as prévu pour ce rendez-vous ?

Il semble réfléchir à toute vitesse. Je le vois sourire lorsqu'une idée lui effleure l'esprit.

— Dîner aux chandelles en bord de mer.

— Avec quel argent ? Et puis tous les restaurants sont fermés à cette heure.

— Tu me fais confiance ? me demande-t-il.

Je suis tentée de dire non car son air conspirateur ne me dit rien qui vaille, mais j'acquiesce avec le sourire. Chris bifurque sur un petit chemin vallonné sur lequel il ne ralentit pas. Il tourne encore deux fois avant de se garer devant une station-service à peine éclairée.

— Ce soir, on se la joue « Bonnie and Clyde », le couple de voleurs le plus romantique des États-Unis, m'indique-t-il avec un sourire taquin.

— Tu n'es quand même pas en train de suggérer qu'on braque cet endroit ?

— Je pensais plutôt à piquer deux ou trois articles pendant que l'un de nous distrait le vendeur, mais ton idée a l'air marrante.

La bouche grande ouverte, je suis sidérée par son audace. Ce soir, en montant dans cette voiture, je rêvais d'aventure, mais à aucun moment je n'ai pensé aller aussi loin. Pourtant, je suis sérieusement en train d'étudier sa proposition.

— Tu vas aux toilettes, deux minutes plus tard j'entre demander un coup de main pour changer un pneu crevé, pendant ce temps-là tu fais les courses.

— Ton plan est pas mal, si seulement nous avions un pneu crevé.

— Tu as un kit de réparation de base non ?

— Sous ton siège, m'indique-t-il, en faisant une moue inquiète.

En écho à ses paroles quelques minutes plus tôt, je lui demande :

— Tu me fais confiance ?

Il opine avant de quitter la voiture. Chacun de nous entre dans la peau de son personnage. Je le regarde s'éloigner en direction du petit magasin, tandis que mon cœur s'emballe. Je prends une profonde inspiration et expire lentement. Puis je tire la pochette cachée sous mon siège pour en sortir un tournevis. Je compte jusqu'à cent et sors de la voiture. Je zieute autour de moi pour vérifier que je suis seule, le plan tomberait à l'eau si quelqu'un me voyait crever les pneus de mon propre véhicule. Un dernier coup d'œil vers la boutique et je balance mon bras armé de toutes mes forces dans la gomme. *Merci les années pendue à un trapèze !*

En moins d'une minute, le pneu est à plat. Je range l'objet du délit à sa place avant de trottiner vers la petite boutique. Le vendeur, qui doit à peine avoir la majorité, est derrière le comptoir, les yeux rivés sur son téléphone. Il ne lève même pas le nez de l'appareil lorsque la clochette de la porte tinte. En me triturant les mains nerveusement, je lui dis :

— Bonjour.

Le jeune homme me regarde enfin, et son sourire s'élargit. Je ne vais pas avoir besoin d'en faire des caisses pour l'attirer dehors, il semble déjà charmé. Toutefois, j'entortille tout de même une mèche autour de mon doigt en minaudant. Pour la forme.

— Excusez-moi de vous déranger si tard, mais j'ai un petit souci avec ma voiture. Je me suis dit que vous seriez capable de m'aider.

— Évidemment, répond-il en bombant le torse. Quel est le problème ?

— Je crois que mon pneu est crevé, j'ai une roue de secours dans le coffre mais je ne sais pas faire le changement.

— Je m'en occupe, ça ne prendra pas longtemps.

Le jeune homme quitte son poste, et nous nous dirigeons vers la voiture de Chris. Je jette un coup d'œil dans mon dos, mais mon partenaire n'est pas encore sorti des toilettes. C'est la partie la plus ardue du plan, Chris ne doit pas se faire choper, alors je m'astreins à distraire mon nouvel ami.

— La vache, vous ne vous êtes pas loupé.

— Ouais, je roulais et d'un coup j'ai senti la voiture s'affaisser de ce côté.

— Vous avez pris le chemin derrière le camping des Abricotiers ?

Je n'en ai pas la moindre idée, pourtant, j'acquiesce.

— Ça ne m'étonne pas, cette route est un vrai champ de mines. Je vous change ça et dans quelques minutes vous pourrez repartir.

— Merci beaucoup.

Il ouvre le coffre et sort la roue de secours ainsi que le cric et la clé en croix. Puis il s'affaire autour de la voiture tel un expert. Je me retourne une nouvelle fois vers la boutique et vois Chris arpenter les rayons. Lorsqu'il s'apprête à filer il me fait signe de le retrouver à l'arrière du bâtiment. C'est à ce moment que le jeune homme se redresse le sourire aux lèvres. *Merde !*

— Voilà, c'est comme neuf.

— Je ne sais pas comment vous remercier, dis-je de manière surjouée en prenant une de ses mains entre les miennes.

— En me laissant votre numéro ?

Il ne perd pas le nord, celui-là !

— Stylo ?

Il en tire un de la poche du gilet de son uniforme et me le tend. J'attrape son bras et griffonne une suite de chiffre aléatoire sur son bras. Derrière lui, Chris s'échappe le plus discrètement possible. Une fois mon acolyte hors de danger, je relâche le jeune homme et ouvre la portière.

— J'attends ton appel.

Je prends le volant et m'éloigne avant qu'il ne se rende compte que mon cinéma était bidon.

Chapitre 42

Chris

Je suis à deux doigts de l'arrêt cardiaque. Je n'ai jamais fait ça de ma vie, même enfant, pas une fois je n'ai volé un bonbon à la boulangère, ou une gomme dans la trousse d'un de mes camarades de classe. Je suis encore à bout de souffle lorsque Meghan se gare devant moi. Je grimpe dans la voiture à toute vitesse, et nous prenons le large.

Les battements de mon cœur commencent à ralentir à mesure que nous nous éloignons de la scène de crime. Je la guide jusqu'à une petite plage que j'ai repérée lors d'une recherche sur mon portable pendant sa représentation. Vingt minutes plus tard, elle coupe le moteur avant de se tourner vers moi.

— Alors, quel est le butin ?

J'ouvre les sacs – que j'ai également oublié de payer – et en énumère le contenu :

— Bières en canettes, chips au poulet, saucisson et pour le dessert muffins trois chocolats.

— Un vrai gastro, rétorque-t-elle avec le sourire.

— Tu te souviendras toute ta vie de ce rencard.

— C'est une promesse ?

Son air mutin me fait penser qu'il y a un double sens à sa question. Je sens que je suis au bord du précipice, que cette soirée risque de me faire franchir la ligne rouge et que tout retour en arrière sera impossible. C'est le moment où jamais de mettre fin à tout ça, après, les dommages seront irréversibles. Pourtant je ne le fais pas, à la place je laisse mes doigts effleurer sa joue.

— Promis.

Elle se mord la lèvre inférieure et à cet instant je sais que je ne peux plus reculer, j'ai Meghan Hook dans la peau.

— Ne fais pas ça où cette soirée n'aura même pas le temps de commencer. Je meurs d'envie de t'embrasser, là tout de suite.

— Qu'est-ce qui te retient ?

— Normalement c'est à la fin du rencard que le mec embrasse la fille.

— Es-tu comme n'importe quel homme, Christobald ?

Ce nom d'emprunt me ramène brutalement à la réalité. Je recule et attrape notre dîner avant d'ouvrir la portière.

— Aujourd'hui, oui.

Nous quittons la voiture, après avoir récupéré une couverture dans le coffre, pour gagner la plage en silence. Je suis obsédé par le mensonge qui pèse entre nous et l'envie de lui révéler toute la vérité est encore plus forte qu'hier.

— Merci pour tout, Chris, commence-t-elle avant que je ne puisse dire le moindre mot. Ce que tu fais pour moi, personne ne l'a jamais tenté avant.

— Te proposer un rencard ?

— M'écouter vraiment.

Une fois que la mer n'est plus qu'à quelques mètres, elle se laisse choir dans le sable. J'étale notre nappe de fortune et je m'assois à mon tour, tandis qu'elle reprend.

— Dans ma famille et même au sein de la troupe, il est tabou de parler de ce qu'on ressent, alors quand on le fait, les autres n'y accordent aucun crédit. Ils sont gênés et préfèrent ignorer leurs émotions et celles d'autrui plutôt que de se confronter aux sentiments. Mais, toi, tu es différent.

— Sans doute parce que mes parents ont toujours voulu discuter de tout. Les non-dits sont pour eux la cause de la plupart des maux. Jamais je n'ai eu à censurer ce que j'avais sur le cœur et je trouvais toujours en eux une oreille attentive. Alors ça doit être pour ça que je t'écoute, je veux te soulager de tes souffrances.

— Pourquoi avoir tout quitté pour nous rejoindre ?

— Si je te dis que j'ai senti qu'une jolie trapéziste avait besoin de moi, tu me croirais ?

— Ça fait un peu prétentieux.

— Alors disons simplement que je ne pouvais pas réaliser mon rêve en restant auprès de ma famille.

Ce soir, je livre à Meghan une part de moi – Christopher – bien que je n'aspire pas à être forain, je suis ici par ambition.

— Ils te manquent ?

— Tous les jours, mais je n'ai aucun regret. Je vis de ce que j'aime, puis j'ai fait la connaissance d'une artiste extraordinaire, du moins elle l'est lorsqu'on dépasse son mauvais caractère.

— C'est vrai que Coralie peut être une vraie teigne parfois, réplique-t-elle avec le sourire.

— Oui, je parle évidemment de Coralie, dis-je en sortant nos bières.

La nuit est douce en ce début d'année, les températures du sud-ouest nous permettent de ne pas grelotter et profiter de l'instant. Le ciel est dégagé, et la lune nous éclaire si bien que je peux discerner les traits songeurs de Meghan. Le regard perdu vers l'horizon, elle porte sa canette à ses lèvres sans vraiment y prêter attention. Je ne parviens pas à détourner le regard. Elle est si belle que je ne résiste pas à l'envie de la toucher et attrape une mèche de cheveux pour jouer avec. Je murmure tout bas :

— À quoi tu penses ?

— À nous.

— Nous ?

Ses yeux se plantent dans les miens et ce que j'y décèle me retourne le cœur.

— Chris, je ne sais pas comment on dit ces choses-là dans ton monde mais je vais essayer.

Je devrais l'arrêter avant qu'elle ne franchisse la limite, au lieu de quoi, je retiens mon souffle.

— Je suis en train de tomber amoureuse de toi. Ça va au-delà de l'attirance, je le sais car ce qui se passe au fond de moi en ce moment, je ne l'ai jamais ressenti avant. Tu es plus que mon partenaire, tu es celui qui m'écoute, qui me comprend, le seul pour qui mes mots comptent vraiment. Alors je suis peut-être caractérielle, tyrannique et sans doute trop émotive, mais j'aimerais que tu acceptes d'être plus que mon partenaire de voltige. Au diable le protocole des trois rendez-vous, des dîners aux chandelles et tout le tralala, rien ne s'est fait dans les règles depuis le début et, pourtant, même si je le pouvais, je ne changerais pas la moindre seconde de ce que nous avons vécu. Chaque instant, depuis le jour où tu as foulé le sol de notre campement, a participé à nous conduire à ce moment. Alors, Christobald Wanderlock, veux-tu être mon petit ami ?

Deux minutes. C'est le temps qu'il a fallu à Meghan pour balayer toutes mes résolutions.

Chapitre 43

Meghan

Chris ne prononce pas le moindre mot. Pour toute réponse, il scelle ses lèvres aux miennes. Son baiser est si puissant qu'il nous renverse sur la couverture. Je ferme les yeux et me laisse aller à la myriade de sensations qui envahit mon corps. Chaque parcelle de ma peau frémit dès qu'il ose effectuer une caresse légère sur mon épiderme.

Il me surplombe de toute sa taille. Tandis que nos langues entament une danse sensuelle, Chris explore mon anatomie avec assiduité. La chaleur qui se diffuse dans mes veines m'empêche de ressentir la fraîcheur de la nuit lorsqu'il soulève mon haut pour atteindre ma poitrine. Je me concentre sur ses doigts qui libèrent mes seins de leur enveloppe en dentelle. Il est à la fois doux et passionné, et ses gestes sont mesurés pour me donner du plaisir avec volupté.

Je ne résiste pas longtemps à l'envie de le toucher. Mes mains dévalent son torse sculpté jusqu'à l'ourlet de son T-shirt. Je tire sur le tissu afin de nous débarrasser de cette barrière superflue. Chris presse son corps chaud contre le mien et je ne peux retenir un soupir d'aise. Il détache ses lèvres des miennes pour venir explorer mon ventre en le parsemant de baisers humides. Je n'ai plus aucun contrôle sur mon corps. Ma respiration est saccadée, des frissons me traversent de part en part, et je mords ma lèvre inférieure lorsqu'il s'approche dangereusement de la ceinture de mon pantalon. Il lève le visage vers moi, nos regards se croisent, et son sourire me ravage.

Je n'ai jamais ressenti ça auparavant. Chris bouscule tout ce que je pensais savoir sur moi, sur l'amour et les sentiments. Mais je ne veux plus réfléchir, seulement me laisser porter et profiter de l'instant.

Je ne suis que sensation. J'oublie que nous sommes sur une plage dans l'une des villes les plus prisées du sud de la France et qu'un passant pourrait nous surprendre. Je le laisse me dévêtir entièrement. Mon partenaire est à genoux, au-dessus de moi, et me contemple avec avidité.

— Tu es magnifique, souffle-t-il, avant de se débarrasser du reste de ses vêtements.

Il réduit l'espace qui sépare nos deux corps, ne laissant plus qu'un mince filet d'air voyager entre nous, mettant ainsi le feu à toutes nos terminaisons nerveuses. Nos peaux s'effleurent dangereusement et son sexe caresse le mien dans une délicieuse torture. Je joue des hanches pour le forcer à aller plus loin, j'ai envie de me sentir complète.

Lorsque son gland me pénètre, je peux enfin respirer, mais il s'amuse à me rendre folle en se retirant après quelques secondes.

Je grogne.

Il ricane.

Puis c'est l'apothéose quand, enfin, il s'enfonce en moi tout entier. Notre étreinte est lente et sensuelle. Chaque coup de reins est une déclaration, chaque caresse une démonstration. Mon regard est ancré dans le sien, nos yeux et nos corps parlent à notre place.

En quelques minutes, je sens que Chris est prêt à jouir. Ses muscles se contractent, son souffle est erratique, et le voile du plaisir assombrit son regard. J'accélère mon jeu de bassin, j'ai envie de l'emmener jusqu'à l'extase.

— Je sais ce que tu essayes de faire, Meghan, mais je ne jouirai pas sans toi.

Une de ses mains glisse entre nous pour m'inciter à le rejoindre. Sa libération vient avant la mienne. Toutefois, mon amant ne me délaisse pas au cours de son extase, taquinant davantage mon sexe sensible, jusqu'à ce que l'orgasme me balaye à mon tour.

Quand le calme revient, il ne reste plus que nos respirations qui se mêlent au bruit des vagues. Chris se laisse choir à côté de moi avant de m'attirer à lui. Je pose l'oreille sur sa poitrine et me laisse bercer par les battements de son cœur.

— On devrait se rhabiller, on va chopper la crève, murmure-t-il en humant mes cheveux.

— Encore une minute.

— Tu as la chair de poule, répond-il en caressant mon bras du bout des doigts.

Un coup de vent m'empêche de le démentir. Je me redresse et attrape mes vêtements, pendant que Chris fait de même. Dans un souffle, je réplique :

— On devrait rentrer. Cette soirée a été magique, et j'aimerais la finir entre tes bras sous une couette bien douillette.

— Vos désirs sont des ordres, madame.

— Je n'oublierai pas ces mots.

Le lendemain matin, je suis tirée du sommeil par des caresses délicieuses. Je gémis et me pelotonne davantage contre le corps chaud de Chris.

— Je ne pensais pas que Meghan Hook était du genre à sécher le jogging matinal pour des câlins avec son petit ami.

— Hmm… mon petit ami, je crois que j'aime ça.

— Alors est-ce que « ton petit ami » peut te proposer de boycotter l'entraînement de ce matin, pour procrastiner au lit ?

— J'ai envie de dire oui, mais mon père risque de débarquer et de nous tirer de force sur la piste.

— Alors on devrait se dépêcher, le briefing commence dans trois minutes.

Je jette un œil au réveil et repousse la couverture vivement, complètement paniquée. Je ne veux pas d'une nouvelle confrontation aujourd'hui, je souhaite profiter encore un peu de notre bulle de bonheur.

Nous nous habillons en un temps record et, par je ne sais quel miracle, nous arrivons à l'heure pour la réunion. Chris et moi trouvons deux places en bout de table et nous nous installons lorsque mon père s'éclaircit la voix.

— Bonjour à tous. Je ne pense pas qu'il soit nécessaire de faire état de nos représentations d'hier, c'était tout bonnement lamentable ! lâche-t-il d'un ton tranchant. Je n'ai jamais vu un spectacle aussi désorganisé et aussi… mort !

Toute la troupe reste sans voix et a les yeux baissés. Le moindre mot est une claque pour chacun d'entre nous. Il est rare que notre leader démonte l'entièreté des numéros, généralement il y a toujours un artiste qui brille ou alors ce ne sont que des petits défauts à corriger qui sont pointés.

— Par conséquent, j'ai décidé de suspendre les représentations d'aujourd'hui. Nous prenons la route demain, jusque-là, je veux vous voir sous le chapiteau à donner le meilleur de vous-même. J'ai contacté un médecin du sport, il passera voir chacun d'entre vous, dans la journée, pour faire le point et réévaluer vos traitements si besoin. Bon entraînement à tous, qu'il vous soit bénéfique.

Il tourne alors les talons pour rejoindre sa caravane, nous laissant hébétés autour du petit déjeuner. La dernière fois que mon père a annulé une représentation, c'était après la mort de Simon. Comme aujourd'hui, il avait fait venir un médecin qui nous avait tous auscultés à tour de rôle afin de jauger notre état physique et mental.

L'agitation s'empare du groupe, chacun y va de son avis sur les raisons de cette visite médicale impromptue. C'est Étienne qui se lève et tape dans ses mains pour obtenir l'attention.

— Vous avez entendu, hier nous n'avons pas été à la hauteur et ce n'est pas en restant assis à nous poser mille et une questions que ça changera. Monsieur Loyal veut ce qu'il y a de mieux pour nous, c'est pour ça qu'un médecin vient nous voir. Ne commencez pas à flipper. Allons bosser, c'est encore ce qu'on fait de mieux.

Étienne a un don pour fédérer la troupe en toutes circonstances, je crois que mon père voit en lui son successeur. Mon ami est apprécié de tout le monde, il est pragmatique et sait nous motiver lorsque c'est nécessaire. De plus, il possède une qualité qui fait défaut à notre leader actuel : il est attentif.

Le reste de la troupe se lève pour se diriger vers le chapiteau, non sans avoir adressé un hochement de tête à Étienne. Je suis le mouvement, entraînant Chris par la main. Il est temps de se remettre au boulot.

Chapitre 44

Chris

Les jours se suivent et se ressemblent. Tout est rentré dans l'ordre depuis le coup d'éclat de Monsieur Loyal et le passage du Dr Durand. Je ne suis pas parvenu à tirer la moindre information du toubib, il ne semblait pas connaître les artistes. Il nous a tous passés en revue avant de faire son compte rendu à Hook. Lorsque j'ai questionné ce dernier sur mon état général, il a tout simplement dit « bon », je n'ai même pas eu le droit à une phrase complète. Pourtant, le médecin a passé presque deux heures dans la caravane de Hook. Tout ça pour prescrire de la vitamine D et du décontractant musculaire ? J'en doute. Néanmoins, je n'ai aucune preuve, et ça commence à me rendre dingue.

Mon enquête stagne mais il me reste deux pistes à explorer : Joséphine, la petite amie de Simon, et le légiste. Sauf qu'il faut s'armer de patience, je n'ai pas d'autre choix que de suivre l'itinéraire du cirque pour ne pas griller ma couverture. Alors je ronge mon frein en attendant notre départ pour Sète, dans deux jours.

Notre arrivée à Agde s'est faite dans une ambiance tendue à cause de la représentation annulée. Ce n'est qu'après le premier spectacle que tout est redevenu normal. Les briefings ont repris, ainsi que les disputes entre Meghan et son père. Elle, elle veut récupérer la clé de la caravane de sa mère, lui, il souhaite la voir faire ses preuves. Et aucun des deux n'est prêt à céder de terrain. Personne ne prête plus la moindre attention à leur querelle, sauf moi. Si elle fait maintenant partie du quotidien de la troupe et que tout le monde s'y est habitué, mon regard journalistique à moi est aiguisé et reste à l'affût. Puis il y a mes sentiments pour elle. Au-delà de mon intérêt pour construire mon article, j'aimerais la voir heureuse. Depuis mon arrivée, elle alterne entre souffrance et colère, sans jamais réellement avoir de répit. Bientôt, ça sera à mon tour d'abîmer son cœur fragile. Cette simple idée me donne la nausée, mais je ne vois pas comment il pourrait en être autrement. Je ne pourrai pas rester Christobald Wanderlock éternellement.

— Merde, merde et re-merde !

L'envolée de jurons de Meghan me tire de mes pensées. Je lève les yeux vers la plate-forme d'où ma partenaire est censée s'élancer pour s'échauffer. Elle est debout, tétanisée face à son trapèze. Je remarque les tremblements de ses jambes, elle risque de s'effondrer. Sans perdre une seconde je monte la rejoindre. Une fois à sa hauteur, j'enroule mes bras autour de sa taille et l'attire contre moi.

— Je n'y arrive plus, soupire-t-elle.

— De quoi tu parles ?

— Sauter. Je ne parviens pas à voir la barre nettement. Elle est floue.

Des larmes silencieuses dévalent ses joues. Je resserre mon étreinte pour la réconforter tout en cherchant des mots rassurants.

— Tu es fatiguée, tu as besoin de repos. Tu ne t'arrêtes jamais, même quand tu refuses de participer au spectacle, tu te donnes à fond. Accorde-toi une pause.

— Impossible, ça serait offrir à mon père une autre raison de m'enfoncer plus bas que terre.

Je serre les dents pour ne pas hurler de rage. L'ascendant qu'a Steve Hook sur sa fille est en train de la tuer à petit feu. Meghan est prête à se mettre en danger simplement parce que ce connard veut l'excellence et ne tolère pas moins.

Je la fais pivoter afin de croiser son regard, dans lequel je découvre autant de peur que d'épuisement.

— Meghan, écoute-moi, tu vas descendre de cette plate-forme, aller prendre une douche et te mettre au lit une petite heure. Je sais que tu veux gagner la guerre que tu mènes en ce moment, mais parfois il faut concéder une bataille.

Elle opine à contrecœur. Je pose mes lèvres sur son front avant de la relâcher complètement et nous retrouvons le sable de la piste dans la minute suivante. Meghan s'éclipse discrètement, toutefois cela n'échappe pas à son ami Étienne qui semble inquiet.

À la fin de la session d'entraînement, le dresseur me rejoint avant que je ne quitte le chapiteau.

— Il faut que tu parles avec elle, commence-t-il en calant son pas sur le mien.

— À quel sujet ?

— À propos de son comportement.

Je m'immobilise. Soudain la colère m'envahit, s'il y a bien quelqu'un qui doit soutenir ma partenaire, c'est lui. Étienne est l'un des rares membres de la troupe avec qui elle se sent en confiance.

— Tu veux que je lui dise de s'écraser ? D'accepter ce que Loyal dit sans broncher, comme si cette décision était juste ?

— Oui.

— Tu te fous de moi ?

Je le foudroie du regard en parlant. À cet instant, j'aimerais être le genre d'hommes qui use de ses poings, laisser libre cours à mon instinct animal et mettre une bonne beigne dans le nez de cet abruti.

— Ne te méprends pas, je ne cautionne pas ce que fait Steve, mais il reste le chef ici, alors nous devons nous plier aux règles. Un jour, ce sera différent, néanmoins, en attendant le mieux pour elle serait de rentrer dans le rang, elle retrouverait sa liberté.

— Sinon qu'adviendra-t-il ?

— Je préfère ne pas le savoir…

Chapitre 45

Meghan

Ce qui ne devait être qu'une journée de repos s'est transformé en trois jours au fond de mon lit, ou plutôt celui de Chris. Nous sommes arrivés à Sète hier, dans l'après-midi, et je ne suis pas sortie de la caravane depuis. Je ne participe plus au briefing, ni aux repas avec la troupe, c'est mon petit ami qui m'apporte les plateaux-repas que mon père fait préparer spécialement pour moi. Je suis surprise de ne pas encore l'avoir vu débarquer en hurlant. Au contraire, il passe tous les soirs avant la représentation et se montre très prévenant. Pour la première fois depuis longtemps, j'ai le sentiment d'être sa fille et non une artiste parmi les autres.

Aujourd'hui, j'ai décidé que c'était fini de flemmarder. Je ne me sens pas vraiment mieux, les nausées et les vertiges sont toujours là, mais je ne supporte plus d'être enfermée entre ces quatre murs. Je rejette la couette pour gagner la salle de bains. La pièce tangue un peu, toutefois je ne me laisse pas abattre et entre dans la cabine de douche L'eau me fait du bien. Mes muscles se détendent et j'ai le sentiment de redevenir plus légère. En sortant de la douche, j'enfile une paire de collants d'entraînement et mon justaucorps, avant de rejoindre mes camarades pour le petit déjeuner.

Je suis en retard mais personne ne fait de remarque. Tout le monde est attablé et prend des forces pour la journée intense qui s'annonce. Je repère Chris, assis à la gauche de mon père. Ils semblent tendus, aucun d'eux ne parle et leurs regards sont rivés sur le contenu de leur assiette. C'est mon partenaire qui me repère en premier. Je m'attendais à le voir sourire, au lieu de ça, le froncement de ses sourcils s'accentue. Une fois à leur hauteur je n'ai même pas le temps de les saluer avant que Chris commence à me questionner :

— Qu'est-ce que tu fais là ? Tu vas bien ? Tu as besoin de quelque chose ?

— Tu ne devrais pas sortir tant que le médecin n'est pas passé, Meghan, surenchérit mon père.

Je réponds d'un mensonge.

— Je vous remercie de vous inquiéter, mais je vais beaucoup mieux. Je suis prête à reprendre les répétitions. Nous présenterons les nouveaux numéros dans quelques semaines et nous ne sommes toujours pas au point.

— On ne le sera jamais si tu ne prends pas soin de toi.

— Meghan, ça va peut-être te surprendre, mais je suis d'accord avec Chris. J'ai programmé la semaine sans toi pour que tu puisses retrouver toutes tes capacités, alors fais le nécessaire et va te reposer.

Un soupir d'exaspération m'échappe. S'ils se liguent tous les deux contre moi, que puis-je faire ? Malgré mon envie de retrouver mon trapèze, je n'ai pas la force de lutter, mes adversaires sont trop têtus.

— Est-ce que je peux au moins prendre un repas avec vous ? Je tourne comme un lion en cage seule toute la journée.

— Bien sûr, acquiesce mon père avant de se concentrer à nouveau sur le contenu de son assiette.

Je m'installe auprès de Chris dont le regard est suspicieux. Mes fesses touchent à peine le banc qu'il se penche à mon oreille.

— Tu es sûre que ça va ? Tu es encore pâle.

Je hoche la tête avant d'attraper un croissant et de mordre dedans.

Je suis allongée sur le lit de Chris et je contemple le plafond depuis un temps qui me semble infini. Le jour commence à décliner lorsque j'en viens à me demander s'il a toujours été de cette couleur, je me redresse. Il est temps que je trouve une autre occupation. Je me lève pour aller récupérer le DVD d'une représentation du *Lac des Cygnes*, du ballet de l'Opéra de Paris dans ma caravane, mais avant que je n'atteigne la porte je trébuche et me retrouve à plat ventre sur le sol.

Je bascule sur le dos et relève la tête en pestant. Je balaye la petite pièce du regard à la recherche du je-ne-sais-quoi dans lequel je me suis pris les pieds, et mes yeux se posent sur la lanière d'un sac informe qui dépasse de sous le lit. Curieuse, je le saisis et ouvre la poche principale dans laquelle se trouvent un ordinateur portable, des carnets de notes et un téléphone.

Je ne comprends pas. Je pensais qu'il avait abandonné son ancienne vie en intégrant la troupe. Mon père est inflexible sur les règles, et tout appareil électronique est à bannir. Même lui n'en possède aucun. Je devrais repousser le bagage à sa place et faire comme si je n'avais rien vu, pourtant je ne parviens pas à m'y résoudre. Je feuillette les cahiers de Chris rapidement et plusieurs noms me sautent aux yeux : celui de mon frère, le mien, mon père et tous les artistes qui nous accompagnent. Nous sommes répertoriés dans ces quelques pages et sous chaque nom sont inscrites des données personnelles. Je trouve la partie qui m'est dédiée, bien plus longue que les autres, et je vois avec horreur qu'il a consigné le moindre de mes petits secrets. Tout ce que j'ai pu confesser à Chris est écrit ici, noir sur blanc.

L'air n'entre plus dans mes poumons, je suffoque. Je lui faisais confiance, il est le seul avec qui je me suis autorisée à partager ma peine, mes peurs et ma colère. Mais alors que je lui offrais mon cœur sur un plateau, lui, il prenait scrupuleusement des notes. Un sentiment de trahison me perfore de toute part. Malgré la douleur, je ne parviens pas à détacher mes yeux de ce carnet. Je m'abreuve de ces mots qui me lacèrent la poitrine.

Je dois avoir un côté masochiste car j'attrape l'ordinateur portable de Chris et l'ouvre. Je ne me suis jamais servie d'un objet informatique mais en quelques clics je trouve ce qui m'intéresse : l'ébauche d'un article de presse. « Secte », « violence morale », « endoctriner », « meurtre », j'ai la nausée en découvrant ces termes.

— Qu'est-ce que tu fais ?

Mes yeux quittent l'écran pour se poser sur Chris qui vient de pénétrer dans la caravane. Je ne trouve pas de réponse, les lignes que je viens de lire tournent dans ma tête et alimentent ma colère qui est sur le point d'éclater. Il réduit l'espace entre nous et saisit l'ordinateur posé sur mes genoux. Quand il comprend ce sur quoi je suis tombée, la panique prend forme sur son visage et c'est à ce moment que ma langue se délie.

— Qui es-tu ?

— Chris, celui que tu as appris à connaître.

— Non ! Ceci est la preuve que je ne te connais pas.

— Meghan…

Il tend la main vers moi mais je recule avant que ses doigts m'atteignent.

— Ne me touche pas.

Je me redresse et recule le plus loin possible. J'ai besoin de quitter cette pièce, j'étouffe et je sens mes larmes poindre au bord de mes yeux. Je suis tombée amoureuse d'un escroc.

— Meghan, s'il te plaît, laisse-moi t'expliquer.

— M'expliquer quoi, Chris ? Si au moins c'est ton vrai nom.

Même ça, je n'en suis pas certaine. Il y a quelques mois j'ai verrouillé mon cœur après avoir perdu mon frère. Puis ce mec aux yeux envoûtants et au sourire charmant a débarqué. Il a su trouver la brèche pour franchir mes barrières. J'ai lutté pour le faire partir mais j'ai flanché. Je lui ai ouvert grand la porte pour qu'il ponde son foutu article. Il s'est servi de moi et de toute la troupe, pour son propre intérêt. Je suis incapable de me retenir de pleurer, mon cœur se brise à nouveau, sauf que cette fois la douleur est différente. Elle est plus piquante, plus vicieuse.

Je regarde Chris une dernière fois et constate que tout ça n'est qu'un beau gâchis. Je me dirige vers la porte, je dois protéger les miens, ils méritent de savoir qui est celui qui s'est immiscé dans nos vies.

— Meghan, ne fait pas ça.

— Fallait y penser avant, dis-je, amère.

— Christopher, je m'appelle Christopher et je suis journaliste. J'ai eu vent de l'histoire de ton frère dans un journal local et je n'ai pas cru à sa mort accidentelle, ça n'avait pas de sens. Comment un sportif de haut niveau peut-il commettre une faute aussi banale ? Personne ne s'est emparé du sujet, alors j'ai saisi ma chance de faire décoller ma carrière. Néanmoins, depuis mon arrivée, rien ne se déroule comme prévu. Ce qui se passe ici est pire que ce que j'imaginais. Et puis, il y a toi, ajoute-t-il après une petite pause.

— Épargne-nous le discours larmoyant sur le coup de foudre inattendu.

Malgré ce que je viens d'affirmer si sèchement, j'ai envie qu'il me dise qu'il a tout remis en question depuis que ses sentiments ont émergé. Toutefois, qu'est-ce que ça changerait ? Il reste un imposteur. Notre relation est basée sur un mensonge, elle n'existe pas.

— Je t'aime, Meghan.

— Non ! Tu n'as pas le droit.

Je ne peux plus rester. Je le dépasse et fuis, sans me retourner.

Chapitre 46

Chris

Merde, merde et re-merde ! J'ai tout foiré. Comment ai-je pu croire que je pourrais avoir le beurre et l'argent du beurre ? Pourtant, je savais que me rapprocher de Meghan était une mauvaise idée. Dès l'instant où j'ai vu en elle plus qu'une voltigeuse prise au piège dans un cirque, j'ai signé pour avoir des problèmes. J'ai eu maintes occasions d'arrêter, ou même de ne rien démarrer avec elle, mais je me suis laissé séduire.

Je fais les cent pas dans ma loge désormais vide et ressasse ces dernières semaines. Je me suis pris au jeu et je suis devenu Christobald, sans être toutefois capable d'abandonner Christopher. J'aurais dû tout avouer bien avant, mais je ne trouvais pas le bon moment. En réalité, il n'en existe aucun pour dire à celle qu'on aime qu'on lui ment. Néanmoins, il y a toujours mieux que de la laisser lire un article exposant les horreurs de sa vie. Frustré, je grogne.

— Putain !

Je réagis enfin et me précipite à l'extérieur. Je ne peux pas l'abandonner ainsi, elle a suffisamment souffert. Même si elle me déteste, je me dois d'être là pour elle.

Meghan a presque atteint la caravane de son père. Je cours pour l'arrêter avant qu'elle commette l'irréparable. Malgré sa colère, je ne lui permettrai pas de révéler ce qu'elle sait.

C'est trop dangereux, autant pour elle que pour moi. Je crie en attrapant son bras.

— Meghan, arrête-toi !

— Lâche-moi.

Nous ne sommes qu'à quelques centimètres l'un de l'autre, sa poitrine est contre mon torse, il me suffirait de me pencher pour… Je ne réfléchis pas et presse ma bouche contre la sienne. Ses lèvres réagissent aux miennes, alors j'en profite pour accentuer notre baiser. Si les mots ne peuvent la persuader que je suis désolé, il ne me reste qu'à la convaincre par les actes. Les mains de Meghan viennent s'accrocher aux mèches de cheveux qui me caressent la nuque dans un geste désespéré. La seconde d'après je sens le goût salé de ses larmes se déposer sur ma langue.

Elle met fin à notre étreinte et recule d'un pas en étouffant un sanglot. Je voudrais la serrer dans mes bras, lui dire que ça va aller, mais je refuse de lui mentir encore une fois.

— J'ai besoin de ton aide, Meg, pour aller au bout. S'il te plaît.

— Je ne détruirai pas ma famille.

— Ce n'est pas ce que je te demande. Au contraire, tu peux sauver les tiens.

— En envoyant mon père en prison ? Merci, mais non merci.

Elle campe sur ses positions, les bras croisés sur sa poitrine, et ses yeux lancent des éclairs. Alors je joue ma carte maîtresse.

— Tu n'as pas envie de savoir ce qui est réellement arrivé à ton frère ?

— Il est tombé, crie-t-elle en pleurant encore plus.

— Et s'il y avait autre chose derrière sa chute ?

Ses lèvres s'entrouvrent, je semble enfin avoir retenu son intérêt.

— Je pense que quelqu'un voulait voir Simon disparaître. Il me manque simplement des preuves.

— Alors tu te bases juste sur… comment tu appelles ça ? Ton intuition. Tu veux foutre en l'air la vie de dizaine de personnes parce que « tu penses » que quelqu'un en voulait à mon frère ?

Dit comme ça, ça paraît ridicule mais je sais que j'ai raison. Il faut simplement que Meghan y croie également.

— C'est là que j'ai besoin de toi. Tu es celle qui connaissait le mieux Simon, la seule à même de m'apporter les preuves qu'il me manque.

Elle s'apprête à refuser mais je la devance.

— Écoute, j'aimerais te proposer quelque chose : aide-moi à faire la lumière sur cette histoire et peu importe ce qu'on découvrira, à la fin c'est toi qui décideras ce qu'on en fait. Meghan, je suis prêt à abandonner ma carrière pour toi, mais pas la vérité.

Les mots sont sortis tout seuls, je n'ai pas réfléchi une seconde et pourtant je n'ai jamais été aussi sûr de moi. Mon choix est fait : c'est elle que je veux. Je remets mon avenir entre ses mains. Meghan reste silencieuse un moment, nos regards ne se lâchent pas et je la supplie du regard de me faire confiance, une dernière fois.

— OK, finit-elle par murmurer si bas que je ne suis pas certain d'avoir entendu.

— Pardon ?

— J'ai dit « OK », Christopher. Prouve-moi que tu ne m'as pas trahie pour rien ni pour une simple intuition.

— Merci.

Je tente un pas vers elle, mais Meghan recule.

— Je vais t'aider, mais il n'y a plus rien entre nous. (Elle bat en retraite). On commence demain.

Puis elle disparaît, me laissant les bras ballants et le cœur gros.

Chapitre 47

Meghan

Je n'ai pas fermé l'œil de la nuit, et mon corps me le fait payer ce matin. Depuis des jours je peine à sortir du lit, mais ce matin j'ai le sentiment que mes forces m'abandonnent complètement, et ce n'est certainement pas dû à la fièvre. Seuls les mensonges de Chris m'ont tenue éveillée. Chaque minute je sens mon cœur se briser un peu plus, puis vient le doute, celui que mon pseudo-partenaire a insinué en moi. S'est-il joué de moi pendant tout ce temps, ou ses sentiments sont-ils sincères ? Ses « découvertes » sont-elles réelles où cherche-t-il la gloire, peu importent les gens qu'il blessera au passage ?

C'est vidée de toute énergie que je me traîne hors de chez moi à 7 heures. Le campement est silencieux, le reste de la troupe se réveille mais il reste encore du temps avant le briefing matinal. Je frappe à la porte de Chris et entre sans attendre sa réponse. Il est installé à sa petite table, une tasse de café devant lui, dans laquelle il semble chercher des réponses. Lui aussi paraît n'avoir dormi que quelques instants, voire pas du tout. Sans doute que savoir sa couverture compromise le fait cogiter.

Après avoir pris soin de verrouiller la porte derrière moi, je me laisse aller sur la seconde chaise en soupirant. L'homme dont je suis désespérément amoureuse lève les yeux vers moi et son regard me transperce. Sa tristesse mêlée à la culpabilité et un brin d'espoir me retourne le bide, notamment parce que je suis certaine que les mêmes émotions se lisent sur mon visage. Pourtant, je ne veux pas espérer, pas après sa trahison.

— Je te sers un café ? me propose-t-il d'une voix rocailleuse.

Je secoue la tête pour toute réponse. J'ai bien trop peur de me mettre à pleurer si j'ouvre la bouche.

— Meghan, tu as l'air épuisée…

Je parviens tout juste à articuler la suite.

— Je vais bien. Venons-en aux faits.

Il opine et tend le bras pour attraper un bloc-notes sur le petit plan de travail.

— J'ai fait la liste des pistes qu'il me reste à explorer pour trouver une preuve attestant que ton frère a été assassiné.

Je tressaille lorsqu'il prononce ces derniers mots. « Assassinat ». J'ai envie de me révolter mais je garde le silence, car au fond, je sais que c'est de ça qu'il s'agit.

— Puisque nous sommes à Sète, il faudrait que je puisse rencontrer la petite amie de Simon.

— Comment comptes-tu t'y prendre ?

— C'est là que j'ai besoin de toi. Sais-tu comment ton frère la contactait ? Ou alors, connais-tu son adresse ?

Je secoue la tête.

— Tu dois bien avoir une petite information qui me permettrait de la retrouver…

— Nous.

— Nous ?

— Tu n'agis plus seul, je te rappelle. Si tu dois voir Joséphine, je serai avec toi.

— Très bien.

Je suis surprise qu'il accepte sans broncher, qu'il m'inclue dans ses projets. Mon imbécile de cœur se met à battre plus fort, et je le fustige de se montrer aussi faible. Il n'est pas question de sentiments, simplement d'une collaboration platonique.

— Je ne sais pas où elle vit, mais il y a moins d'un an elle travaillait à Creat App.

— Alors on va commencer par là. Je m'occupe de récupérer son adresse ou son numéro de téléphone, puis nous irons la voir.

— OK.

Il n'a pas fallu plus de quelques heures à Chris pour trouver ce qu'il cherchait et nous voilà en route pour la marina. Je me demande si en tant que journaliste il a des passe-droits pour obtenir ce qu'il veut ou si, comme avec moi, il doit user de son charme pour avoir des informations. Cette simple idée me révulse.

Je laisse mon regard dériver vers le soleil couchant qui se reflète dans l'eau obscure de l'océan. Nous avons quitté le campement juste après l'entraînement de l'après-midi. Tout le monde est occupé à se préparer pour la prochaine représentation. Mon père ne fait pas exception, lui aussi se doit d'être parfait dans son costume. C'est le moment idéal pour nous éclipser en toute discrétion. L'adresse qu'a dégotée Chris n'est pas si éloignée de l'endroit où nous sommes établis mais nous avons pris la voiture par souci de rapidité. Le timing avant la première représentation est serré, et nous ne pouvons pas nous permettre que mon père remarque notre absence.

Chris se gare près du port. L'air marin vient chatouiller mes narines tandis que nous remontons la rue à pied jusqu'au numéro 26. Nous nous retrouvons au pied d'une petite maison de ville mitoyenne. Sans perdre un instant, Chris donne trois coups sur la porte en bois, qui ne tarde pas à s'ouvrir.

— Oui ? Qu'est-ce que…

Les mots de la jolie blonde au visage angélique meurent sur ses lèvres quand son regard ambré rencontre le mien. Je n'ai vu, entraperçu serait plus exact, Joséphine que deux fois et je ne suis pas certaine que la réciproque soit vraie. Pourtant, à cet instant je jurerais qu'elle me reconnaît.

— Que fais-tu là ? bredouille-t-elle à mon intention.

— On avait besoin de te parler, dis-je en désignant mon acolyte du menton. On peut entrer ?

— Bien sûr.

Elle s'efface et nous invite à pénétrer chez elle. L'endroit est petit mais suffisant pour une personne. Tout est réuni dans une même pièce, l'entrée, le salon et la cuisine, et un escalier, qui je devine, mène à la chambre et à la salle de bains. Joséphine nous fait signe de nous asseoir sur le canapé tandis qu'elle prend place dans le fauteuil adjacent.

Le silence alourdit l'atmosphère. Cette conversation est difficile à entamer car elle risque de nous faire souffrir toutes les deux, nous en avons conscience l'une comme l'autre.

— Tu lui ressembles tellement… souffle-t-elle la voix chargée par l'émotion. Pourquoi es-tu venue, Meghan ? Et qui est ton ami ?

— Il s'appelle Chris, il m'aide à comprendre ce qui est réellement arrivé à Simon.

Je préfère garder pour moi son métier de peur que Joséphine retienne ses mots. Elle rétorque immédiatement :

— C'est simple, votre père a voulu l'éloigner de moi et il a réussi.

J'échange un regard avec mon compagnon. Elle aussi est persuadée que mon père est derrière tout ça ?

— Qu'est-ce que vous voulez dire ? l'interroge Chris.

— M. Hook n'a jamais approuvé notre relation, dès l'instant où il en a eu connaissance, il ne s'en est jamais caché d'ailleurs. Plusieurs fois, il a essayé de « raisonner » Simon pour qu'il se recentre sur l'essentiel. Puis il en est rapidement venu aux menaces. Je ne sais pas de quel ordre elles étaient, Simon n'a jamais rien voulu me dire, mais elles lui faisaient suffisamment peur pour que notre histoire redevienne secrète.

— Laissez-moi deviner, votre relation n'est pas restée clandestine longtemps, car Hook a des yeux partout.

— En fait nous avons été discrets un long moment, du moins suffisamment pour que Simon soit à bout de nerfs et veuille laisser tomber le cirque. Il avait tout prévu, il ne lui restait qu'une semaine à tirer avant de goûter, pour la première fois, à la liberté. Il voulait t'emmener avec lui, ajoute-t-elle en se tournant vers moi. Mais ce soir-là a été celui de trop. Il m'a écrit avant son numéro. Il m'a dit qu'il voyait le bout, que malgré la fatigue et le stress, ça valait le coup, que le week-end suivant nous serions enfin ensemble. Pour toujours.

Au fur et à mesure de son récit, les larmes dévalent ses joues. À travers ses paroles, je retrouve mon frère, celui qui était plein de vie. L'amour l'animait, et je l'ai vu se métamorphoser. Au début je n'ai pas compris, il souriait davantage, son enthousiasme débordait, il était à la fois lui-même, méticuleux et perfectionniste dans le travail, et un homme avec la joie de mordre la vie à pleines dents.

— Est-ce que tu penses que notre père aurait pu le tuer ? dis-je abruptement.

— Ça paraît horrible, mais je pense que oui.

Une boule se forme dans ma gorge et je peine à déglutir. Que Chris croie en la culpabilité de mon géniteur est une chose, il est journaliste, il a besoin de vendre son histoire. Joséphine, elle, connaissait mon frère dans son intimité et ses secrets. Alors si elle estime qu'il est possible qu'il s'agisse d'un meurtre, ça ébranle à nouveau mes convictions. Et si c'était vrai ? Et si mon père avait réellement tué son fils ?

Chapitre 48

Chris

Le trajet retour se passe dans le silence le plus total. Meghan semble perdue, ses émotions se lisent sur son visage et je peux y voir son tumulte interne. Je voudrais tendre la main pour la rassurer, la prendre dans mes bras et lui murmurer que tout ira bien, mais c'est impossible. Le mur érigé entre nous est immense et si je vais trop vite elle risque de se refermer encore un peu plus.

Nous revenons au campement juste à temps pour la première représentation. J'insiste pour reconduire Meghan jusqu'à sa caravane malgré le fait qu'elle me supplie de la laisser seule. J'ai vu son regard se voiler quand Joséphine a confirmé mes soupçons et je suis inquiet. À peine a-t-elle foulé le lino de sa roulotte qu'elle se rue dans la salle d'eau pour déverser le contenu de son estomac. Impuissant, je me contente de retenir ses longs cheveux bruns et de lui tendre un gant humide pour qu'elle puisse s'essuyer le visage. Quand elle a fini de rendre son maigre repas, Meghan lève ses yeux emplis de larmes vers moi.

— Va-t'en.

— Je ne peux pas te laisser comme ça.

— Chris, je t'en supplie…

Sa voix se brise, et ça m'atteint en plein dans la poitrine. Ma présence lui fait mal. J'opine et recule à contrecœur.

— Je repasserai après le spectacle.

— Tu trouveras une porte fermée. Je te l'ai dit Chris, toi et moi, ce n'est plus que pour ton enquête.

Puis elle pousse le battant, me laissant seul dans son salon les bras ballants. Lorsque j'entends l'eau de la douche s'écouler, je décide qu'il est temps de partir.

Comme Meghan me l'a demandé, je ne suis pas retourné la voir après la première représentation, ni la deuxième. Ce n'est pas moi non plus qui lui ai porté son plateau-repas. La nuit a une fois de plus été mouvementée. Le sommeil m'a fui, et je n'ai pas cessé de me battre entre mon inquiétude pour Meghan et les mots de la petite amie de son frère.

Cependant, ce matin je n'y tiens plus et m'autorise un détour par la caravane de ma partenaire avant de rejoindre le reste de la troupe.

— Chris, dans mon bureau tout de suite, tonne la voix de Hook dans mon dos, alors que j'allais toquer chez sa fille.

Je remets mes projets à plus tard et rebrousse chemin pour suivre Steven. Mon cerveau tourne à cent à l'heure afin de savoir ce qui va me tomber dessus et, surtout, comment je vais bien pouvoir me sortir du pétrin. Car il est clair que si le grand Loyal me convoque aux aurores ce n'est pas pour échanger des banalités.

Il referme la porte dans mon dos et m'indique une chaise d'un mouvement du menton. Je ne dis rien et m'assieds en attendant que le couperet tombe. Heureusement, M. Hook n'est pas un adepte du suspens et entre dans le vif du sujet.

— Qu'as-tu fait hier après l'entraînement, Chris ?

Je réponds avec audace.

— Rien qui ne mérite une investigation.

— Ne te fous pas de moi. Ta voiture n'était plus là !

Il peine à garder son sang-froid, ses nerfs semblent être mis à rude épreuve. Mon instinct de journaliste me fait penser qu'il sent l'étau se refermer sur lui ou alors qu'il subit une forte pression que je ne m'explique pas. Quoi qu'il en soit, je dois la jouer fine, il n'est pas question de me compromettre maintenant. Je ravale l'acidité qu'il fait naître en moi et lui offre ce qu'il demande.

— Je suis allé faire un tour en ville, à la plage.

— Seul ?

— Non, avec Meghan. Elle a besoin de retrouver ses sensations de trapéziste, et nous devons avancer sur notre prochain numéro. J'ai pensé que s'entraîner à danser et voltiger au sol, sur le sable, serait un bon début.

— Nous avons du sable sur la piste, sous le chapiteau. Pourquoi quitter le campement ?

— Vous connaissez votre fille, elle ne veut pas se montrer faible devant les autres, et son état actuel ne lui permet pas de donner le meilleur d'elle-même.

Ses yeux me sondent à la recherche de la vérité. Je ne parviens pas à savoir s'il me croit ou non, pourtant j'ai le sentiment d'avoir été plus que convaincant. Lorsque Hook me fait un signe de la main m'invitant à sortir, je suis soulagé. Je respire enfin. Mais avant que je ne franchisse le seuil de la porte, il m'arrête à nouveau.

— Tu pourrais apporter son petit déjeuner à Meghan ? Je ne pense pas qu'elle puisse quitter sa chambre ce matin.

Je tressaille. Le son de sa voix me fait froid dans le dos. J'opine et me rue vers la caravane de Meghan. J'entre sans même prendre le temps de m'annoncer et le tableau qui se dresse devant moi me foudroie sur place. Elle est étendue dans son lit, le corps parcouru de frissons tandis que de la sueur perle sur son visage. Je m'approche et pose ma main sur son front : il est bouillant.

— Chris, geint-elle.

— Depuis combien de temps es-tu dans cet état ?

Au lieu de me répondre, Meghan étouffe un cri de douleur et se replie en position fœtale. Je parcours les quelques mètres qui me séparent de la cuisine et lui sers un verre d'eau. Je m'accroupis et passe la main derrière sa tête pour l'aider à boire quelques gorgées. À l'instant où le liquide descend dans sa gorge, elle s'arc-boute et est prise de convulsions. Son corps se tord sous mes yeux et je ne sais pas quoi faire.

Mes notions de secourisme sont lointaines, alors je hurle pour qu'on m'entende, j'appelle au secours en priant pour qu'un de nos compagnons franchisse la porte.

C'est Étienne le premier à me rejoindre, suivi de Coralie qui hoquette de stupeur et porte la main à sa bouche.

— Il faut la mettre sur le flanc, lance le dompteur sans laisser place à la panique. Coralie, va chercher son père, le médecin doit venir d'urgence.

— Il faut l'emmener à l'hôpital, dis-je.

— Si c'est nécessaire, le docteur l'y enverra. En attendant, aide-moi.

Je voudrais me révolter, hurler pour qu'on appelle une ambulance, mais Meghan est plus importante qu'une rébellion qui ne servira à rien. Alors, au lieu de me battre, je fais ce qu'on me dit, et nous la mettons en position latérale de sécurité.

Lorsque Hook pénètre enfin dans la chambre, accompagné d'un médecin, le corps de Meghan n'est plus traversé par des spasmes. Elle semble endormie bien que toujours fiévreuse.

— Sortez tous, j'ai besoin d'espace pour soigner ma patiente.

J'ose intervenir.

— Non. Je reste avec elle.

Le docteur échange un regard avec le père de Meghan et celui-ci se tourne vers moi.

— Dehors, Chris.

— Pour que vous puissiez encore lui faire du mal ?

— Tu devrais faire attention à ce que tu dis, mon garçon.

C'est un avertissement, je le sais, mais je parviens difficilement à retenir ma colère. Je n'ai pas de preuve, ce ne sont que des mots prononcés sans aucune autre oreille que les miennes pour les entendre, et pourtant Steven Hook s'est rendu coupable ce matin même.

Chapitre 49

Meghan

Lorsque j'ouvre les yeux, je me sens groggy. Mon corps est lourd, l'air semble entrer avec difficulté dans mes poumons et ma tête me lance affreusement. Je ne me souviens pas de grand-chose, simplement que Chris est venu à mon chevet et qu'ensuite tout est devenu noir. Je ne sais pas combien de temps j'ai dormi, mais la faible lumière qui traverse les persiennes m'indique que le jour décline. Je tente de me retourner vers mon réveil mais mes muscles sont trop douloureux.

Une main se glisse dans la mienne et le visage de l'homme que j'aime apparaît au-dessus de moi. Suis-je en train de rêver ? Mais Chris n'a rien d'une irruption divine, il est bien réel.

— Salut, murmure-t-il tout bas.

Je tente de lui sourire mais le résultat doit être lamentable alors je me contente de lui répondre.

— Salut. (Je marque une pause pour déglutir.) Que s'est-il passé ?

— Tu m'as fichu la peur de ma vie.

Ses doigts viennent effleurer mon visage, repoussant les mèches brunes collées à mon front.

— J'ai cru que tu étais en train de mourir ou de faire une attaque cérébrale.

— Je…

Mais les mots me manquent, et je ne parviens pas à terminer ma phrase. Cependant Chris s'en charge à ma place.

— Je pense que ton père essaye de te tuer.

— Pardon ?

Je suis prise d'une quinte de toux qui me force à me redresser. Ma gorge est en feu. Je tends le bras vers la table de chevet pour récupérer le verre d'eau qui y est posé. Chris me surveille attentivement. Il attend que je termine de boire et récupère le gobelet vide avant de me fournir une explication.

— Ton état se dégrade, Meghan, malgré le fait que tu te reposes continuellement. Et puis ce matin, personne n'a voulu t'emmener aux urgences pour comprendre ce qui t'arrive. Ton père a appelé l'un de ses « médecins » et a fait évacuer ta chambre.

— Et donc ?

— Putain, Meg, réfléchis ! Il est le seul à savoir ce que le docteur a dit. Une fois encore, il n'y a que lui qui a accès aux médicaments et qui les distribue, et devine qui confectionne tes plateaux-repas depuis que tu es tombée malade ?

J'affirme :

— La mère de Coralie.

— Ils finissent toujours par passer entre les mains de ton père. Je suis certain qu'il t'empoisonne et que c'est également comme ça qu'il a tué Simon.

Simon. Mon cœur se serre, et mes mains agrippent les draps. Le simple fait de penser à mon frère me fait souffrir, d'autant plus depuis que Chris s'est mis en tête de prouver qu'il ne s'agit pas d'un accident. Je finis par demander :

— Comment le sais-tu ?

Le contredire ne servirait à rien.

— J'ai eu toute la journée pour y penser, et c'est l'explication la plus logique que j'aie pu trouver. Comment expliques-tu qu'il ait refusé que tu passes d'autres examens alors que tes symptômes ressemblent à ceux d'une méningite ? Et puis ta maladie a commencé après la dernière visite médicale, je ne crois pas que ce soit le fruit du hasard, Meghan.

— Et les preuves ?

Il grogne et me lance un regard agacé.

— Je ne compte pas te croire sur de simples paroles, Christopher.

— Même au fond d'un lit, tu es toujours aussi hargneuse.

— Même quand tu fais semblant de t'intéresser à moi, tu restes un menteur.

Il baisse les yeux et se recule contre le dossier de sa chaise. La distance physique qu'il installe entre nous me coupe le souffle, comme si lui seul pouvait me donner la force de respirer. Sauf que je ne parviens pas à occulter sa trahison de mon esprit, il m'est impossible de faire comme si rien ne s'était passé.

— Je suis désolé, Meghan. Je sais que ça ne suffit pas mais c'est sincère. Je n'ai jamais voulu te blesser, et tes camarades non plus. Certes, ma première motivation était égoïste, j'étais là pour moi avant tout, mais tu as fait changer les choses à coups de répliques acerbes et en me dévoilant tes failles.

— Alors tu as eu pitié de moi…

— Non !

Il se redresse et plonge son regard profond dans le mien.

— Je n'ai jamais éprouvé de la pitié. Je t'ai découverte, je t'ai vue plus humaine, plus sensible et sans que je m'en rende compte tu m'as attrapé dans tes filets. Cela fait bien longtemps que cette infiltration a pris un tout autre sens. Je ne suis plus là uniquement pour moi, mais aussi pour toi, pour que tu obtiennes la vérité sur la mort de ton frère et pour te sauver de cet enfer, car, crois-moi, c'est bien à ça que ça ressemble.

Une fois de plus, j'ai perdu ma langue. Les paroles de Chris me font du bien autant qu'elles me torturent, car je devine une part d'authenticité. Mais aussi sensés que ses mots puissent être, cela me fait mal, puisque je ne suis pas certaine de pouvoir lui pardonner un jour.

— Je t'aime, Meghan.

Moi aussi… Mais je chuchote, incapable de lui dire ces mots :

— Parle-moi de toi.

Il semble d'abord surpris par ma demande avant de laisser un sourire illuminer son visage.

— Je vis à Paris dans un petit appartement douillet qui n'est pas trop loin de mon boulot. Ce que je t'ai dit sur ma famille est vrai. J'ai une petite sœur, Sara, et nous sommes extrêmement proches. C'est la seule personne que je me suis permis d'appeler depuis mon arrivée ici, notamment parce que j'avais besoin de ses conseils te concernant. C'est une grande romantique et aussi une jeune fille pleine de sagesse. Je pense que vous vous entendriez à merveille.

Je me laisse bercer par le son de sa voix. Je l'imagine avec sa sœur, flâner dans les rues de Paris que je connais trop peu. Il me raconte des anecdotes sur son enfance, Sara est présente dans tous les moments heureux de sa vie, comme Simon dans les miens. Je me retrouve dans ses paroles et sans que je m'en rende compte des larmes nostalgiques dévalent mes joues. La main de Chris vient les cueillir du bout des doigts et le regard qu'il pose sur moi parvient à me faire rêver que les choses vont s'arranger.

— Que t'a dit ta sœur à mon sujet ? Et à propos de nous ?

— Que j'allais me brûler les ailes mais qu'il était déjà trop tard.

J'opine, songeuse.

— Elle m'a dit de t'avouer la vérité, qu'il n'y a que comme ça que je pouvais espérer ton pardon.

— Pourquoi ne l'as-tu pas écoutée ?

— Je cherchais le bon moment. Et puis tu ne croyais pas au despotisme de ton père, d'ailleurs tu lui prêtes encore bien trop de bonnes intentions.

Il a raison, mais il est trop dur pour moi de penser que mon père me veut du mal, qu'il m'en a fait et, pire encore, qu'il est responsable de la mort de Simon.

— Meghan, j'aimerais essayer quelque chose, ça pourrait être la première preuve que je t'apporte. Cependant, il faut que tu arrêtes de manger les plats qui te sont proposés par quelqu'un d'autre que moi. Je vais m'occuper de tes repas, mais promets-moi de ne rien avaler que je ne t'aie pas donné.

— Promis.

Je jure, sans savoir si j'ai envie qu'il ait tort ou raison.

Chapitre 50

Meghan

Une semaine. C'est le temps qui a suffi à me remettre sur pied après ma crise fiévreuse. Une semaine où j'ai docilement respecté les instructions de Chris. Je dois me rendre à l'évidence, on a essayé de me maintenir dans un état de santé déplorable.

Ce matin, j'attends Chris avec impatience, nous nous sommes mis d'accord pour ne rien faire sans en informer l'autre dans un souci de cohérence. Je sais que mon père nous surveille, la moindre faute pourrait avoir de graves conséquences. Il est 7 h 03 et je tourne dans ma caravane comme un lion en cage. Je n'ai pas profité d'un vrai rayon de soleil ni d'un bon bol d'air depuis notre visite chez Joséphine alors je trépigne à l'idée d'enfin quitter ma chambre. Mon acolyte franchit la porte à 7 h 11, et je lui saute littéralement dessus.

— Je me sens enfin en forme pour reprendre l'entraînement !

— Meghan…, gronde-t-il.

— Et poursuivre notre petite enquête… je n'ai pas oublié, maugréé-je.

— Je pense que tu devrais jouer la malade encore quelque temps.

Mon excitation retombe comme un soufflé, et je recule d'un pas pour considérer Chris. Il ne peut pas avoir dit ça, pas après que j'ai passé des jours alités, à devenir folle. Je croise les bras sur ma poitrine, contrariée.

— Si ton père tente de t'empoisonner mais que tu reviens fraîche comme un gardon, il va se poser des questions. Il pourrait changer de méthode, et je refuse de te mettre en danger plus que tu ne l'es déjà.

— Tu n'as pas à jouer les chevaliers, Chris.

— Loin de moi cette idée, simplement, il est imprévisible. Mieux vaut limiter les risques.

— Qu'est-ce que tu proposes ?

— Attendre jusqu'à ce que nous fassions halte près de Dijon.

Dijon. Je ne pensais pas devoir retourner dans la ville où mon frère a perdu la vie. Aucune représentation n'est programmée ici, mais nous n'avons pas exclu toute la Bourgogne de notre parcours.

— Qu'espères-tu trouver là-bas ?

— Le Dr Richard, le légiste qui s'est occupé de Simon. Il se peut qu'il détienne les informations qui nous manquent.

J'acquiesce sans dire un mot. Je me concentre sur la prochaine étape au lieu de réfléchir à ce qu'implique une rencontre avec cet homme. Je ne suis pas prête.

— Nous serons à Beaune dans moins de quinze jours. C'est à une bonne demi-heure de Dijon, suffisamment loin pour que mon père ne se doute de rien mais assez près pour que nous puissions faire l'aller-retour en une soirée.

— Tu commences à saisir les combines, rétorque-t-il en me gratifiant d'un clin d'œil.

Nos moments de complicité comme celui-ci me manquent. C'est si simple et naturel. J'ai envie de lâcher prise et de nous retrouver. Nous, avant que ma vie ne parte encore plus en vrille. Toutefois, mon orgueil m'en empêche, c'est un trait de famille dont je suis habituellement fière. Il m'a toujours protégée et permis de me recentrer sur moi. Aujourd'hui, je me demande s'il ne sera pas la source de nombreux maux.

— Je vais contacter le légiste et lui fixer un rendez-vous, m'indique Chris, en coupant le fil de mes pensées.

— Et moi jouer la malade encore deux semaines…

Après quatre jours supplémentaires enfermée, je deviens folle. Toutes les conversations avec Chris tournent en boucle dans ma tête. Celles qu'on a eues depuis que j'ai découvert son secret, mais les précédentes également. Je passe au crible chaque indice qui aurait pu le trahir, chaque moment où j'ai cru ses sentiments honnêtes. Puis je me fais des nœuds au cerveau en tentant de démêler ce que je ressens maintenant que la vérité a éclaté. La tristesse passée, ce sont la colère et la peur qui prédominent. La peur du futur, des révélations à venir, et la colère, contre lui, contre moi, mais surtout envers mon père. Plus les jours passent et moins je crois en son innocence. Les éléments contre lui s'amoncellent, il ne nous reste qu'à apporter les preuves.

Les preuves.

C'est devenu une véritable obsession. Je ne sais pas où trouver celles qui confirmeront la mort de Simon mais, ce soir, je vais mettre en lumière mon empoisonnement. Si mon père me pense toujours malade, c'est qu'il continue son tour de passe-passe avec ma nourriture et pour ça il doit bien garder sa toxine quelque part.

Il est près de 3 heures du matin lorsque je me glisse hors de ma caravane. Mon premier réflexe est d'inspirer profondément l'air frais de la nuit. Ça me fait un bien fou. *Juste de l'air.* J'imagine que la troupe est endormie, fatiguée par le rythme effréné des représentations. Néanmoins, je ne traîne pas et rabat la capuche de mon sweat sur ma tête, dans la crainte de croiser un ami insomniaque. Je serpente entre les roulottes et les voitures jusqu'à atteindre le bureau de mon père. S'il y a une preuve à trouver, c'est ici, j'en suis convaincue. Je tourne la poignée mais celle-ci est verrouillée. Je grogne…

— Putain.

À quoi je m'attendais ? S'il garde des substances dangereuses ou incriminantes, il ne va pas laisser la porte ouverte. *C'est pas open bar !* Je me fustige intérieurement. Je ne sais pas crocheter une serrure. Pourtant je ne compte pas lâcher l'affaire. Je balaye les environs du regard, à la recherche d'une solution, et mes yeux se posent sur une pierre de beau calibre aux bords tranchants. Ça fera l'affaire. Je la ramasse et arme mon bras, prête à briser la petite fenêtre à l'arrière.

— Qu'est-ce que tu comptes faire avec ça ?

Je sursaute tandis qu'un bras s'enroule autour de mes hanches, la main posée à plat sur mon ventre, alors que la seconde agrippe celle qui tient la pierre. Mon dos est collé contre un torse chaud que je connais bien.

— Ce n'est pas très discret comme approche, susurre Chris à mon oreille.

J'expire l'air comprimé dans mes poumons et relâche mon bras, laissant mon arme de fortune tomber au sol.

— Tu m'as fait peur.

— J'en suis désolé, mais tu ne devrais pas être là.

De manière puérile, je lui réponds :

— J'habite ici !

— Tu sais très bien ce que je veux dire.

Il a raison et jouer les idiotes ne me ressemble pas.

— J'en ai marre d'attendre que le temps passe ou que mon père trouve un nouveau moyen de me clouer dans un lit pour le reste de mes jours. Je te crois quand tu dis qu'il a mis quelque chose dans mes plats, je pense aussi que tu as raison concernant mon frère, mais je ne peux pas rester les bras croisés. Son poison est dans ce bureau, j'en suis sûre.

Il acquiesce et désigne du menton l'avant de la caravane. D'un geste expert, il déverrouille la porte, et nous pénétrons dans le bureau de mon père. Cette pièce est lugubre, je m'en rends compte maintenant que mon attention n'est pas accaparée par une énième dispute avec mon géniteur. Il fait froid, seules les photos de mes aïeux ornent les murs et rien ne dépasse, si bien que je ne sais pas par où commencer. Chris, lui, ne m'attend pas. Méthodique, il inspecte les tiroirs du premier meuble sur la gauche. Je me dirige vers l'armoire du fond, si j'avais quelque chose à cacher, je le mettrais le plus loin possible de l'entrée, derrière mon siège de préférence. Une fois encore, je me trouve face à une porte close. Je me retourne et examine le bureau à la recherche d'une clé.

— Surtout, ne déplace rien, ordonne Chris sans lever les yeux vers moi. Il le verrait tout de suite.

— Oui, chef !

Je soulève le pot à crayons avec précaution, ainsi que la lampe, sans rien trouver en dessous.

— C'est ça que tu cherches ?

Mon acolyte agite une petite clé sous mes yeux, pendue à une croix verte. *Bingo ! L'armoire à pharmacie.* Chris me passe devant pour ouvrir le placard. Dedans, nous trouvons tout un tas de flacons étiquetés avec des noms qui ne m'évoquent rien. Mon père a toujours veillé à la santé de la troupe, jamais je n'ai demandé le nom des médicaments qu'il me donnait. Aujourd'hui, je le regrette.

— Il y en a tellement.

Sans me répondre Chris tire un téléphone de la poche de son jogging et se met à mitrailler le contenu de l'armoire. Chaque boîte y passe, sans exception. Lorsqu'il a enfin terminé, il se tourne vers moi.

— Il est trop tard pour te faire une prise de sang, ton organisme a déjà évacué les toxines, mais je suis sûr que le Dr Richard pourra nous en dire plus. En attendant, allons-nous-en, avant que Hook nous tombe dessus.

J'opine et le suis de mauvaise grâce. Je n'aurai pas de réponse à mes questions ce soir.

Chapitre 51

Chris

La Bourgogne, enfin ! J'ai le sentiment de toucher au but. Le Dr Richard est le dernier rouage de mon enquête, il est le seul à pouvoir nous apporter les éléments manquants. Nous devons nous rencontrer dans deux jours.

En attendant, je continue à jouer le rôle du trapéziste. J'ai appris à aimer la vie au sein de cette troupe, notamment aux côtés de Meghan, mais jouer la comédie m'épuise. Malgré mon passé d'athlète universitaire, mon corps est mis à rude épreuve et je ne suis pas certain de pouvoir faire illusion encore longtemps. Je n'atteindrai jamais le niveau d'excellence que j'ai promis à Hook, ce n'est pas mon objectif. Si le rendez-vous avec le légiste ne donne rien, je ne sais pas ce que je pourrai faire de plus.

Il est 9 heures du matin, et je pénètre sous le chapiteau avec des cernes monstrueux à force d'avoir travaillé toute la nuit sur mon article. Je rêve de retourner sous la couette et d'enfin m'offrir un week-end digne de ce nom. Dans mon imagination, je partagerais ce moment avec Meghan. Nous ferions une grasse mat' dans mon appartement parisien avant d'aller prendre un brunch dans le Marais et de flâner dans les rues jusqu'à rejoindre la place de la Bastille où elle découvrirait les joies du cinéma. Dans un monde idéal, lorsque je quitterai cet endroit, Meghan me suivra.

La réalité me rattrape lorsque Étienne me bouscule en arrivant pour l'entraînement. Elle ne voudra jamais laisser ses amis derrière elle pour me suivre moi, celui qui lui a menti pendant des mois.

— Mec, si tu ne te mets pas à bosser tout de suite, Hook va te tuer !

Il ne croit pas si bien dire. Je mets de côté mes aspirations avec ma jolie trapéziste et plaque un sourire factice sur mon visage pour entrer en scène.

Pendant des heures je mets mon corps au supplice, et comme si ça ne suffisait pas, le grand manitou a les yeux fixés sur moi. Il épie le moindre de mes mouvements, me juge, et hurle ses ordres à travers le chapiteau. C'est comme s'il avait senti mon hésitation ainsi que mon irritation de ces derniers jours, comme s'il voulait me pousser à commettre une faute, et trouver une bonne raison de me renvoyer chez moi, ou de me faire disparaître…

— Je crois que j'ai éveillé les soupçons de ton père.

Voilà ce que je dis à Meghan tandis que je pénètre dans sa caravane. Elle lâche le costume de scène qu'elle tentait de recoudre et lève ses yeux couleur chocolat vers moi. Je peux y lire la surprise mêlée à la panique.

— Qu'est-ce que tu veux dire ?

— Je ne sais pas, il est davantage sur mon dos. Je me sens surveillé à chaque fois que je foule la piste.

J'arpente la petite pièce de long en large en m'acharnant sur mon cuir chevelu. Je ne peux pas être démasqué maintenant, pas si près du but. Meghan se lève et vient se poster devant moi. Elle attrape mes mains tandis que son regard cherche le mien.

— Respire, OK ? Tout va bien se passer. Il est seulement à cran. Qui ne le serait pas à sa place ? En moins d'un an, il a perdu son fils, il pense que sa fille dépérit, et il a un voltigeur débutant pour assurer son spectacle qui semble être une chose bien plus importante que sa famille. Alors il est juste stressé, il ne se doute de rien te concernant, Chris.

— Mais il ne va pas tarder à se poser des questions. Lors de mon entretien, j'ai un peu gonflé mes capacités physiques. Certes, j'ai été un gymnaste avec de bons résultats, mais je suis journaliste, pas trapéziste et je ne le serai jamais.

— Regarde-moi.

J'obéis et je suis transpercé par la force et la détermination qui émane de tout son être à cet instant. Elle n'est plus la Meghan brisée que j'ai rencontrée en arrivant, elle n'est plus cette jeune femme aigrie qui s'était donné pour mission de me pourrir la vie. Pourtant, l'équilibre est fragile, et je suis sûr que les jours à venir l'ébranleront encore, mais aujourd'hui elle est mon pilier, celui auquel je me raccroche pour aller au bout sans flancher.

— Chris, tu es journaliste et tu effectues ton travail comme un pro. Tu donnes le meilleur de toi-même et je peux t'assurer que personne ne viendra te mettre des bâtons dans les roues. Ou alors il devra me passer sur le corps.

Un sourire se dessine sur mon visage.

— Ça veut dire que tu me pardonnes ?

— Ça veut dire que je l'envisage.

L'heure de vérité est enfin arrivée. Il est minuit et nous roulons vers le centre-ville de Dijon pour rejoindre le Dr Richard à son cabinet. Depuis que Meghan m'a rejoint près de ma voiture, nous n'avons pas échangé un mot. Pas la peine de parler pour savoir ce que cette soirée signifie, autant pour elle que pour moi. L'air dans l'habitacle est irrespirable malgré la saison, si bien que nous roulons les fenêtres entrouvertes et nous laissons bercer par les bruits de la route.

Je jette des coups d'œil à la dérobée vers ma compagne. Je suis inquiet pour elle, mais je m'abstiens de le lui faire remarquer. De toute façon, elle ne manquerait pas de m'envoyer sur les roses.

— Meghan ?
— Hmm ?
— On n'a pas parlé du après.
— Après ?
— Ce que nous allons faire après ce soir.

Elle pousse un long soupir. Ses yeux restent fixés sur la route qu'on devine dans le prolongement des phares.

— Je ne sais pas, Chris. Je suppose que tu reprendras ta vie et que, moi, je… je ne sais pas.

Un frisson me parcourt tandis qu'une idée incongrue me traverse l'esprit.

— S'il s'avère que ton père est le meurtrier, que je te le prouve enfin, tu comptes rester quand même ?

Je l'entends cesser de respirer mais elle ne répond pas, se murant dans le silence. J'insiste.

— Meghan ?
— Je ne sais pas !

Elle a crié, me cantonnant au silence. Je la regarde et découvre ses mains tremblantes agrippées à la mousse de son siège. Mon cœur se serre. Je m'excuse à demi-mot.

— Je ne voulais pas te mettre dans cet état.
— S'il te plaît Chris, tais-toi, je… je veux juste rester dans le déni encore un peu.

J'opine et reporte mon attention sur la route. Nous sommes presque arrivés, le GPS indique encore cinq minutes de trajet.

Lorsque je me gare, la tension entre nous n'est pas redescendue. Je coupe le contact, et nous restons un moment à contempler la nuit qui nous enveloppe. J'aimerais accorder plus de temps à Meghan, malheureusement je ne peux pas prendre le risque que notre informateur s'impatiente, ce qu'il a à nous confier est trop important.

— Prête ?
— Non, mais allons-y. Il faut en finir.

Elle quitte la voiture sans un regard vers moi. Je la rejoins sur le trottoir, et nous gagnons la petite porte désignée par le numéro 12. J'appuie sur l'Interphone. Personne ne vient nous ouvrir mais j'entends le mécanisme de déverrouillage s'enclencher. Je ne réfléchis pas et entre, suivi de près par Meghan qui saisit le revers de mon sweat. J'avance prudemment jusqu'à apercevoir une pièce éclairée dans le couloir.

— Docteur Richard ?

Un homme d'une cinquantaine d'années fait irruption et nous offre un sourire étincelant avant de nous inviter à entrer dans son bureau.

— Désolé de ne pas avoir pu vous accueillir dans de meilleures conditions mais j'étais en train d'analyser des documents pour un autre dossier. Installez-vous, je vous en prie.

Nous obtempérons. Je parcours rapidement la pièce du regard. Je ne m'attendais pas à voir un bureau cosy avec une douce odeur de cannelle provenant sans doute des bougies disposées sur la commode. J'imaginais plutôt une pièce carrelée dans un sous-sol dépourvu de fenêtres, un truc plus… glauque. J'ai sans doute regardé un peu trop de séries policières.

— Vous êtes venus pour le cas du trapéziste, si je me souviens bien ?

— Simon, il s'appelle Simon, le corrige Meghan.

— Pardonnez-moi. Vous voulez rouvrir son dossier ?

— Oui, sa mort nous paraît suspecte.

Il hausse les sourcils en me regardant.

— Il s'est rompu le cou en tombant, la blessure est nette et c'est la cause du décès. Sans aucun doute.

— Je vous crois. Néanmoins, je pense que cette chute n'est pas anodine et que Simon a ingéré des médicaments qui ont affecté ses réflexes et altéré sa concentration.

— À quoi pensez-vous ?

Je tire mon portable de ma poche et ouvre la galerie photo avant de tendre le téléphone au médecin.

— Pouvez-vous nous dire si l'un de ces médicaments aurait pu causer l'accident, ou alors une combinaison de plusieurs molécules ?

Le silence retombe pendant un long moment, nous laissant, Meghan et moi, suspendus aux lèvres du Dr Richard.

Chapitre 52

Meghan

Le temps semble s'être figé. Nous sommes là, dans un cabinet de légiste au beau milieu de la nuit, à attendre qu'un homme rende son verdict sur la mort de mon frère. La tension est insoutenable. Mon rythme cardiaque frôle dangereusement la tachycardie, et l'air peine à rentrer dans mes poumons. Quand, enfin, le Dr Richard croise mon regard, j'ai l'impression d'être en apnée.

— Le mélange de barbituriques et psycholeptiques est un cocktail dangereux, ça diminue l'état de vigilance du sujet et ralentit considérablement le temps de réaction. Ces molécules peuvent également, à haute dose, avoir un effet délétère sur le corps.

Mon sang file directement dans mes pieds, et je me sens défaillir. Alors, c'est vrai ? Mon frère a été drogué, et c'est ce qui a provoqué sa chute.

— Est-ce qu'il y a un moyen de savoir si Simon avait ingurgité ces médicaments ? l'interroge Chris.

— L'autopsie a été réalisée à la demande du père du défunt, je n'en fais que rarement en dehors des procédures judiciaires, alors je n'ai pas analysé les résultats sanguins. La cause de la mort était évidente. J'ai remis le dossier complet à la famille.

J'ai envie de hurler. Une fois encore, un nouvel obstacle se dresse entre nous et la vérité. Je me lève, dépitée, et remercie le médecin pour le temps qu'il nous a accordé.

— Attendez, je garde toujours une copie, mademoiselle.

Je me retiens de l'engueuler pour son effet dramatique. Je me rassois sur le bord de la chaise et triture mes doigts nerveusement.

— Pouvons-nous la voir ?

Il opine et se tourne vers son ordinateur. Quelques clics et un râle d'imprimante plus tard, il nous tend une fine liasse de feuilles. J'hésite à les prendre un instant, mais Chris me devance. Il parcourt les différentes pages à la recherche des analyses toxicologiques. Je n'ai pas besoin de lire les résultats, je devine à l'expression de mon partenaire qu'il a enfin trouvé la preuve qui lui manquait.

Au fil des jours, j'ai fini par croire ce qu'il me racontait, néanmoins, tant qu'il n'y avait pas de preuve tangible, je pouvais encore m'accrocher à un mince espoir. Sauf que maintenant c'est écrit noir sur blanc : mon père a assassiné mon frère. Les larmes dévalent mes joues sans que je ne puisse rien y faire, et mon cœur explose en mille morceaux, une fois de plus.

Chris échange quelques mots avec le légiste mais je n'y prête pas attention. Je suis focalisée sur la douleur, bien trop familière, qui me transperce. Lorsque nous quittons le cabinet, je suis en pilote automatique jusqu'à ce que l'air frais de l'hiver dijonnais me caresse le visage. Soudain, je crie à pleins poumons, évacuant toute la colère et toute la haine que mon géniteur fait naître en moi. Je déverse mes émotions dans la ville endormie, sans me préoccuper de ceux que je pourrais déranger. Je n'en ai rien à faire, la seule chose qui compte c'est ma souffrance.

Je sens mes jambes fléchir mais les bras de Chris m'enserrent avant que j'atteigne le sol. Je me laisse aller contre lui, sans parvenir à arrêter de pleurer.

— Chut, je suis là, murmure-t-il au creux de mon oreille. Je ne t'abandonnerai pas.

Je sais que c'est faux, qu'il va bientôt retourner à sa vie de journaliste, mais je m'accroche à ses mots comme à une bouée de sauvetage. Il est là en ce moment, c'est tout ce qui compte.

— J'ai besoin de toi, Chris.

Il resserre son étreinte et niche sa tête dans mon cou en faisant des promesses qu'il ne pourra pas tenir.

Nous sommes rentrés depuis deux bonnes heures, Chris ne m'a pas lâchée une seule seconde. Assis sur mon lit à côté de moi, son ordinateur portable sur les genoux, il finalise son article. Nous parlons peu, je me contente de lui répondre quand il me demande comment je vais, et il retourne ensuite à son clavier. Je laisse mes yeux courir sur sa peau, et cela me permet d'ignorer mes soucis. Ce corps que je désire alors que je ne devrais pas. Il est sculpté comme un athlète, pas mal pour un gratte-papier, et les semaines passées au sein du cirque n'ont fait que renforcer ses atouts. Mon regard se pose sur sa bouche. Entre ses lèvres un crayon oscille distraitement de droite à gauche. Son air concentré est sexy en diable. Si les choses étaient différentes, qu'on ne venait pas de prouver la culpabilité de mon père, je dégagerais son ordinateur et le chevaucherais à la place, pour mieux goûter à ses baisers. Toutefois, même si j'aime cet homme et que je rêve de me perdre entre les draps avec lui, mon cœur et mon esprit sont ailleurs.

— Ne me regarde pas comme ça, Meg.

— Comment ?

— Comme s'il était trop tard pour nous.

Cette fois, mon palpitant me fait mal pour une autre raison.

— C'est pourtant le cas.

— Cette décision t'appartient. Si tu le voulais, je serais tout à toi. Il te suffit de demander.

Alors, sois avec moi ! C'est ce que je voudrais lui dire, mais je ne peux pas. Toute ma vie, j'ai vécu dans une troupe itinérante et j'ai suivi les consignes et les règles qui m'étaient imposées. Je suis la trapéziste du cirque Hook, mais demain je ne serai sans doute plus personne. Une fois la vérité révélée, que restera-t-il de la troupe ?

— Chris ?

— Oui ?

— Je veux que tu publies ton article.

— Tu es sûre ?

— Certaine. Je veux que l'honneur de Simon soit lavé et que mon père paye pour ses crimes.

Il m'offre un sourire rayonnant, malgré les circonstances. Soudain il saisit mon visage entre ses mains et vient sceller ses lèvres aux miennes. Il m'embrasse comme jamais il ne m'a embrassée, m'offrant son amour, ses excuses et sa gratitude dans un même baiser. Ce soir, je lâche prise et lui rends au centuple tous ses sentiments. Je me nourris de lui sans penser au lendemain. Peu importe. Je l'aime.

Chapitre 53

Meghan

Chris dort encore lorsque j'ouvre les yeux. Le soleil est déjà levé depuis un moment mais la nuit a été courte. Nous avons fini par rejoindre les bras de Morphée sur les coups de 6 heures après nous être lovés l'un contre l'autre.

Je me glisse hors du lit avec agilité en prenant garde à ne pas le réveiller. Je prends un instant pour le regarder, étendu sous mes draps, et je retombe amoureuse de lui. Une larme solitaire entame sa course le long de ma joue avant de venir s'écraser sur mon T-shirt. Je me détourne à contrecœur et récupère l'un des blocs-notes de Chris pour en arracher une feuille. Il ne faut pas qu'il reste ici, je préfère qu'il soit déjà loin lorsque les foudres de mon père se déchaîneront. Je griffonne un « Sauve-toi » à la va-vite, avant de déposer le papier sur mon oreiller.

Je quitte ma caravane le cœur lourd, avec le sentiment d'abandonner ma seule chance d'être à nouveau heureuse. Cependant, quand je foule les chemins du campement, toute la rage que j'éprouve depuis hier refait surface, et j'avance d'un pas décidé vers le bureau de mon géniteur.

J'entre sans frapper et le trouve attablé en train de siroter un café tout en consultant un journal local. Cette image, pourtant quotidienne, me fait exploser en moins d'une seconde. Je lui arrache sa gazette des mains et la balance derrière moi, furibonde.

— Meghan ?

— Surpris de me voir ? Eh non, je ne suis pas en train de crever dans un coin !

Il reprend contenance et me dévisage avec son air méprisant que je connais bien. Il a revêtu sa casquette de grand patron.

— Qu'est-ce que tu racontes ? Il était temps que tu sortes de ton trou, je te rappelle que ton boulot n'est pas de dormir !

— Pourtant, ton objectif était bien de me shooter aux barbituriques, non ?

À la mention du médicament son visage se froisse. Sa réaction pourrait passer inaperçue mais c'est l'homme qui m'a vue grandir et je le connais bien. En tentant de maîtriser ma voix, je lui demande simplement :

— Pourquoi ?

— Tu souffrais beaucoup, le médecin a prescrit des somnifères et des antalgiques. Je n'ai fait que suivre son ordonnance.

— Et Simon aussi, c'était pour lui épargner la douleur ? C'est pour ça que tu l'as tué ?

Il se dresse devant moi et m'assène une gifle avant que je puisse réagir. La colère habite son regard si semblable au mien, et ses poings sont serrés sur le bureau. Ne dit-on pas qu'il n'y a que la vérité qui blesse ?

— Ne prononce pas son nom ! hurle-t-il.

— La culpabilité te ronge, c'est ça ?

— Tu ne sais pas de quoi tu parles.

Je tire de ma poche la feuille contenant les analyses réalisées par le légiste et la plaque sous ses yeux. La preuve irréfutable.

— Aucun docteur ne lui aurait donné des barbituriques et des psycholeptiques en même temps. Ces deux médicaments combinés font des ravages. Mais tu le savais déjà, non ?

Cette fois, mon père ne s'encombre plus de mensonges inutiles pour se défendre, le masque tombe enfin, et je découvre sa vraie nature.

— Où as-tu eu ça ?

— Pourquoi avoir demandé une autopsie ?

C'est une réponse indirecte à sa question…

— Pour éloigner tous soupçons, au cas où une petite fouine voudrait remuer la merde. Personne n'aurait pensé à accuser celui qui demande l'expertise.

Je grimace devant tant d'horreur. Il est tellement tordu qu'il a pensé au moindre détail pour maquiller son crime. Je sens mon estomac se soulever. J'ai la nausée rien que d'être dans la même pièce que lui. Je n'ai qu'une envie : fuir le plus loin possible d'ici. Mais il reste une chose que je veux savoir :

— Pour quelle raison tu as tué mon frère, ton propre fils ?

Il soupire avant de se laisser aller dans son siège, l'air las.

— Simon s'apprêtait à nous trahir. Il comptait partir en douce avec cette femme qui lui faisait tourner la tête. Tu sais très bien que personne ne peut quitter la troupe, on est une famille, à la vie, à la mort. Les autres ne nous comprennent pas, et ton frère aurait pu mettre en péril l'équilibre du cirque tout entier.

— En vivant sa propre vie ? C'est insensé.

— En créant un précédent, réplique-t-il en grognant, agacé par mon ignorance.

Il passe sa main dans ses cheveux grisonnants avant de reprendre.

— Si j'avais laissé ton frère déserter, d'autres auraient pu suivre et foutre en l'air des décennies de travail. Tu n'as pas idée de ce qu'a sacrifié notre famille pour en arriver là. Il est hors de question que je laisse mes propres enfants tout réduire à néant. J'ai fait ce qu'il fallait.

Sa colère rejaillit, et je peux lire dans son regard l'absence de culpabilité. Notre père a toujours été dur, mais jusqu'à il y a quelques mois il me semblait juste. Aujourd'hui, c'est un monstre qui se tient devant moi. Il me dégoûte. Je recule et le regarde une dernière fois dans les yeux.

— Tu ne feras plus de mal à personne. Je vais prévenir la police.

Soudain, il se redresse, et sa chaise s'écrase au sol dans un bruit sourd. J'ai un hoquet de surprise lorsque je me rends compte qu'il pointe un revolver dans ma direction.

— Tu ne vas aller nulle part, hurle-t-il.

En venant ce matin, je pensais vider mon sac, confondre l'assassin de mon frère, mais pas une seule seconde je n'ai songé que mon père pouvait cacher une arme dans son bureau. Nous l'avons pourtant fouillé il y a quelques jours sans rien remarquer de tel. Peu importe, il est trop tard pour revenir en arrière. La peur pétrifie mes muscles, et je suis incapable de bouger.

— Ton avenir était prometteur, Meghan, tu es une trapéziste hors pair. Tu as largement dépassé le niveau de ton frère. Quel gâchis ! Si seulement tu n'avais pas cherché à mettre ton nez là où il ne fallait pas… J'ai tout fait pour t'en empêcher, jusqu'à interdire à quiconque de parler de Simon. Mais, toi, tu n'as jamais voulu te plier à cette règle. Tu vois où ça nous a menés ? Je vais une fois de plus devoir tuer un de mes enfants.

Non, ce n'est pas possible, il ne peut pas…

— Je…

Sa voix déraille, mais il poursuit :

— Tu penses que ça me fait plaisir ? Je suis à la fois le flic, le juge et le bourreau ! Malgré l'amour que j'ai pour toi, je ne peux pas faire de favoritisme. J'ai essayé de te protéger en te forçant à garder le lit. C'était l'histoire de quelques semaines, le temps que les choses se tassent et que tu puisses reprendre ta place dans le spectacle.

La peur continue de me broyer le ventre mais ma rage resurgit au fil des inepties prononcées par mon père. Amère, je continue de l'interroger.

— Tu voulais me protéger ? Tu allais me tuer !

Il ne dit rien. Seul son regard est posé sur moi à la fois triste et résigné. Sa main ne tremble pas lorsqu'il appuie sur la détente. Le coup part, et mon souffle se coupe.

— Je suis désolé.

Chapitre 54

Meghan

Le bruit est assourdissant et la seconde d'après je me retrouve projetée au sol. J'attends la douleur, mais elle ne vient pas. À la place je sens un corps lourd s'effondrer sur moi et j'étouffe un cri d'horreur.

— Chris !

Je le bascule sur le dos. Une tache pourpre s'étend sur son T-shirt, la balle a troué sa peau et est venue se loger sous ses côtes. Son regard capte le mien, empli de larmes, et il me sourit. Il est en train de se vider de son sang et il m'offre un putain de sourire ! Je me redresse folle de rage. Lorsque je m'apprête à foncer sur mon géniteur, une marée d'hommes en uniforme débarque dans la petite pièce par la porte restée ouverte. Ils plaquent mon père contre un mur, et la seconde d'après il se retrouve menotté. Tout se passe très vite, il est embarqué dans une voiture de police, et une équipe d'urgence s'occupe de Chris. Il est installé sur un brancard et monté dans l'ambulance sous les regards étonnés de la troupe.

Le coup de feu a ameuté les artistes autour du bureau de leur cher Monsieur Loyal. Tout le monde y va de son pronostic mais personne n'approche la vérité : « Chris n'aurait jamais dû s'approcher de Meghan » ; « Meg a pété les plombs » ; « Une dispute de plus ». C'est là que ça me frappe, personne ne met en cause le vrai coupable. Mon père a réussi un coup de maître, il mène à la baguette des dizaines de personnes. Son ascendant sur mes collègues me saute aux yeux, car il n'y a pas si longtemps, j'étais comme eux. Cette simple idée me donne la nausée. Leurs regards posés sur nous m'oppressent, ma poitrine se comprime, et je peine à retrouver mon souffle.

— Mademoiselle, vous montez ? m'interpelle une jeune secouriste en me tendant une main pour m'aider à me hisser dans le fourgon. Sans réfléchir, je saisis l'occasion de m'éloigner de cet enfer.

Quand nous arrivons à l'hôpital, Chris est pris en charge immédiatement, et on m'oriente vers une salle d'attente. Il doit être opéré dans l'heure, c'est tout ce qu'on m'a dit.

Le temps a défilé, les personnes également. Je suis là depuis une éternité mais aucun médecin n'est venu à ma rencontre. Lorsque j'ai posé une question à la femme qui semble nous surveiller derrière son ordinateur, j'ai été envoyée sur les roses parce que je ne suis pas de la famille. C'est à cet instant que je m'en souviens, Chris en a une, et je suis certaine qu'il voudrait retrouver sa sœur et ses parents quand il ouvrira les yeux.

— Excusez-moi. Je sais que je n'ai aucun droit concernant mon ami, mais pouvez-vous contacter sa famille ? Je n'ai pas leurs numéros de téléphone.

— Je ne suis pas un bottin, mademoiselle. Retournez vous asseoir.

Moins aimable, tu meurs ! Je me détourne impuissante pour regagner ma place et attendre que le temps passe, mais je percute quelqu'un avant de pouvoir faire un pas.

— Meghan Hook ?

— Oui.

— Je suis l'agent Bélier, j'aimerais que vous m'accompagniez au poste, j'aurais quelques questions à vous poser au sujet de votre père.

J'opine et suis le gendarme sans un mot. Ici, je ne peux rien faire pour Chris, peut-être qu'en aidant les forces de l'ordre je ferai en sorte qu'il n'ait pas pris une balle pour rien.

— Installez-vous, m'ordonne l'agent Bélier en désignant une chaise.

Il prend place face à moi et ouvre un dossier qui ne comporte rien d'autre qu'une simple feuille. Je grimace, si leurs preuves sont si minces, mon géniteur ne restera pas longtemps sous les verrous.

— Nous avons reçu un appel de Christopher Demeillers, ce matin. Que disait-il selon vous ?

— Que Steven Hook est un gourou complètement détraqué ?

Un sourire amusé ourle les lèvres de mon interlocuteur.

— En quelque sorte. Vous partagez cette opinion ?

Je réponds franchement :

— Oui.

— C'est votre père pourtant, ça fait vingt-trois ans que vous vivez avec lui, et il a toujours pris soin de vous, il me semble.

— Il a tué mon frère.

Un ange passe. Bélier ne dit rien, et mes mots semblent l'avoir déstabilisé. Je pensais que Chris avait déjà divulgué cette information. Mais à voir la tête du gendarme ce n'est visiblement pas le cas. Alors je déballe toute l'histoire, je n'omets aucun détail, hormis l'article de Chris qui repose bien au chaud dans son ordinateur. Je parle de notre enfance, à Simon et moi, de ses rêves, de Joséphine, de notre mère maintenue en vie ou à demi morte par des machines. Puis je relate les semaines qui ont précédé la mort de mon frère, ce dernier spectacle dont chaque seconde est encore imprimée sur ma rétine. Enfin, j'explique tous les événements qui se sont déroulés depuis l'arrivée du journaliste dans la troupe, ses découvertes, nos investigations, et enfin les aveux de mon père.

— Bien. Je crois que nous en avons fini pour aujourd'hui, mademoiselle Hook. Avez-vous des questions ?

— Est-ce qu'il est possible qu'il se retrouve dehors ?

Bélier m'offre un regard contrit, et je comprends sans qu'il ne dise quoi que ce soit.

— Je ne suis pas juge, mais je peux vous assurer que pour une accusation de meurtre, étant donné les éléments que vous nous avez fournis, il restera en préventive jusqu'au procès.

J'acquiesce. Rien n'est moins sûr pour l'avenir, mais ce soir nous pouvons dormir sur nos deux oreilles.

Le taxi me dépose au campement en fin d'après-midi. Le calme environnant n'est pas naturel, et l'ambiance des événements de ce matin se ressent encore. En moins de vingt-quatre heures, le cirque Hook a perdu son essence vitale. Il n'y a ni musique, ni odeur de pop-corn fraîchement grillé. Je ne vois pas d'enfants qui courent pour obtenir la meilleure place, ni aucun parent en train de leur crier d'attendre qu'il ait acheté les tickets. Les pans du chapiteau sont clos, aucune représentation n'aura lieu ce soir.

J'avance en direction de l'ancienne caravane de mon frère. Ce matin encore, elle appartenait à Chris, ce soir elle n'est plus à personne. J'entre, investie d'une mission : je dois récupérer toutes les affaires de Chris, son téléphone et son ordinateur en priorité. Sa famille doit être prévenue de son état, car contrairement à la mienne, il compte pour eux. Je tire le sac caché sous le lit et allume le portable. Mon acolyte m'a laissé le code de déverrouillage, « en cas d'urgence ». Immédiatement l'appareil affiche une multitude de notifications, je n'y prête pas attention et je vais directement dans l'application des messages. Mes doigts sont hésitants mais je parviens à sélectionner les contacts et à rédiger un texto, simple et concis :

C'est Meghan. Chris est à l'hôpital de Beaune, il a besoin de vous.

Je glisse le portable dans le sac et m'attelle au rangement qui ne me prend pas plus d'une demi-heure. Je quitte ensuite la caravane sans regarder en arrière et gagne la voiture de Chris. Mais avant que je ne puisse m'installer, une voix que je connais bien m'interpelle :

— Tu comptes nous lâcher comme ça ?

Je me retourne pour faire face à mon ami. Prise dans la folie de cette journée, je n'ai pas pensé à ce que tous ces événements pouvaient signifier pour lui et les autres. Je ne me suis concentrée que sur Chris. Je me justifie.

— Il a besoin de moi, Étienne.

— Nous aussi.

— Il s'est pris une balle à ma place.

— Et ça suffit pour que tu nous tournes le dos ?

Aïe, ça fait mal. Bien que ma famille de sang soit partie en vrille, lui et mes compagnons restent celle du cœur. Je ne dois pas l'oublier. Même s'ils se sont ligués contre moi à un moment donné, même s'ils me pensent encore responsable de tous leurs maux, ils n'en restent pas moins ma famille.

— Je reviendrai.

— Promis ?

— Promis.

Mon meilleur ami réduit l'espace entre nous et me serre dans ses bras. Je me laisse aller à cette étreinte et m'accroche à lui. C'est tout ce dont j'ai besoin à cet instant.

Lorsque j'arrive à l'hôpital, Chris est redescendu du bloc opératoire et a été installé en chambre. Le médecin m'a autorisée à le voir maintenant qu'il est hors de danger. Je suis assise dans un fauteuil près de son lit. Il m'est impossible de détacher mes yeux de son corps étendu devant moi. Des tubes sont branchés de tous les côtés, certains reliés à des machines, d'autres à des sachets de perfusion.

Je me retiens de pleurer. D'après le chirurgien, Chris va bien, il va s'en sortir et ne devrait pas garder de séquelles s'il se repose suffisamment. Mais je ne peux m'empêcher de penser qu'il est là à cause de moi, parce qu'il a voulu me sauver. Depuis que j'ai découvert qui il est vraiment, je n'ai cessé de le repousser et de mettre en doute ses sentiments pour moi. Pourtant, à chaque seconde, il m'a prouvé la sincérité de son amour, il est allé jusqu'à mettre sa vie en danger. Je ne lui ai jamais dit les trois mots que lui a déjà pourtant prononcés à deux reprises et je m'en veux. Et s'il avait été trop tard ? Si cette balle avait touché un organe vital et que j'avais gardé pour moi ce que je ressens ? La vie ne tient qu'à un fil, je devrais le savoir à force.

Endormi comme il est, il serait facile de lui avouer mes sentiments, mais il mérite mieux que de la lâcheté. Il doit l'entendre et en être pleinement conscient. Alors, en attendant qu'il se réveille, je lui prouve mon amour à mon tour. Je récupère son ordinateur dans le sac que j'ai pris avec moi, et ouvre son article. Il est complet et relate les faits avec juste ce qu'il faut de détails pour tenir en haleine son lecteur sans porter offense aux protagonistes innocents de l'histoire. Chris a un don, et il est temps que la France en profite.

Chapitre 55

Quotidien du 12 mars 2022

MONSIEUR LOYAL OU LE NOUVEAU JIM JONES

Nous connaissons tous les histoires abominables venant de l'autre côté de l'océan qui font état de gourous malfaisants et de sectes aux mœurs douteuses. Mais personne n'aurait pu imaginer que ces récits pouvaient aussi prendre racine dans notre pays. Pourtant, en France, il existe également des microsociétés qui vivent en marge du grand nombre, et parfois nous alimentons leurs dogmes sans nous en rendre compte en leur fournissant les fonds nécessaires en payant un simple ticket d'entrée. C'est le cas de la petite troupe du Cirque Hook.

Nous tombons tous dans le panneau face à ces artistes qui nous éblouissent chaque soir avec des numéros époustouflants. Pourtant, le 27 novembre 2021, Simon Hook, trapéziste émérite de vingt-cinq ans, fait une chute digne d'un débutant. Dans un monde comme le nôtre, cet incident aurait fait la une des journaux, ses compagnons auraient été en deuil et les représentations suspendues. Sauf que… « show must go on ! », comme dit Freddy Mercury. Et c'est comme ça que Simon, un fils, un frère, un ami, a été effacé des mémoires pour ne tout simplement plus exister. Le lendemain de sa mort tragique, la petite troupe arpentait de nouveau les routes de France comme si rien n'était arrivé.

Si ce comportement paraît étrange, c'est tout simplement parce que les artistes ont été conditionnés par l'un des leurs, celui qui occupe le poste le plus éminent, Monsieur Loyal alias Steven Hook. À l'instar du gourou internationalement connu, Jim Jones, dirigeant du Temple du Peuple, Steven Hook est adulé et respecté des siens. Ses disciples lui vouent une confiance aveugle. Alors l'interdiction de prononcer le nom du défunt n'en fait réagir aucun, pas plus que le fait d'enfermer les malades à double tour dans des caravanes plongées dans le noir. Ce qui sort de la bouche de M. Hook est reçu comme parole d'Évangile et pour s'assurer la loyauté de ses sujets, rien de mieux que de les couper de la société. Vivre parmi ces saltimbanques, c'est tout ignorer de la technologie et de ce qui constitue le monde à l'ère du numérique. Ne leur parlez pas de Facebook, Instagram, Google ou Pinterest, ces mots de notre quotidien leur sont inconnus.

Depuis des décennies, ces familles vivent à huis clos. Elles évoluent conjointement, les enfants grandissent ensemble et se marient par la suite, avant de procréer à leur tour. Une lignée pure, digne des films de fantasy. Pourtant derrière cette image de famille parfaite se cachent de lourds secrets : violence verbale, prosélytisme, empoisonnement et filicide.

Sous le strass et les paillettes du monde du spectacle, au cœur de la France, les pires monstres se dissimulent.

Bientôt, Steven Hook, gourou d'une secte sans nom, devra répondre de ses crimes.

Christopher Demeillers

Chapitre 56

Chris

La première chose qui me frappe lorsque j'ouvre les yeux, c'est la douleur irradiant de mon flanc droit. Puis les événements m'ayant conduit ici me reviennent peu à peu en mémoire. Je me souviens de m'être réveillé avec pour seule compagnie un mot plié en deux sur l'oreiller. J'ai tout de suite compris que Meghan était en danger, alors j'ai appelé la police avant de me ruer vers le bureau de son père. Puis tout est allé très vite : j'ai à peine eu le temps d'entrer et de me mettre entre Meghan et son père avant de m'effondrer sur le sol. Ensuite les secours sont arrivés, et j'ai commencé à tourner de l'œil.

Ce qui nous amène à l'instant présent. Je suis ici depuis deux jours dans un état de semi-conscience. Je me réveille pour bredouiller quelques mots, ou alors croiser le regard inquiet de ma sœur. J'ai vaguement compris qu'elle et mes parents sont arrivés en catastrophe après avoir reçu un SMS. La seule dans cette chambre qui ne prononce pas un mot, c'est la jolie trapéziste prostrée dans le fauteuil. Elle est toujours là, ses yeux braqués sur moi, mais elle ne dit rien. Je tourne la tête vers elle et tente un sourire qui se transforme vite en grimace. *Putain que ça fait mal de se faire tirer dessus !* Sans attendre, ma mère vient auprès de moi et me bombarde de questions.

— C'est bon, maman, je vais bien.

— Ne me prends pas pour une imbécile, Christopher. Tu as pris une balle !

Sa voix tremble, et je m'en veux qu'elle se fasse du souci pour moi.

— Je suis désolé. Les choses ne se sont pas passées comme je l'espérais, mais c'est terminé maintenant. Je te le promets.

Des larmes emplissent ses yeux. Je glisse ma main dans la sienne avant de la serrer d'une étreinte rassurante. Ces quelques mois en infiltration m'ont suffi pour un bon moment. À présent j'aspire à retrouver une vie tranquille.

Mon attention se porte irrémédiablement sur Meghan, il est temps que nous ayons enfin notre conversation.

— Papa, maman, vous pouvez nous laisser seuls une minute ?

Ma mère s'apprête à protester mais Sara, restée en retrait, saisit son bras.

— Ça tombe bien, il faut qu'on mange un morceau.

Elle m'offre un clin d'œil avant d'entraîner nos parents à sa suite. Nous sommes seuls. Aucun de nous n'esquisse le moindre geste, ni l'un ni l'autre n'ouvrons la bouche pendant de longues minutes. Nous nous contentons de nous fixer avec intensité. Si je n'étais pas cloué dans ce lit, je me jetterais sur ses lèvres pulpeuses pour me rassasier de sa bouche. Notre dernière nuit semble déjà bien loin, et me la remémorer ne me suffit pas. Je suis le premier à rompre le silence.

— Salut.

— Salut, répond-elle en écho d'une voix douce. Bien dormi ?

Un rire m'échappe, mais je le regrette lorsque la douleur dans mes côtes se rappelle à moi.

— Je t'ai apporté ça.

Meghan déplie ses jambes et vient jusqu'à moi, tenant à la main une épaisse liasse de papiers. Je découvre avec stupéfaction l'en-tête du journal pour lequel je travaille.

— Nous n'avons pas décroché la une, mais la page 6 pourrait te plaire.

Je le feuillette jusqu'à tomber sur l'article qui m'intéresse. Mon article. Je relis les phrases que j'ai tapées il y a quelques jours à peine, le résultat de plusieurs mois de travail. Mon nom est inscrit au bas de la page, c'est un rêve qui se réalise. Le sourire qui étire mes lèvres doit être tellement large que je ferais de la concurrence au Joker. J'abaisse le quotidien pour me concentrer sur Meghan.

— Quand as-tu fait ça ?

— Le soir après l'arrestation de mon père. J'ai fouillé dans ton ordi, ça m'a bien pris deux heures avant de trouver à qui adresser le mail et le rédiger. D'ailleurs, ce Bernard n'est pas vraiment commode. Il a appelé à une heure indécente pour m'enguirlander sans me laisser le temps d'en placer une. Il ne s'est calmé qu'après que je lui ai dit que tu étais à l'hôpital.

Railleur, j'interviens.

— Je vais peut-être avoir droit à quelques jours de congé.

— Chris, je… j'ai eu tellement peur, avoue-t-elle en plongeant son regard débordant de tristesse dans le mien. Pendant des heures, j'ai cru que j'avais causé ta mort. Et quand les médecins ont fini par me dire que tu allais bien, je me suis sentie coupable. La vie ne tient qu'à un cheveu, personne ne sait quand elle prendra fin, et je ne t'ai jamais dit la seule chose que tu devrais entendre.

Elle fait une pause pour reprendre son souffle.

— Je t'aime, Chris. D'un amour si fort qu'il me fait mal. Je t'aime pour ce que tu es ou celui que tu voudrais être, toutes tes facettes, je les aime.

Ces mots, je les ai attendus tellement qu'ils me percutent de plein fouet pour se nicher droit dans mon cœur. J'ai envie de crier de joie et, si je le pouvais, je m'offrirai sans doute une danse de la victoire.

— Viens vivre avec moi à Paris.

C'est sorti tout seul, mais je ne le regrette pas. Je veux voir Meghan partager ma vie, il est inconcevable que je la laisse retourner dans le cirque qui a été la source de sa détresse. Elle mérite d'être heureuse. Je nous y vois déjà, le soleil, les croissants… Toutefois, sa réponse est une douche froide.

— Non.

— Non ?

— Du moins, pas maintenant. J'ai toujours vécu pour les autres et avec eux. Je suis la fille de Monsieur Loyal, la trapéziste du cirque Hook, mais c'est tout. Et maintenant que la vérité a éclaté, je ne suis même plus personne. J'ai besoin de savoir qui je suis, moi, Meghan.

— Et tu ne peux pas faire ça si tu te sens enchaînée à moi.

Ce n'est pas une question, mais une affirmation. Son expression désolée confirme mes craintes. Que dire de plus ? Elle a fait son choix et, même si c'est douloureux, je le comprends. Tout le monde mérite de savoir qui il est, alors je respecte sa décision.

— Ce n'est pas un adieu, Chris. Seulement un au revoir.

Puis elle se penche vers moi pour m'offrir un baiser qui a un goût de trop peu.

Chapitre 57

Chris
Trois semaines plus tard

Je pousse la porte de l'immeuble en verre avec une certaine appréhension. Ça fait une éternité que je n'ai pas remis les pieds au bureau, je ne serais même pas surpris que Bernard ait réassigné ma place dans l'open space. Malgré tout, je peine à cacher ma déception en découvrant Jeremy, notre ancien stagiaire, tranquillement installé dans mon siège, en train de s'acharner sur mon agrafeuse.

— Christopher, dans mon bureau ! hurle mon patron en passant la tête en travers de sa porte.

Tous les regards de mes collègues sont posés sur moi, certains doivent se demander si je vais me faire virer ou non. Cette éventualité ne m'a même pas effleuré l'esprit puisque Bernard m'a assuré que je pourrais revenir dès que ma convalescence serait terminée. Il a beau être grognon, exigeant et parfois même arrogant, il reste un homme de parole. À la différence de Hook, je ne le vois pas me planter un couteau dans le dos.

Je grimace. Penser à ce dernier me fait immanquablement songer à Meghan. Mon cœur se serre. Ça fait déjà trois semaines qu'elle m'a laissé dans cette chambre d'hôpital et depuis, elle a tout simplement disparu. Si je n'avais pas eu une balle coincée entre mes côtes, j'aurais pu penser que tout ça n'était qu'un rêve et que mon imagination avait créé la femme parfaite.

Je laisse échapper un soupir avant de chasser ces souvenirs de mon esprit pour me concentrer sur mon travail, le vrai. Je rejoins mon boss, qui est déjà installé derrière son bureau. Je prends place en face de lui et attends de savoir à quelle sauce je vais être mangé.

— Je ne vais pas y aller par quatre chemins, Christopher. Votre comportement est extrêmement déplacé. Ici, c'est moi qui répartis les articles, qui dis qui part en enquête et qui joue les gratte-papier. Vous ne pouvez pas faire ce qui vous chante.

Je suis comme un enfant qui se fait sermonner après avoir fait une grosse bêtise. Pour ne pas le contrarier davantage, j'opine à chaque affirmation.

— Néanmoins, je dois bien admettre que votre article est bon et le sujet innovant. C'est pour ça que je vais vous donner une seconde chance. Vous couvrirez l'événement de Street Art organisé par la mairie de Paris. Faites les choses dans les règles et pondez-moi un article digne d'une première page.

— Merci beaucoup, dis-je en me levant. Je me mets au travail tout de suite.

Pour la première fois depuis que je bosse ici, Bernard me décroche un sourire sincère avant d'appuyer sur le téléphone de son bureau pour ordonner à sa secrétaire de me conduire à mon nouvel espace de travail.

Lorsque je regagne mon appartement, la nuit est déjà tombée. La journée est passée à toute vitesse. Je me suis replongé dans le boulot, et ça m'a fait un bien fou. Mes automatismes sont revenus, et j'ai déjà effectué un million de recherches sur mon nouveau sujet. D'ici quelques jours, le Street Art n'aura plus aucun secret pour moi.

Je me laisse tomber sur le canapé de mon salon, heureux de retrouver mon petit confort et tire mon téléphone de la poche de mon jean. Je ne l'ai pas consulté de la journée alors je ne suis pas surpris de voir une dizaine de textos de ma mère et deux appels manqués. Toutefois, c'est un autre message qui attire mon attention.

Inconnu : Bonjour Chris, j'ai enfin sauté le pas, j'ai quitté la troupe ce matin. La première chose que j'ai faite c'est m'acheter un téléphone. Ce n'est pas parce que je ne suis pas physiquement là que tu t'es débarrassé de moi.
À très vite.
Meghan

Un sourire étire mes lèvres. *J'y crois pas, elle l'a fait !* Mes doigts s'agitent sur l'écran pour lui répondre.

Chris : Je suis fier de toi et très heureux. Quelle est ta prochaine destination ? Paris ?

C'est audacieux. J'ai sans doute l'air désespéré, mais je m'en fiche. J'ai besoin qu'elle me revienne et le plus tôt sera le mieux. Son SMS ne se fait pas attendre.

Meghan : Non, je retourne à Sète pour voir Joséphine, j'aviserai ensuite.
Parle-moi de toi, Chris, j'ai besoin de savoir que tu vas bien.

Chris : Je vais bien. Je crois que j'ai eu une promotion.

Meghan : Mon père aura au moins servi à quelque chose ! 😉

Chris : Tu utilises des émojis ? Wouah, tu es pleine de surprise, Meghan Hook !

Meghan : Je t'aurais bien avoué que c'était un accident mais je préfère les flatteries. Je dois te laisser, j'ai une grosse journée qui m'attend demain.

Je voudrais la retenir, discuter avec elle toute la nuit, pourtant je me retiens.

Chris : Bonne nuit. Je t'aime.

Deux mois plus tard

Meghan : Je suis passée chercher ma mère ce matin, il fallait que je la sorte de là. On est allées visiter une maison de repos, un check-up du médecin, et elle pourra y entrer.

Chris : Pas trop dur de retourner au cirque ?

Meghan : C'était étrange. Étienne a repris les rênes, et la première chose qu'il a faite c'est offrir la possibilité de partir à chacun.

Chris : Et ?

Meghan : Ils sont tous restés. Qu'auraient-ils pu faire d'autre ?

Chris : Tu es bien partie, toi.

Meghan : Parce que j'avais une bonne raison…

Six mois plus tard

Meghan : Tu es déjà allé au zoo ? Ou au cinéma ? Ou au théâtre ?

Chris : Oui. La vie et ses joies ne sont pas une découverte pour moi.

Meghan : Eh bah c'est dommage car il n'y a rien de mieux que découvrir ces endroits pour la première fois !

Huit mois plus tard

Chris : Meghan ?

Chris : Tout va bien ?

Chris : Pourquoi ce silence soudain après des mois à parler quotidiennement ?

Chris : Dis-moi au moins que tu vas bien.

Chris : Meghan, s'il te plaît…

Chapitre 58

Meghan
Neuf mois plus tard

Mon regard balaye la rue de Tolbiac et ne sait pas sur quoi se poser. Malgré mes nombreux voyages partout en France, je ne suis jamais venue dans la capitale. Le cirque Hook possédait une certaine renommée, mais rien qui ne valait une place près du prestigieux Pinder. Alors depuis mon arrivée, il y a deux jours, j'en prends plein les yeux.

Deux jours… et je ne l'ai toujours pas vu. Durant ce cours laps de temps, j'ai déjà fait l'aller-retour de mon hôtel à cette rue une dizaine de fois. Pourtant, je ne parviens pas à franchir les quelques mètres qui me séparent de son immeuble. Je ne sais pas vraiment ce qui me retient. Je connais les sentiments de Chris à mon égard, et les miens sont également inchangés. Durant ces neuf mois de séparation, il m'a prouvé que je compte pour lui, il ne m'a pas laissée une seule journée sans nouvelles, même la plus banale. Depuis quelques semaines, je m'efforce de garder mes distances, non pas pour donner plus d'effet à nos retrouvailles, je n'ai plus cœur au spectacle, mais j'avais besoin de faire le point avant de songer aux grandes décisions concernant mon avenir.

Je tourne la tête à droite, puis à gauche, avant de prendre une profonde inspiration. Cette fois, je ne recule pas, au contraire j'avance presque en courant jusqu'au numéro 106. Sur l'Interphone je fais défiler les noms jusqu'à trouver celui qui m'intéresse : Demeillers. L'appareil grésille quelques secondes avant que quelqu'un décroche de l'autre côté.

— Oui ?

Cette voix… elle résonne en moi, faisant vibrer tout mon corps. Elle m'a tant manqué. J'ai sans cesse repensé à la tonalité des mots doux murmurés sur l'oreiller. À ces fois où elle se faisait plus rauque sous l'emprise du désir. Je n'ai pas non plus oublié nos nombreuses joutes verbales. Cette voix, elle me fait perdre les pédales au point de débiter des conneries, mais je ne me lasserai jamais de l'entendre.

— C'est moi.

Seul le silence me répond, je crois même qu'il a raccroché. Je me sens cruche. Qui dit « c'est moi » ? Je m'apprête à tenter ma chance une seconde fois lorsque la porte se déverrouille et s'ouvre sur l'homme qui hante mes rêves. Tout l'air contenu dans mes poumons disparaît, et je prononce son prénom dans un souffle.

— Chris.

— Meghan.

Il semble dans le même état que moi. Nous nous jaugeons sans rien dire quelques secondes. Puis c'est lui qui agit le premier en saisissant mon poignet pour me ramener contre son torse. Je hume son parfum par automatisme, et il m'enivre immédiatement. Je voudrais lui dire tant de choses, mais Chris ne m'en laisse pas le temps. Sa bouche se scelle brusquement à la mienne. La surprise passée, je réponds à son baiser avec ardeur, lui faisant sentir le manque qu'a causé notre éloignement. Mes mains se nouent sur sa nuque, et je le rapproche un peu plus de moi. J'entrouvre les lèvres afin que ma langue puisse partir à la rencontre de la sienne et, toutes deux, elles entament une danse endiablée.

Ce baiser n'a rien de chaste, il est sexy et sauvage. Je voudrais qu'il ne s'arrête jamais. Les mains de Chris sont partout. Je les sens sur ma chute de reins et la seconde d'après elles sont dans mes cheveux, tirant savamment sur quelques mèches. Je ne retiens pas le gémissement que ça me provoque.

Je perçois le sourire de Chris contre mes lèvres.

— On devrait monter, propose-t-il hors d'haleine, sans pour autant s'éloigner.

J'opine et le laisse me guider à travers le hall. Nous gravissons les marches à toute vitesse pour gagner le cinquième étage. Durant notre ascension, nous n'arrêtons pas de nous toucher, le manque est trop fort. Lorsque enfin nous franchissons le seuil de son appartement, nos vêtements ne tardent pas à tomber. Ma veste en jean s'écrase sur le pas de la porte, suivie de près par le pull de Chris. Puis quelques mètres plus loin, ma robe s'envole.

Seuls mon soutien-gorge et ma culotte me couvrent encore un peu, mais sous le regard incandescent du beau journaliste, j'ai le sentiment d'être entièrement nue. Je sens chacune de mes terminaisons nerveuses s'embraser, et mon corps tout entier prend feu.

— Tu es magnifique.

Sa main glisse de mon visage jusqu'à ma poitrine qu'il débarrasse de mon sous-vêtement. Il caresse le galbe de mes seins avec volupté. Mon intimité me tiraille, l'appelle, et je lutte pour ne pas me jeter sur lui en mettant de côté toute la sensualité des préliminaires. Chris continue son exploration, mais cette fois avec sa bouche. Ses lèvres se referment sur l'un de mes tétons durcis me faisant râler de plaisir. Mon cerveau est aux abonnés absents, me laissant aux prises avec mes sensations. Je m'accroche à ses épaules pour ne pas défaillir car mes jambes ne me portent plus. Chris est attentif à mes réactions et me bascule en arrière afin de m'aider à m'allonger sur le canapé. D'un geste habile, il déboutonne son jean, puis s'en débarrasse sans plus de cérémonie.

Je mords ma lèvre inférieure avec envie lorsque je vois l'érection qui étire le tissu de son boxer. Il s'approche et vient se positionner au-dessus de moi. Je pars immédiatement à l'assaut de ses muscles toujours aussi bien dessinés. Mes doigts descendent sur son ventre pour atteindre l'objet de mon désir, et j'effleure son sexe dans toute sa longueur. Chris m'offre un grognement guttural avant de presser son bassin contre moi. Sa bouche recouvre la mienne, et il s'applique à me dévorer tandis que je noue mes jambes autour de ses hanches. Je nous veux plus proches encore.

— Putain, Meg, gronde-t-il lorsque j'applique une pression supplémentaire pour que son sexe soit contre le mien.

Je souris, satisfaite de l'effet que j'ai sur lui. La seconde d'après, le surplus de vêtement disparaît. Chris se redresse pour se débarrasser de son boxer tandis que je me contorsionne pour abandonner le morceau de dentelle qui me couvrait encore.

Cette fois, plus aucune barrière ne subsiste entre nous. Lorsque je me suis imaginé cette scène, je pensais hésiter ou prendre le temps de le contempler. En réalité, quand Chris se rallonge, je crochète sa nuque et l'attire plus près encore. Ma patience a atteint sa limite, j'ai besoin qu'il comble le vide.

Quand, enfin, il s'immisce en moi, c'est l'apothéose. J'ai le sentiment d'être entière. Puis il entame un léger va-et-vient qui me fait languir. Je pousse mon bassin à sa rencontre, une requête silencieuse pour qu'il lâche les rênes, mais il n'y accède pas. Alors je décide de prendre les commandes. Nous inversons nos places, Chris se retrouve sur le dos, et je me positionne à califourchon sur lui. Je joue quelques instants, glissant le long de son membre sans jamais le faire entrer en moi. Je peux lire la frustration mêlée au plaisir sur son visage. C'est de bonne guerre. Je mets finalement un terme à cette douce torture et laisse Chris m'emplir à nouveau.

Les minutes qui suivent ne sont que pur bonheur. Nous ne faisons qu'un. Lui. Moi. C'est la même chose. Nos corps s'aiment, se désirent et fusionnent. La béatitude atteint son paroxysme lorsque je suis propulsée aux portes de l'orgasme.

Ce qui se passe ensuite n'est qu'un épais brouillard. Je me disloque intérieurement avant d'exploser en mille morceaux. Je ne pense plus à rien, saturée en sensations qui viennent de toute part. Quand, enfin, je redescends de mon nuage, je devine que Chris est dans le même état que moi.

Nous sommes encore emboîtés l'un dans l'autre, mais je profite de ses bras autour de moi encore quelques instants. Ma tête repose sur son torse, je ferme les yeux et me laisse bercer par sa respiration. J'ai l'impression d'être enfin rentrée à la maison.

Le silence ne dure pas longtemps, le souffle de Chris vient chatouiller mon oreille.

— Tu es vraiment là ?

J'opine sans me décoller de lui. Son étreinte se resserre un peu plus. Je frissonne malgré la chaleur de son corps. Comme toujours, il est attentif et tend le bras pour nous recouvrir du plaid trônant sur le dossier du canapé sur lequel nous sommes encore allongés. Je soupire d'aise en me pelotonnant sous la couverture, ce qui lui arrache un de ses sourires qui me fait craquer.

— Tu comptes rester longtemps ?

Sa question a un double sens, je le sais. Je redresse la tête pour croiser son regard plein d'espoir.

— Je n'ai pas prévu de repartir, il est temps que je me pose enfin.

Épilogue

Chris
Six mois plus tard

Les rayons du soleil filtrent à travers la fenêtre ouverte. Ils inondent le visage endormi de Meghan, à mes côtés. Comme à chaque fois que je me réveille avant elle, je suis incapable de faire autre chose que la contempler. Il m'a fallu un certain temps pour être entièrement convaincu qu'elle ne repartirait pas. Elle a toujours été sur les routes de France, et cette vie semblait lui plaire, alors pourquoi accepter de rester au même endroit pour une longue durée ?

Meghan a rendu les choses définitives en demandant à s'installer chez moi. Cette femme ne fait rien comme tout le monde. Évidemment j'ai accepté. C'était il y a six mois.

— Il faut vraiment que tu arrêtes de faire ça, Chris. On dirait un psychopathe.

Meghan ouvre les yeux et me fusille faussement du regard.

— Je ne sais pas quoi faire d'autre quand tu es près de moi.

— Charmeur, rétorque-t-elle avant de venir se lover au creux de mes bras. C'est dimanche, tu pourrais… je ne sais pas… dormir ?

— Il est 9 heures.

— C'est bien trop tôt pour un dimanche !

Je laisse un rire m'échapper. Je pourrais lui rappeler les joggings de torture qu'elle m'a imposés durant des semaines, sept jours sur sept, mais depuis qu'elle est arrivée à Paris, Meghan a vite pris goût aux grasses matinées.

— Si tu te lèves maintenant, je t'invite dans un petit restau sympa pour le petit déjeuner.

— Prem's à la salle de bains, crie-t-elle en rejetant les draps.

Le Marais. Ce quartier très chic internationalement connu. À mon sens, c'est le centre névralgique de la capitale. Il est à un point-clé entre Notre-Dame, la maison de Victor Hugo et les Archives nationales.

Nous descendons la rue Malher, main dans la main. L'air est doux, le printemps est chassé par l'été, c'est une journée idéale pour flâner à travers Paris. Nous nous arrêtons à hauteur d'une devanture discrète, seul la vitre portant le nom de l'enseigne nous révèle qu'il s'agit d'un restaurant. En poussant la porte, nous nous retrouvons projetés dans un *diner* américain semblable à ceux qu'on voit dans les films. L'odeur de bacon emplit nos narines, j'en ai l'eau à la bouche.

Une serveuse vient à notre rencontre et nous accueille en anglais. Elle nous propose une table puis nous tend les cartes.

— Je crois que je vais me faire une orgie de pancakes, lance Meghan.

Je verrais presque une coulée de bave pendre de sa bouche.

— Je te conseille les milk-shakes, ils sont délicieux.

— J'ai toujours rêvé d'aller aux États-Unis, après tout, je suis à moitié américaine. Merci de me faire découvrir cet endroit.

— Ce n'est qu'une première étape avant les *States, baby* !

— Tu as vraiment dit ça ? se moque-t-elle.

— Je crois bien.

Nous éclatons de rire. Je suis le premier à me calmer, une fois encore, je me perds dans la contemplation de ma petite amie, car c'est officiellement ce qu'elle est.

Lorsque Meghan est réapparue après presque une année d'absence, je n'avais qu'une idée en tête, la garder auprès de moi. Je me suis plié en quatre pendant des semaines pour lui montrer ce que pourrait être la vie à mes côtés, pour la convaincre de me choisir, moi. Un matin, ma sœur a sonné à la porte pour une visite surprise. J'ai paniqué à l'idée de devoir lui présenter Meghan. Je savais qu'elles s'étaient rencontrées à l'hôpital, mais ça n'avait rien d'officiel. Pourtant, ma jolie trapéziste s'est spontanément décrite comme « la copine de ton frère ». Intérieurement, j'ai fait une danse de la joie monumentale, mais en surface j'ai tenté de la jouer cool afin de ne pas me ridiculiser devant ma petite sœur.

J'aime cette femme et je suis heureux de l'avoir à mes côtés. Ces derniers temps, je songe beaucoup à l'avenir, plus ou moins proche, au mariage notamment. Toutefois, je ne pense pas franchir le cap avant un bon moment. Meghan a été enchaînée toute sa vie à sa famille et à son métier, je n'ai pas envie qu'elle se sente prisonnière avec moi. Alors je garde la bague de ma grand-mère soigneusement rangée dans mon tiroir à chaussettes. Peut-être qu'elle me sera utile plus tard.

En attendant, je profite des plaisirs simples de la vie, comme la voir dévorer ses pancakes couverts de sirop d'érable. Ensuite nous marcherons sans doute jusqu'au pont des Arts, avant de trouver un cinéma pour finir la journée en beauté. Je suis enfin en train de vivre mon rêve.

Remerciements

Les dernières pages d'une histoire qui me tient à cœur sont désormais refermées. J'ai pris un grand plaisir à faire vivre Meghan et Chris à travers une troupe de saltimbanques. Ce roman change des précédents, et je n'en suis pas peu fière.

Pourtant, rien de tout ceci ne serait possible sans vous, mes chers lecteurs. Alors je vous dis mille fois merci. Au quotidien, vous donnez vie à un rêve depuis 2015 sur Wattpad et 2018 aux éditions HarperCollins. *Nos cœurs en apesanteur* n'est que l'étape suivante sur la route que nous traçons ensemble, et j'espère que ce roman a su vous plaire autant qu'à moi.

Je tiens également à remercier mon mari pour son soutien indéfectible, qui m'encourage chaque jour, allant jusqu'à programmer mes sessions d'écriture.

Merci à Sara, mon Jiminy des premières heures. J'espère que cette histoire te rendra aussi fière que les précédentes.

Un grand merci à toute l'équipe de la collection &H, Marie, Sophie, Lucie, Marianne, Mélanie et tous ceux qui œuvrent dans l'ombre. Je suis très heureuse de grandir à vos côtés chaque jour.

Ça y est, mon petit laïus touche à sa fin. Je vous dis donc à bientôt au détour d'un salon ou encore sur Instagram.

Bisous.

Découvrez les autres romans
d'Emma Berthet

Composé et édité par HarperCollins France.

Imprimé en mai 2023
par CPI Black Print (Barcelone)
en utilisant 100% d'électricité renouvelable.
Dépôt légal : juin 2023.

MIXTE
Papier issu de
sources responsables
FSC® C159065

Pour limiter l'empreinte environnementale de ses livres, HarperCollins France s'engage à n'utiliser que du papier fabriqué à partir de bois provenant de forêts gérées durablement et de manière responsable.

Imprimé en Espagne.